KB113152

호밀밭의 파수꾼

The Catcher in the Rye

THE CATCHER IN THE RYE
by J. D. Salinger

세계문학전집 47

호밀밭의 파수꾼

The Catcher in the Rye

J. D. 샐린저

정영목 옮김

민음사

일러두기

1 원작에서 이탤릭체로 강조한 부분과 작가의 의도적 오자(誤字)는 고딕체로 구분했다.

2 모든 주석은 옮긴이 주이다.

차례

어머니에게

1

정말로 그 이야기를 듣고 싶다면 아마도 가장 먼저 알고 싶은 것은 내가 어디에서 태어났는지, 나의 엉망인 어린 시절이 어떠했는지, 우리 부모가 나를 낳기 전에 뭘 하느라 바빴는지 뭐 그런 데이비드 코퍼필드류의 쓰레기겠지만 그런 이야기는 하고 싶은 기분이 아니다, 솔직히 말해서. 첫째로 그런 건 따분하고, 둘째로 우리 부모는 내가 그들의 아주 사적인 이야기를 조금이라도 남에게 하면 각각 뇌일혈을 두 번쯤 일으킬 거다. 우리 부모는 그런 거에는 아주 예민한데 특히 아버지가 그렇다. 다 좋은 사람들이고 그렇지만 ── 그런 이야기를 하자는 게 아니다 ── 동시에 겁나 예민하다. 게다가 나는 나의 빌어먹을 자서전이나 그런 걸 다 털거나 할 생각이 없다. 완전히 거덜이 나 여기로 쉬러 나올 수밖에 없는 상황이 되기 직전이던

지난 크리스마스 무렵에 나에게 일어난 그 미치광이 일을 이야기하고 싶을 뿐이다. 그러니까 그게 내가 D.B.한테 다 털어놓은 이야기인데 D.B.는 나의 형이고 그러니까. 형은 할리우드에 있다. 할리우드는 이 너저분한 곳에서 그리 멀지는 않아서 거의 주말마다 형이 이리로 면회하러 넘어온다. 아마도 다음 달쯤에는 집에 가게 될 텐데 그때도 형이 나를 집까지 태워줄 거다. 형은 막 재규어를 하나 샀다. 대략 시속 200마일로 달릴 수 있는 그 귀여운 영국제들 가운데 하나. 그걸 사느라 젠장 사천 장 가까이 들었다. 돈이 쎄고 쎘거든, 지금은. 전에는 그렇지 않았지만. 전에는 그냥 보통 작가였다, 집에 있을 때는. 형은 그 끝내주는 단편집 『비밀 금붕어』를 썼다, 혹시 형 이야기를 못 들었을까 봐 말해 주는 거지만. 그 책에서 가장 훌륭한 건 「비밀 금붕어」다. 자기 돈으로 샀다고 금붕어를 아무한테도 보여 주지 않으려는 꼬마 이야기다. 그건 진짜 죽여줬다. 지금은 할리우드에 가 있다, D.B.는, 말하자면 매춘부 노릇을 하고 있다. 내가 싫어하는 한 가지가 있다면 그건 영화다. 영화 이야기는 꺼내지도 마라.

내가 이야기를 시작하고 싶은 지점은 펜시 예비학교를 떠나던 날이다. 펜시 예비는 펜실베이니아주 에이저스타운에 있는 학교다. 아마 들어 봤을걸. 어쨌든 광고는 봤을 거다. 한 천 가지 잡지에 광고가 실리는데 늘 말을 타고 담장을 뛰어넘는 잘나가는 인물의 모습을 보여 준다. 마치 펜시에서는 늘 폴로만 치고 있는 것처럼. 하지만 나는 그 근처에서 말이라곤 한 번도 본 적이 없다. 말을 탄 남자 밑에는 늘 이렇게 적혀 있다. "우리는

1888년부터 어린 소년을 명석한 사고 능력을 갖춘 훌륭한 청년으로 양성해 왔습니다." 새나 들으라는 소리. 다른 모든 학교와 마찬가지로 펜시에서도 빌어먹을 양성하는 일 따위는 하지 않는다. 또 거기에서 명석한 사고 능력을 갖추었거나 훌륭하거나 그런 인간은 한 명도 본 적이 없다. 아니 혹시 두 명쯤. 많이 잡아 준다면. 하지만 그들은 아마 펜시 오기 전부터도 그랬을 거다.

어쨌든 색슨홀과 풋볼 시합이 열리는 토요일이었다. 색슨홀과 붙는 시합은 펜시에서는 아주 큰 행사로 여겨졌다. 그게 그해의 마지막 시합이었고 만일 우리의 펜시가 승리하지 못하면 자살이나 그런 거라도 해야 할 것 같은 분위기였다. 그날 오후 3시쯤 겁나 한참을 올라가야 하는 톰슨 힐 꼭대기, 거기 독립전쟁이나 그런 데서 사용했다는 그 미친 대포 바로 옆에 서 있던 기억이 난다. 거기에서는 경기장 전체가 내다보이고 두 팀이 사방에서 서로 치고받는 게 내다보였다. 관중석은 그렇게 잘 보이지 않았지만 애들이 모두 내지르는 함성은 들렸는데 펜시 쪽은 나를 제외한 학생 거의 전체가 모였기 때문에 풍성하고 끝내주는 소리가 났고 원정 팀은 애들을 많이 데려오는 일이 거의 없기 때문에 색슨홀 쪽은 빈약하고 비리비리한 소리가 났다.

풋볼 시합에 여자애가 많이 오는 일은 절대 없었다. 오직 졸업반만 여자애를 데려오는 게 허락되었다. 끔찍한 학교였다, 어느 모로 보나. 가끔은 나도 여자애 몇 명쯤은 섞여 있는 곳에 있고 싶은데, 설사 그 애들이 팔을 긁고 있거나 코를 풀고 있거나 심지어 그냥 깔깔대거나 그러고 있을 뿐이라 해도. 우리의 셀마 서머 — 교장의 딸이었다 — 는 시합에 자주 나타났지만 남자들의 욕구를 환장하도록 자극하는 유형이라고는 할 수 없었다. 하지만 아주 착한 애였다. 한번은 에이저스타운에서 오는 버스에 나란히 앉았다가 대화를 좀 튼 적이 있었다. 나는 그 애가 마음에 들었다. 코가 크고 손톱은 물어뜯어 핏빛이 내비치고 가슴에 넣은 뽕이 사방으로 삐져나오고 있었지만 좀 안쓰러운 마음이 들었다. 내가 그 애한테서 마음에 들었던 점은, 그 애는 자기 아버지가 얼마나 훌륭한 사람인지 아느냐는 등 말똥 같은 소리를 늘어놓지 않았다는 거다. 아마 그가 엄청난 가식투성이에 얼간이라는 걸 알고 있었을 거다.

내가 경기장에 내려가 있지 않고 한참 위인 톰슨 힐에 서 있었던 건 펜싱 팀과 함께 뉴욕에서 막 돌아온 참이었기 때문이다. 나는 빌어먹을 펜싱 팀 매니저였다. 정말 대단하기도 하지. 우리는 그날 아침 맥버니 스쿨과 펜싱 시합을 하러 뉴욕에 갔다. 다만, 시합을 하지는 않았다. 내가 펜싱 검과 장비나 그런 걸 죄다 빌어먹을 지하철에 두고 내렸기 때문이다. 다 내 잘못이라고 할 수는 없었다. 어디에서 내려야 하는지 찾기 위해 계속 일어나 노선도를 봐야만 했으니까. 결국 우리는 저녁 무렵이 아니라 2시 30분쯤에 펜시로 돌아왔다. 돌아오는 기차에서는 팀 전체가 내내 나를 외면했다. 아주 웃겼다, 어떤 면에서는.

내가 경기장에 내려가 있지 않았던 또 한 가지 이유는 우리의 스펜서, 역사 선생님한테 작별 인사를 하러 가는 길이었다는 거다. 그는 독감에 걸렸고, 그래서 크리스마스 방학 시작 전에 다시 보지 못할 것 같았다. 그는 내가 집으로 가기 전에 보고 싶다는 편지를 보냈다. 내가 펜시로 돌아오지 않을 걸 알고 있었기 때문이다.

그 이야기를 하는 걸 깜빡했다. 펜시는 나를 쫓아냈다. 네 과목에서 낙제하고도 노력을 하지 않는다거나 그런 이유로 크리스마스 방학이 끝나도 다시 돌아오지 않는 걸로 되어 있었다. 이제 노력 좀 하라고 경고를 자주 받았지만 — 특히 부모가 우리의 서머와 상담을 하러 왔던 학기 중간 어름에 — 나는 그러지 않았다. 그래서 잘렸다. 펜시에서는 애들을 자르는 일이 아주 흔하다. 그래서 학력 평가 순위가 아주 높다, 펜시는. 정말 그렇다.

어쨌든 때는 12월이고 그랬으니 공기는 마녀의 젖꼭지만큼이나 찼고 그 멍청한 언덕 꼭대기는 말할 것도 없었다. 나는 리버서블[1]만 걸쳤을 뿐 장갑이나 그런 건 끼지 않았다. 그 전주 누군가 다름 아닌 내 방에서 낙타털 코트를 훔쳐 갔는데 모피로 안감을 댄 장갑이 바로 그 코트의 호주머니나 그런 데 있었다. 펜시에는 사기꾼이 가득했다. 꽤 많은 애가 엄청난 부잣집 출신이었지만 그래도 이곳에는 사기꾼이 가득했다. 학비가 비쌀수록 사기꾼은 더 많다 — 농담 아니다. 어쨌든 나는 그 우스꽝스러운 대포 옆에 계속 서서 엉덩이가 떨어져 나갈 듯한 추위에 떨며 시합을 내려다보고 있었다. 다만, 시합 자체

---

1) 안팎으로 뒤집어 입을 수 있는 재킷.

를 열심히 보고 있었던 건 아니다. 내가 거기서 뭉그적거린 진짜 이유, 나는 어떤 작별의 기분을 느껴 보려 하고 있었다. 그러니까 나는 지금까지 떠나는 줄도 모르고 여러 학교와 장소를 떠나왔다는 거다. 그게 싫다. 슬픈 작별이든 나쁜 작별이든 상관없으니 어떤 곳을 떠날 때 내가 그곳을 떠난다는 건 알고 싶다. 그걸 모르면 기분이 훨씬 더럽다.

운이 좋았다. 갑자기 내가 그 지옥 같은 곳을 벗어나고 있다는 걸 아는 데 도움을 주는 뭔가가 떠올랐으니. 갑자기 저번에, 10월 무렵에 나하고 로버트 티치너하고 폴 캠벨하고 교사(校舍) 앞에서 풋볼을 던지던 게 기억났다. 좋은 애들이다, 특히 티치너는. 저녁 식사 직전이었고 밖은 어두워지고 있었지만 상관하지 않고 계속 공을 던졌다. 날은 점점 어두워졌고 이제 공이 거의 보이지도 않았지만 우리는 하던 걸 멈추고 싶지 않았다. 결국 멈춰야 했다. 생물을 가르치는 이 선생님, 미스터 잠베시가 교사 창문으로 머리를 내밀고 우리더러 기숙사로 돌아가 저녁 먹을 준비를 하라고 말했기 때문이다. 이런 걸 기억할 수 있다면 필요할 때 작별의 느낌을 얻을 수도 있다 ― 어쨌든 대부분은 그럴 수 있다. 실제로 그 느낌이 생겨난 순간 나는 몸을 돌려 언덕 반대편으로, 우리의 스펜서가 사는 집을 향해 달려 내려가기 시작했다. 그는 캠퍼스에 살지 않았다. 앤서니 웨인 애비뉴에 살았다.

정문까지 계속 달려간 다음 잠깐 멈추어 숨을 돌렸다. 나는 숨 쉬는 게 편치 않다, 솔직히 말해서. 우선 나는 줄담배를 피운다 ― 그러니까, 전에는 그랬다는 거다. 끊으라고 해서 어쩔 수 없이 끊게 되었지만. 또 한 가지는 작년에 키가 6인치 반 컸다는 거다. 그러다 보니 또 거의 폐결핵에 걸려 그 모든 빌어먹을 검진이나 그런 걸 받으러 여기에 온 적이 있다. 하지만 지금은 아주 건강하다.

어쨌든 나는 숨을 돌리자마자 루트 204를 뛰어서 건넜다. 얼음이 겁나 덮여 있어서 젠장 넘어질 뻔했다. 내가 왜 뛰고 있었는지 모르겠다 — 그냥 그러고 싶었던 것 같다. 길을 건너자 내가 좀 사라져 버리는 느낌이 들었다. 그런 미친 오후였다. 끝내주게 춥고, 해 같은 건 나오지도 않고, 길을 건널 때마다 사라지고 있다는 느낌이 들고.

우아, 나는 우리의 스펜서네 집에 이르자 얼른 초인종을 눌렀다. 정말로 얼어붙어 있었다. 귀가 아팠고 손가락도 전혀 움직이지 못할 정도였다. "어서, 어서." 나는 그냥 큰 소리로 내뱉고 있었다. "누가 문 좀 열어 줘." 마침내 우리의 미시즈 스펜서가 문을 열었다. 가정부나 그런 건 없어서 늘 문을 직접 열었다. 돈이 별로 많지 않은 사람들이었다.

"홀든!" 미시즈 스펜서가 말했다. "널 보게 되다니 정말 좋구나! 들어와라, 애야! 얼어 죽을 지경이지?" 그녀는 나를 봐서 반가웠던 것 같다. 나를 좋아했으니까. 어쨌든, 내 생각에는 그랬다.

우아, 정말이지 빠른 속도로 그 집 안으로 들어갔다. "어떠신가요, 미시즈 스펜서?" 내가 말했다. "미스터 스펜서는 어떠세요?"

"코트 이리 주렴, 애야." 그녀가 말했다. 그녀는 미스터 스펜서가 어떠냐고 묻는 말을 듣지 못했다. 좀 귀가 먹었다.

그녀는 현관 옷장에 내 코트를 걸었고 나는 손으로 머리를 뒤로 좀 빗어 넘겼다. 사실 머리를 자주 짧게 자르는 편이라 빗질 같은 걸 많이 할 필요는 전혀 없다. "어떻게 지내셨나요, 미시즈 스펜서?" 나는 다시 말했다. 다만 그녀가 들을 수 있도록 크게 말했다.

"정말 잘 지냈지, 홀든." 그녀는 옷장 문을 닫았다. "너는 어떻게 지냈어?" 그녀의 묻는 말투에서 우리의 스펜서가 내가 쫓겨났다는 이야기를 했다는 걸 바로 알 수 있었다.

"잘 지냈죠." 나는 말했다. "미스터 스펜서는 어떠세요? 이제 독감은 나으셨나요?"

"낫다니! 홀든, 그 양반 지금 하는 짓이 완전히…… 뭐라 해야 할지 모르겠네…… 자기 방에 있다, 얘야. 어서 들어가 봐."

2

그들은 각자 자기 방이나 그런 게 있었다. 둘 다 일흔쯤 되었거나 심지어 그 이상이었다. 그럼에도 짜릿한 맛은 보고 살았다 — 물론 어설프게. 이렇게 말하면 야비하게 들린다는 걸 알지만 야비한 의도로 한 말은 아니다. 그냥 우리의 스펜서 생각을 아주 많이 하곤 했다는 뜻인데 생각을 너무 많이 하다 보면 대체 그가 뭘 위해 지금도 살고 있는지 궁금해졌다. 그러니까 그는 허리가 완전히 굽고 자세도 엉망이어서 수업 시간에 칠판 앞에서 분필 조각을 떨어뜨릴 때마다 앞줄에 있던 애가 늘 일어나서 분필을 집어 건네주어야 했다. 그건 끔찍한 일이다, 내 의견으로는. 하지만 생각을 너무 많이는 아니고 딱 충분할 만큼만 하면 그가 그런대로 잘 해내고 있다고 볼 수 있었다. 예를 들어 어느 일요일에 내가 다른 애들하고 핫초콜릿을 마시러 거기 갔을 때는 우리한테 미시즈 스펜서와 함께 옐로우스톤 공원에서 어떤 인디언한테 산 이 오래되고 낡아빠진 나바호족 담요를 보여 주기도 했다. 우리의 스펜서는 그걸 사면서 아주 짜릿했다는 걸 알 수 있었다. 그게 내가 말하려는 거다. 겁나 늙은 사람, 우리의 스펜서 같은 사람을 보면 그런 사람은 담요 한 장을 사는 거로도 아주 짜릿할 수 있다.

그의 방문은 열려 있었지만 그래도 나는 문을 좀 두드렸다, 그냥 예의나 그런 걸 차리느라고. 그가 앉아 있는 곳이 보였다. 커다란 가죽 의자에 앉아 내가 방금 말했던 그 담요로 몸을 완전히 둘러싸고 있었다. 문을 두드리자 그는 내 쪽을 건너다보았다. "누구냐?" 그가 고함을 질렀다. "콜필드? 들어오거라, 아이야." 그는 교실 밖에서는 늘 고함을 질렀다. 그게 가끔 신경에 거슬렸다.

들어가자마자 거기 간 것을 좀 후회하기 시작했다. 그는 《애틀랜틱 먼슬리》를 읽고 있었고 사방에 알약과 처방약이 있었으며 모든 것에서 빅스 노즈 드롭스[2] 냄새가 났다. 아주 우울했다. 어쨌거나 나는 병든 사람에게는 별로 환장하지 않는 쪽이다. 더욱더 우울했던 건 우리의 스펜서가 아마도 날 때부터 입고 있었을 듯한 이 아주 한심하고 추레한 그놈의 목욕 가운을 걸치고 있었다는 것이다. 어쨌거나 나는 파자마와 목욕 가운 차림의 늙은 남자를 보는 걸 별로 좋아하지 않는다. 늘 울퉁불퉁한 늙은 가슴이 드러나기 때문이다. 다리도. 해변 같은

---

[2] 감기약 상표명.

데서 보면 늙은 남자들의 다리는 아주 하얗고 털이 없다. "안녕하세요, 선생님." 내가 말했다. "편지를 받았어요. 정말 감사합니다." 그는 내가 다시 돌아오지 않을 것이니 방학이 시작하기 전에 들러 얼굴이나 보고 가라는 편지를 보냈다. "그렇게까지 하실 필요 없었어요. 그렇지 않아도 와서 인사를 드리려고 했어요."

"앉거라, 아이야." 우리의 스펜서가 말했다. 침대에 앉으라는 것이었다.

나는 침대에 앉았다. "독감은 어떤가요, 선생님?"

"아이야, 조금이라도 나아진다면 그때는 의사를 불러야겠지." 우리의 스펜서가 말했다. 그는 자기 말에 자지러졌다. 미치광이처럼 낄낄대기 시작했다. 마침내 그는 자세를 바로잡으며 말했다. "왜 경기장에 안 갔어? 오늘 큰 시합이 있는 줄 알았는데."

"시합이 있죠. 저도 갔다 왔어요. 그런데, 펜싱 팀과 함께 뉴욕에서 조금 전에 돌아왔거든요." 나는 말했다. 우아, 그의 침대는 바위 같았다.

그는 겁나게 심각해지기 시작했다. 그럴 줄 알았다. "그러니까 여기를 떠나겠다는 건가, 응?" 그가 말했다.

"네, 선생님. 그럴 거 같아요."

그의 이 고개를 끄덕이는 버릇이 나오기 시작했다. 평생 우리의 스펜서만큼 고개를 많이 끄덕이는 사람은 본 적이 없었다. 생각이나 그런 걸 하느라고 고개를 많이 끄덕이는 건지, 아니면 그냥 자기 엉덩이와 팔꿈치도 구별하지 못하는 착해

빠진 노인네이기 때문에 그러는 건지 절대 알 수가 없었다.

"닥터 서머는 뭐라 하더냐, 아이야? 이야기를 꽤 길게 나눈 걸로 알고 있는데."

"네, 그랬죠. 정말 그랬어요. 교장실에 두 시간쯤 있었던 것 같아요."

"닥터 서머가 너한테 뭐라더냐?"

"아…… 글쎄요, 인생이 시합이나 그런 거란 얘기였어요. 따라서 규칙에 따라 시합을 해야 한다고요. 아주 친절했어요. 그러니까 길길이 뛰거나 그러지 않았다는 거죠. 그냥 인생이 시합이나 그런 거란 얘기만 계속했어요. 아시잖아요."

"인생은 시합 맞지, 아이야. 인생은 규칙에 따라 경기를 해야하는 시합 맞아."

"네, 선생님. 그렇다고 알고 있어요. 저도 그건 알아요."

시합이라니, 웃기고 있네. 시합 같은 소리하고 있어. 만일 잘나가는 인간이 모두 모여 있는 편에 들어간다면 그건 시합이지, 아무렴 — 나도 그건 인정할 거다. 하지만 다른 편이라면, 잘나가는 인간이 전혀 없는 편이라면, 그게 무슨 시합인가? 아무것도 아니지. 시합이 아니다. "닥터 서머가 부모님한테는 편지를 썼니?" 우리의 스펜서가 물었다.

"월요일에 쓸 거라고 했어요."

"너는 부모님한테 연락을 했고?"

"아니요, 선생님, 부모님한테 연락은 하지 않았어요. 수요일 밤에 집에 가면 아마 만나게 될 거기 때문에요."

"그분들이 이 소식을 어떻게 받아들일 거라고 생각하니?"

"글쎄요…… 상당히 짜증을 내겠죠." 내가 말했다. "정말 그럴 거예요. 이게 제가 다닌 네 번째쯤 되는 학교니까요." 나는 고개를 저었다. 나는 고개를 자주 젓는다. "우아!" 내가 말했다. 나는 "우아!"라는 말도 자주 한다. 한편으로는 어휘가 형편없이 딸리기도 하고 한편으로는 가끔 내 나이치고는 아주 어리게 행동하기도 하기 때문이다. 그때 나는 열여섯이었고 지금은 열일곱인데 가끔 열세 살쯤 된 것처럼 행동한다. 이건 정말 웃기는 게 나는 키가 6피트 2인치 반에 새치도 있기 때문이다. 정말 있다. 내 머리 한쪽 — 오른쪽 — 에는 흰머리 수백만 개가 꽉 차 있다. 어릴 때부터 그랬다. 그런데도 나는 가끔 겨우 열두 살쯤 되는 것처럼 행동한다. 모두 그렇게 말한다, 특히 아버지가. 부분적으로는 사실이기도 하지만 완전히 사실은 아니다. 사람들은 늘 뭔가가 완전히 사실이라고 생각한다. 나는 제장 상관없다, 다만 가끔 사람들이 내 나이에 맞게 행동하라고 할 때면 따분해질 뿐. 가끔 나는 실제보다 나이가 훨씬 많은 것처럼 행동하지만 — 정말 그런다 — 사람들은 전혀 눈치를 채지 못한다. 하긴 사람들은 절대 아무것도 눈치채지 못하지.

우리의 스펜서가 다시 고개를 끄덕이기 시작했다. 코도 파기 시작했다. 코를 그냥 쥐었다 놓기만 한 것처럼 꾸며 댔지만 사실은 그 늙은 엄지를 바로 그 안에 집어넣고 있었다. 방 안에 있는 게 그냥 나뿐이니까 그래도 괜찮다고 생각했던 것 같다. 사실 상관하지 않았다, 다만 누군가 코를 파는 걸 지켜보는 게 무척 역겨울 뿐.

이윽고 그가 말했다. "몇 주 전 네 어머니와 아버지가 닥터 서머와 잠깐 이야기를 나눌 때 두 분을 만나 뵙는 영광을 누렸지. 근사한 분들이야."

"네, 그렇죠. 아주 좋은 분들이에요."

근사하다. 내가 정말 싫어하는 말이다. 그건 가식이다. 들을 때마다 구역질이 올라온다.

그때 갑자기 우리의 스펜서가 나한테 해 줄 아주 좋은 말이 있다는, 압정처럼 뾰족한 수가 있다는 표정으로 바뀌었다. 그는 의자에서 몸을 좀 더 세우더니 사방으로 좀 움직이기 시작했다. 하지만 내가 잘못 본 거였다. 그가 한 일이라고는 허벅지에서 《애틀랜틱 먼슬리》를 집어 들어 침대의 내 옆자리로 던지려 한 것뿐이었다. 그러나 침대를 맞히지 못했다. 2인치쯤밖에 모자라지 않았지만 어쨌든 맞히지 못했다. 나는 일어서서 그걸 집어 들어 침대에 놓았다. 그때 갑자기, 방에서 겁나 나가고 싶어졌다. 끝내주는 설교가 다가오고 있다는 걸 느낄 수 있었다. 그 자체는 그렇게 싫지 않았지만 설교를 들으면서 내내 빅스 노즈 드롭스 냄새를 맡고 파자마와 목욕 가운 차림인 우리의 스펜서를 보고 싶은 기분이 아니었다. 정말 아니었다.

어쨌든 시작되었다. "어떻게 된 거냐, 아이야?" 우리의 스펜서가 말했다. 스펜서치고는 아주 강한 말투이기도 했다. "이번 학기에는 몇 과목을 들었어?"

"다섯 과목입니다, 선생님."

"다섯. 그런데 낙제가 몇 개야?"

"넷이요." 나는 침대에서 엉덩이를 약간 움직였다. 내가 앉아 본 가장 단단한 침대였다. "영어는 문제없이 통과했어요." 내가 말했다. "『베오울프』하고 『로드 랜돌 내 아들』 같은 건 우튼 스쿨에 다닐 때 다 배웠거든요. 그러니까 영어는 공부를 할 필요가 없었다는 거예요, 가끔 작문을 하는 것 말고는."

우리의 스펜서는 듣고 있지도 않았다. 그는 남이 무슨 말을 할 때는 좀처럼 귀를 기울이는 법이 없었다.

"역사에서 낙제를 시킨 건 네가 정말이지 아무것도 아는 게 없었기 때문이야."

"알고 있습니다, 선생님. 우아, 알아요. 어쩔 수 없어서 그러셨겠지요."

"정말이지 아무것도." 그는 그 말을 반복했다. 그게 나를 돌아 버리게 하는 거다. 처음에 인정을 했는데도 그런 식으로 어떤 걸 두 번 말하는 거. 그런데 그는 그걸 세 번 말했다. "하지만 정말이지 아무것도. 네가 학기 내내 교과서를 한 번이라도 펼쳐 봤을지 강한 의심이 드는구나. 펼쳐 봤어? 솔직히 말해라, 아이야."

"뭐, 두어 번 대충 훑어 보긴 했어요." 나는 그에게 말했다. 그의 감정이 상하는 걸 바라지 않았다. 그는 역사에 환장하는 사람이었다.

"대충 훑어 보셨다, 그거지?" 그가 말했다 — 심하게 비꼬는 투였다. "너의, 아, 답안지가 저기 서랍장 위에 있다. 서류 더미 위에. 그걸 이리 가져와 줄래."

아주 더러운 술수였지만 나는 가서 그것을 가져다주었

다 — 달리 어떤 방법이나 그런 게 없었다. 나는 다시 그의 시멘트 침대에 앉았다. 우아, 그에게 작별 인사를 하러 들른 것을 이제 얼마나 후회하고 있었는지 상상도 못 할 거다.

그는 내 답안지를 똥이나 그런 거라도 되는 것처럼 다루기 시작했다. "우리는 11월 4일부터 12월 2일까지 이집트인을 공부했지." 그가 말했다. "너는 선택형 서술 문제에서 이집트인에 관한 문제를 선택했어. 네가 뭐라고 답했는지 들어 볼래?"

"아니요, 선생님, 별로 듣고 싶지 않은데요." 내가 말했다.

하지만 그는 그냥 읽었다. 선생이 뭔가 하고 싶어 할 때는 막을 수가 없다. 그냥 해 버린다.

이집트인은 캅카스계 고대 인종으로 아프리카의 북부 여러 구역 가운데 한 곳에 살았다. 아프리카는 우리가 모두 알다시피 동반구에서 가장 큰 대륙이다.

나는 거기 앉아서 그 쓰레기 같은 소리에 귀를 기울일 수밖에 없었다. 이것은 물론 더러운 술수였다.

이집트인은 오늘날 여러 가지 이유로 우리에게 매우 흥미롭다. 현대 과학은 이집트인이 죽은 사람들을 꽁꽁 싸맬 때 무슨 비밀 재료를 사용했기에 헤아릴 수 없는 세월이 흘러도 얼굴이 썩지 않는지 지금도 알고 싶어 한다. 이 흥미로운 수수께끼는 20세기 현대 과학에 아직도 매우 까다로운 문제다.

그는 읽기를 멈추고 내 답안지를 내려놓았다. 나는 그가 슬슬 좀 미워지기 시작했다. "네 답은, 뭐라고 할까, 거기서 마무리가 되고 있구나." 그가 그 아주 비꼬는 투로 말했다. 그렇게 늙은 사람이 그렇게 비꼬거나 그런다는 건 생각도 못할 거다. "하지만, 너는 나한테 짧은 메모를 남겼지, 답안지 하단에." 그가 말했다.

"저도 제가 그랬다는 걸 알아요." 내가 말했다. 그가 그걸 소리 내어 읽기 전에 멈추고 싶었기 때문에 아주 빨리 말했다. 하지만 막을 수가 없었다. 그는 폭죽처럼 뜨거웠다.

미스터 스펜서께. (그가 소리 내어 읽었다.) 이게 제가 이집트인에 관해 아는 전부입니다. 선생님 수업은 아주 재미있었지만 저는 이집트인에게 별 재미를 느끼지 못하는 것 같아요. 낙제를 시켜도 저는 괜찮습니다. 어차피 영어를 제외한 다른 모든 과목이 낙제니까요. 존경하는 마음으로, 홀든 콜필드.

그는 빌어먹을 답안지를 내려놓더니 탁구나 그런 데서 방금 나를 겁나 깨 버린 사람처럼 나를 보았다. 그가 나에게 그 쓰레기를 소리 내어 읽은 것은 절대 용서할 수 없을 것 같다. 만일 그가 그걸 썼다면 나는 그가 있는 자리에서 그걸 소리 내서 읽지 않았을 거다 — 정말 안 그랬을 거다. 애초에 내가 그 빌어먹을 메모를 쓴 건 그가 나를 낙제시킬 때 너무 마음이 불편하지 않게 해 주려는 것뿐이었다.

"내가 너를 낙제시키는 게 내 탓이라고 생각하니, 아이야?"

그가 말했다.

"아니에요, 선생님! 절대 그렇지 않습니다." 내가 말했다. 나를 내내 "아이야."라고 부르는 것만 그만둬 주기를 겁나게 바라는 마음이었다.

그는 다 끝냈다고 생각하자 답안지를 침대에 던지려 했다. 다만 이번에도 침대를 맞히지 못했다, 당연히. 나는 다시 일어나 답안지를 집어 《애틀랜틱 먼슬리》 위에 올려놔야 했다. 이분마다 그래야 한다는 게 지겨웠다.

"네가 나라면 어떻게 했겠니?" 그가 말했다. "솔직히 말해 봐라, 아이야."

자, 나를 낙제시킨 것 때문에 정말이지 그가 기분이 아주 더럽다는 것은 알 수 있었다. 그래서 나는 잠시 헛소리를 지껄였다. 내가 진짜 멍청이라거나 그런 소리를 했다. 내가 그의 자리에 있었더라도 똑같은 일을 했을 거라고, 사람들은 대부분 선생 일을 하는 것이 얼마나 힘든지 잘 알지도 못한다고 말했다. 그런 얘기. 지겨운 헛소리.

하지만 웃기는 건 내가 헛소리를 해 대면서 머릿속으로는 다른 생각을 좀 하고 있었다는 거다. 나는 뉴욕에 사는데 그때 센트럴 파크의 작은 호수를 생각하고 있었다. 아래쪽 센트럴 파크 사우스 근처였다. 집에 가면 그게 얼어 있을지, 얼었다면 오리는 어디로 갔을지 궁금했다. 늪이 완전히 꽝꽝 얼어붙으면 오리는 어디로 가는지 궁금했다. 누가 트럭을 끌고 와서 다 데리고 동물원 같은 데로 가는지 궁금했다. 아니면 그냥 날아가 버리는지.

하지만 나는 운이 좋다. 내 말은 내가 우리의 스펜서한테 그딴 헛소리를 늘어놓으면서 동시에 그 오리 생각을 할 수 있었다는 거다. 웃긴다. 선생한테 말할 때는 너무 열심히 생각할 필요가 없다. 하지만 갑자기 그가 내 헛소리를 끊고 들어왔다. 그는 늘 내 말을 끊었다.

"이 모든 일을 너는 어떻게 느끼고 있니, 아이야? 정말 알고 싶어. 정말 흥미가 생겨."

"그러니까 제가 펜시에서 낙제를 해서 그만두는 거나 그런 얘긴가요?" 내가 말했다. 나는 그가 울퉁불퉁한 가슴을 좀 가려 주기를 바랐다. 그렇게 아름다운 광경이 아니었다.

"내가 잘못 알고 있는 게 아니라면, 너는 우튼 스쿨과 엘크턴 힐스에서도 어려움을 좀 겪은 것 같은데." 딱히 비꼬는 투로 말한 건 아니지만 그래도 이것도 좀 야비하기는 했다.

"엘크턴 힐스에서는 별 어려움이 없었어요." 내가 말했다. "낙제를 해서 그만두거나 그런 건 아니거든요. 그냥 그만둔 거예요, 말하자면."

"왜지? 물어봐도 될까?"

"왜냐고요? 오, 그게 이야기가 깁니다, 선생님. 그니까 아주 복잡하단 거죠." 나는 그와 그 이야기를 죄다 하고 싶지 않았다. 어차피 이해하지도 못할 거였다. 그건 그의 동네 이야기가 전혀 아니었다. 내가 엘크턴 힐스를 떠난 가장 큰 이유 중 하나는 가식에 둘러싸여 있었다는 거였다. 그게 다다. 그게 빌어먹을 창문으로도 스며들어 왔다. 예를 들어 그 교장, 미스터 하스라고 있었는데, 그는 내 평생 만나본 가장 가식적인 놈이었다. 우리의 서머보다 열 배는 심했다. 예를 들어 일요일이면 우리의 하스는 학교로 차를 몰고 오는 모든 아이의 부모와 악수를 하고 돌아다녔다. 겁나 끝장나게 아양을 떨고 그랬다. 다만 어떤 애의 부모가 별거 아니고 웃기게 생긴 그딴 부모라면 얘기가 달라졌다. 그가 내 룸메의 부모를 어떻게 했는지 봤어야 하는데. 그러니까 어떤 애의 어머니가 좀 뚱뚱하거나 촌티가 나거나 그러면, 또 어떤 애 아버지가 어깨가 아주 큰 그런 양복을 입고 촌스러운 흑백 구두를 신는 그런 사람이면 우리의 한스는 그냥 악수를 하고 가식적인 미소를 지어 준 다음 얼른 다른 애 부모한테 가서 뭐 한 삼십 분쯤 얘기를 했다. 나는 그런 건 참지 못한다. 돌아 버린다. 너무 우울해져서 돌아 버리고 만다. 나는 그 빌어먹을 엘크턴 힐스가 싫었다.

그때 우리의 스펜서가 나한테 뭘 물어봤지만 듣지를 못했다. 나는 우리의 하스 생각을 하고 있었다. "네, 선생님?" 내가 말했다.

"펜시를 떠나는 것에 어떤 특별한 가책 같은 건 안 느끼니?"

"오, 몇 가지 가책은 있어요, 아무렴요. 물론이죠…… 하지만 아주 많진 않아요. 아직은요, 어쨌든. 아마 아직 실감이 나지 않는가 봐요. 저는 실감이 나려면 시간이 좀 걸리거든요. 지금 제 머릿속에 있는 건 수요일에 집에 간다는 생각뿐이에요. 저는 멍청이라서요."

"미래에 대해서는 전혀 아무런 걱정이 없는 거니, 애야?"

"오, 미래에 대해 걱정이 좀 있죠. 물론이죠. 그럼요. 있어요." 나는 잠시 생각했다. "하지만 아주 많지는 않아요, 아마도

요. 아주 많지는 않은 것 같아요, 아마도."

"걱정하게 될 거야." 우리의 스펜서가 말했다. "걱정하게 될 거다, 아이야. 하지만 걱정하면 그때는 너무 늦을 거야."

그가 그런 말을 하는 걸 듣는 게 좋지 않았다. 내가 꼭 죽거나 그런 것처럼 들렸기 때문이다. 아주 우울했다. "아마 그럴 것 같아요." 내가 말했다.

"네 머리에 분별력을 좀 집어넣고 싶구나, 아이야. 너를 도와주려는 거야. 할 수 있다면 너를 도와주려고 이러는 거야."

그는 정말로 그랬다. 그걸 알 수 있었다. 단지 우리가 너무 반대편 극단에 가 있을 뿐이었다, 그뿐이었다. "그러신다는 걸 알아요, 선생님." 내가 말했다. "정말 감사합니다. 진심입니다. 고맙게 생각합니다. 정말로요." 나는 침대에서 일어났다. 우아, 죽으면 죽었지 십 분도 더 앉아 있을 수가 없었다. "하지만 문제는 제가 지금 가 봐야 한다는 거예요. 집에 가져가야 할 장비가 체육관에 아주 많이 있어서요. 정말 많아요." 그는 나를 쳐다보며 다시 고개를 끄덕이기 시작했는데 이 아주 심각한 표정이었다. 갑자기, 선생님한테 겁나게 미안한 마음이 들었다. 하지만 정말이지 거기서 더 버티고 있을 수가 없었다, 그렇게 서로 반대편 극단에 있는 채로, 그가 뭔가를 침대로 던질 때마다 계속 떨어뜨리고, 한심한 그딴 목욕 가운을 입어 가슴은 드러나고, 사방에 빅스 노즈 드롭스의 독감 냄새가 풍기는 채로. "저기요, 선생님. 제 걱정은 하지 마세요." 내가 말했다. "정말이에요. 저는 괜찮을 거예요. 지금 그냥 그런 단계를 겪고 있을 뿐이에요. 모두가 그런 단계나 그런 걸 겪지 않나요, 안 그래요?"

"모르겠다, 아이야. 모르겠어."

누가 그런 식으로 대답을 하면 싫다. "물론이죠, 물론이에요. 다들 그래요." 내가 말했다. "정말입니다, 선생님. 제발 제 걱정은 마세요." 나는 그의 어깨에 손을 얹다시피 했다. "됐죠?" 내가 말했다.

"가기 전에 핫초콜릿 한 잔 마시지 않을래? 미시즈 스펜서가 아마……."

"그러고 싶어요, 정말 그러고 싶지만 가 봐야 해요. 바로 체육관으로 가야 해요. 하지만 고맙습니다. 정말 고맙습니다, 선생님."

그런 뒤에 우리는 악수를 했다. 그 모든 쓰레기 같은 짓거리. 하지만 그러고 나자 겁나 슬퍼졌다.

"편지 쓰겠습니다, 선생님. 독감 잘 이겨 내세요, 그럼."

"잘 가라, 애야."

문을 닫고 거실로 돌아갈 때 그가 나에게 뭐라고 소리를 질렀지만 잘 들리지가 않았다. 나한테 "행운을 빈다!" 하고 소리쳤을 게 확실하다.

하지만 그게 아니었기를 겁나게 바라는 마음이다. 나는 누구에게도 절대 "행운을 빈다!" 하고 소리치지 않는다. 끔찍하게 들린다, 생각해 보면.

3

나는 세상에서 만나기 힘든 끝내주는 거짓말쟁이다. 그건 끔찍하다. 잡지를 사러 가게에 가는 길이라 해도 누가 나한테 어디 가느냐고 물으면 나는 오페라를 보러 간다고 말하곤 한다. 지긋지긋하다. 따라서 우리의 스펜서한테 내 장비며 물건을 가지러 체육관에 간다고 했을 때 그것도 완전 거짓말이었다. 나는 심지어 내 빌어먹을 장비를 체육관에 두지도 않는다.

펜시에 살았을 때 나는 새 기숙사의 오센버거 기념관에 있었다. 이곳은 삼사학년만 있는 곳이었다. 나는 삼학년이었다. 룸메이트는 사학년이었다. 이 건물은 펜시에 다녔던 오센버거라는 사람의 이름을 땄다. 그는 펜시를 졸업한 뒤 장의사업에서 돈을 좀 만졌다. 이때 그가 한 일, 그는 가족 구성원을 한 구(具)에 단돈 다섯 장 정도에 묻을 수 있는 그런 장례식장을 전국에 세우기 시작했다. 우리의 오센버거를 한번 봐야 하는데. 그는 아마 그걸 그냥 자루에 집어넣고 강에 갖다 버릴 것이다. 어쨌든 그는 펜시에 돈을 잔뜩 주었고 펜시는 우리 건물에 그의 이름을 붙였다. 그 해 첫 번째 풋볼 게임, 그는 그때 빌어먹을 그 커다란 캐딜락을 타고 학교에 왔고 우리는 모두 관중석에서 일어서서 그에게 기관차 — 환호성이라는 뜻이다 — 를 보내야 했다. 그리고 다음 날 아침 채플 시간에 그는 약 열 시간 동안 연설을 했다. 먼저 촌스러운 우스개를 쉰 개쯤 했는데, 그냥 자기가 붙임성 있는 사람이라는 걸 보여 주려는 거였다. 대단하기도 하지. 그러더니 무슨 문제 같은 게 생겼을 때 바로 무릎을 꿇고 하느님한테 기도하는 걸 한 번도 부끄러워한 적이 없다고 말하기 시작했다. 그는 우리가 어디 있든 언제나 하느님한테 기도하라고 — 하느님한테 이야기나 그런 걸 하라고 — 말했다. 예수를 우리의 친구나 그런 거로 생각해야 한다고 말했다. 자기는 예수와 늘 얘기한다고 했다. 심지어 차를 몰고 있을 때도. 죽음이었다. 가식적인 커다란 놈이 기어를 일단에 넣으면서 예수한테 송장을 몇 개 더 보내 달라고 부탁하는 게 눈에 막 떠오르잖나. 그의 연설에서 유일하게 좋았던 부분은 딱 중간쯤이었다. 그는 자기가 얼마나 멋진 사람인지, 얼마나 잘나가는 그런 인간인지 한참 이야기하고 있었는데 갑자기 내 앞줄에 앉아 있던 이 녀석, 에드거 마살라가 끝내주는 방귀를 뀌었다. 아주 상스러운 짓이었다, 채플이나 그런 데서 그러다니. 하지만 동시에 아주 재미있기도 했다. 우리의 마살라. 녀석은 빌어먹을 지붕을 날려 버릴 뻔했다. 큰 소리로 웃는 사람은 거의 없었고 우리의 오센버거는 아무 소리도 못 들은 체했다. 그러나 교장인 우리의 서머가 연단이나 그런 데서 바로 오센버거 옆에 앉아 있었는데 그가 들었다는 것을 알 수 있었다. 우아, 그는 열을 받았다. 그때는 아무 말도 하지 않았지만 다음 날 밤 학관에서 의무 자습을 하게 하더니 나타나서 연설을 했다. 그는 채플 시간에 소란을 피운 아이는 펜시에 다닐 자격이 없다고 말했다. 우리는 우리의 마살라를 꼬셔서 바로 우리의 서머가 연설을 하는 중에 한 번 더 뒤집어 버리게 하려고 했지만, 녀석은 그럴 기분이 아니었다. 어쨌든 그곳이 펜시에서 내가 살던 곳이다. 새 기숙사에 있는 우리의 오센버거 기념관.

우리의 스펜서를 떠나온 뒤 내 방으로 돌아가니 아주 좋았다. 모두 경기장에 내려가 있었고 우리 방에는 여느 때와는 달리 난방이 들어오고 있었기 때문이다. 좀 아늑했다. 코트를 벗고 타이를 풀고 셔츠 칼라의 단추를 풀었다. 그리고 그날 아침 뉴욕에서 산 이 모자를 썼다. 빨간 사냥 모자, 앞 챙이 아주 아주 긴 그런 모자였다. 지하철에서 나왔을 때 운동용품점 진열장에서 본 것이었다. 그 빌어먹을 펜싱 검을 다 잃어버렸다는 걸 깨달은 직후였다. 돈은 한 장밖에 주지 않았다. 내가 그걸 쓰는 방법, 나는 챙을 뒤로 빙글 돌렸다 — 아주 촌스럽다, 나도 인정한다. 하지만 그쪽이 마음에 들었다. 그런 식으로 쓰고 있으니 괜찮아 보였다. 그런 다음 읽던 책을 들고 내 의자에 앉았다. 각 방마다 의자가 둘이었다. 내 거 하나 내 룸메 워드 스트래들레이터 거 하나. 팔걸이는 한심한 몰골이었다. 모두 늘 그 위에 앉았기 때문이다. 하지만 아주 편안한 의자였다.

　내가 읽던 책은 도서관에서 실수로 가져온 거였다. 도서관에서 나한테 책을 잘못 주었는데 방에 돌아와서야 그것을 깨달았다. 도서관에서는 이자크 디네센의 『아웃 오브 아프리카』를 주었다. 나는 그게 구린내가 날 거라고 생각했지만 그렇지 않았다. 아주 좋은 책이었다. 나는 문맹이나 다름없지만 많이 읽는다. 내가 가장 좋아하는 작가는 나의 형 D.B.이고 그다음은 링 라드너다. 형은 펜시에 오기 직전 생일 선물로 링 라드너가 쓴 책을 주었다. 그 책에는 아주 재미있고 미친 희곡들이 담겨 있고, 또 늘 과속을 하는 아주 귀여운 여자와 사랑에 빠지는 교통경찰관에 관한 단편이 하나 있었다. 다만 결혼한 몸이다, 그 경찰관은. 따라서 그녀와 결혼 같은 건 할 수 없다. 그러다가 이 여자가 죽고 만다. 늘 과속을 하기 때문이다. 그 이야기는 그냥 거의 죽음이었다. 내가 가장 좋아하는 건 적어도 가끔 한 번씩은 웃겨 주는 책이다. 나는 고전적인 책, 가령 『토박이의 귀환』이나 그런 걸 많이 읽고 또 좋아하며 전쟁 책과 미스터리나 그런 것도 많이 읽지만 그런 거는 뻑 갈 정도는 아니다. 진짜 내가 뻑 가는 건 다 읽고 났을 때 그걸 쓴 사람이 내가 내킬 때면 언제나 전화를 걸 수 있는 끝내주는 친구였으면 하는 마음이 드는 책이다. 하지만 그런 일이 자주 일어나지는 않는다. 이 이자크 디네센한테는 연락해도 괜찮을 것 같다. 그리고 링 라드너한테도. D.B.가 그 사람이 죽었다고 알려줬다는 게 문제지만. 가령 서머싯 몸의 『인간의 굴레에서』

라는 책을 보자. 나는 그걸 작년 여름에 읽었다. 아주 좋은 책이고 그렇지만 서머싯 몸에게 전화를 걸고 싶지는 않을 것 같다. 모르겠다. 그냥 그는 내가 연락을 하고 싶은 종류의 사람은 아니다, 그뿐이다. 차라리 우리의 토머스 하디에게 전화를 하겠다. 나는 그 유스타시아 바이[3]가 마음에 든다.

어쨌든 나는 새 모자를 쓰고 앉아 그 책 『아웃 오브 아프리카』를 읽기 시작했다. 이미 읽었지만 어떤 부분은 다시 읽고 싶었다. 하지만 세 페이지쯤밖에 읽지 않았을 때 누가 샤워 커튼을 헤치고 나오는 소리가 들렸다. 고개를 들지 않고도 누구인지 바로 알았다. 로버트 애클리, 바로 내 옆방을 쓰는 녀석이었다. 우리 건물에는 두 방마다 사이에 샤워실이 있었고 우리의 애클리는 하루에 여든다섯 번쯤 나한테로 쳐들어왔다. 그는 아마 기숙사 전체에서 나를 빼고 경기장에 내려가지 않은 유일한 녀석이었을 거다. 녀석은 좀처럼 어디 가는 법이 없었다. 아주 독특한 녀석이었다. 졸업반이었고 펜시에 꼬박 사년이나 그 정도 있었을 건데 모두가 녀석을 오로지 '애클리'라고만 불렀다. 룸메인 허브 게일조차 녀석을 '밥'이나 심지어 '애크'라고 부른 적이 없었다. 만일 녀석이 결혼하면 부인도 아마 녀석을 '애클리'라고 부를 거다. 애클리는 아주 아주 큰 키에 등이 굽었으며 — 대충 6피트 4인치였다 — 치아가 엉망인 그런 녀석이었다. 내내 녀석은 내 옆방에 살았는데 그동안 단한 번도 녀석이 이를 닦는 걸 본 적이 없었다. 그래서 늘 이가

---

3) 『토박이의 귀환』의 등장인물.

이끼가 낀 듯 끔찍했고, 식당에서 입안 가득 으깬 감자와 콩이나 그런 걸 넣고 있는 걸 보면 젠장 거의 토할 지경이었다. 그것 말고도 녀석은 여드름이 많이 났다. 다른 녀석들과는 달리 이마나 턱뿐만 아니라 얼굴 전체에 잔뜩 났다. 그뿐만 아니라 성격도 끔찍했다. 게다가 좀 야비하기도 했다. 나는 녀석을 환장할 만큼 좋아하지는 않았다, 솔직히 말해서.

녀석이 내 의자 바로 뒤 샤워실 문턱에 서서 스트래들레이터가 있는지 살펴보는 것을 느낄 수 있었다. 녀석은 스트래들레이터를 엄청나게 싫어해서 그 녀석이 방에 있을 때는 절대 들어오지 않았다. 사실 녀석은 모든 사람을 죽어라 싫어했다, 빌어먹을 거의 모두를.

녀석이 샤워실 문턱에서 내려와 방으로 들어왔다. "안녕." 녀석이 말했다. 녀석은 늘 끝내주게 따분하거나 끝내주게 피곤한 것처럼 그 말을 했다. 자기가 일부러 찾아오거나 그랬다고 상대가 생각하는 걸 원치 않았다. 실수로 들어온 걸로 생각해 주기를 바랐다, 참 나.

"안녕?" 나는 그렇게 말했지만 책에서 고개를 들지는 않았다. 애클리 같은 녀석이 있을 때 책에서 고개를 들면 그길로 꽥이었다. 안 그래도 어차피 꽥이었지만 그래도 바로 고개를 들었을 때만큼 빠른 꽥은 아니었다.

녀석은 방 안을 어슬렁거리기 시작했다, 그것도 아수 천천히. 늘 그러듯이 남의 물건을 책상과 서랍장에서 들었다 놨다 하면서. 녀석은 늘 남의 물건을 집어 들고 살폈다. 우아, 가끔 정말로 신경이 거슬렸다. "펜싱은 어땠어?" 녀석이 말했다. 녀석은 그저 내가 책을 읽으며 즐거운 시간을 보내는 걸 끝내기를 바랄 뿐이었다. 펜싱 같은 데는 젠장 아무런 관심이 없었다. "우리가 이기지, 아냐?" 녀석이 말했다.

"아무도 이기지 않았어." 내가 말했다. 하지만 고개는 들지 않고.

"뭐라고?" 녀석은 늘 모든 걸 두 번 말하게 했다.

"아무도 이기지 않았다고." 내가 말했다. 나는 녀석이 내 서랍장에서 뭘 만지작거리는지 확인하려고 슬쩍 훔쳐보았다. 녀석은 내가 뉴욕에서 어울리던 이 여자애의 사진을 보고 있었다. 샐리 헤이스. 내가 그 빌어먹을 사진을 갖다 놓은 이후로 적어도 오천 번은 집어 들고 봤을 거다. 그리고 다 보고 나면 늘 엉뚱한 데다 내려놓았다. 일부러 그랬다. 분명히 알 수 있었다.

"아무도 이기지 않았다고?" 녀석이 말했다. "어째서?"

"내가 검하고 물건들을 지하철에 놓고 내렸거든." 나는 여전히 고개를 들어 녀석을 보지 않았다.

"지하철에, 맙소사! 네가 그걸 잃어버렸다는 거잖아, 그거지?"

"우리가 열차를 잘못 탔거든. 계속 일어나서 벽에 붙은 빌어먹을 노선도를 봐야 했다고."

녀석이 다가오더니 내 빛을 완전히 가리고 섰다. "야." 내가 말했다. "네가 들어온 뒤로 이 똑같은 문장을 스무 번쯤 읽었어."

애클리가 아니라면 누구라도 젠장 무슨 말인지 알아들었을 거다. 하지만 녀석은 아니었다.

"너더러 물어내라고 할 거 같아?" 녀석이 말했다.

"모르겠는데. 나는 젠장 관심 없어. 좀 앉거나 그러는 게 어떨까, 꼬맹이 애클리? 네가 지금 젠장 빛을 가리고 있잖아." 녀석은 '꼬맹이 애클리'라고 부르는 걸 좋아하지 않았다. 그러면서 녀석은 늘 내가 빌어먹을 꼬맹이라고 말했다. 내가 열여섯 살이고 자기는 열여덟이라는 이유로. 그래서 내가 녀석을 '꼬맹이 애클리'라고 부르면 화를 냈다.

녀석은 거기 그대로 서 있었다. 녀석은 빛을 가리지 말고 비켜 달라고 하면 절대 비키려고 하지 않는 바로 그런 종류의 애였다. 결국은 그렇게 해 주지만 비켜 달라고 하면 훨씬 오래 걸렸다. "도대체 뭘 읽고 있냐?" 녀석이 말했다.

"빌어먹을 책이지."

녀석은 제목을 보려고 손으로 책을 밀었다. "재미있어?" 녀석이 물었다.

"지금 내가 읽고 있는 이 문장은 끝내주지." 나는 그럴 기분일 때는 제대로 비꼴 줄 안다. 하지만 녀석은 알아듣지 못했다. 녀석은 다시 방을 어슬렁거리며 내 물건을 모두 집어 들어 보았다. 스트래들레이터의 것들도. 마침내 나는 바닥에 책을 내려놓았다. 애클리 같은 녀석이 옆에 있으면 아무것도 읽을 수 없었다. 불가능했다.

나는 의자에서 몸을 아래로 축 늘어뜨리고 우리의 애클리가 자기 방처럼 편하게 구는 것을 지켜보았다. 뉴욕까지 갔다 오고 그래서 좀 피곤해 하품을 하기 시작했다. 이윽고 나는 장난을 좀 치기 시작했다. 가끔 나는 장난을 많이 친다, 그냥 따분해지지 않으려고. 이때 내가 한 일, 나는 사냥 모자의 그 챙을 빙 돌려 앞으로 보내고 그걸 끌어당겨 눈을 푹 덮었다. 그렇게 하자 젠장 아무것도 보이지 않았다. "눈이 멀 것 같아요." 나는 그 아주 쉰 목소리로 말했다. "사랑하는 어머니, 여기는 모든 게 아주 깜깜해요."

"이런 미친놈. 정말 미친놈일세." 애클리가 말했다.

"사랑하는 어머니, 손을 내밀어 주세요. 왜 손을 내밀지 않는 건가요?"

"맙소사, 철 좀 들어라."

나는 눈먼 사람처럼 앞쪽을 더듬기 시작했지만 일어서거나 그러지는 않았다. 그냥 계속 말했다. "사랑하는 어머니, 왜 손을 내밀지 않는 건가요?" 그저 장난을 치는 것일 뿐이었다, 당연히. 그런 게 가끔 짜릿한 느낌을 준다. 게다가 그렇게 하는 게 우리의 애클리를 겁나 짜증 나게 했다는 걸 잘 알고 있다. 녀석은 늘 내 안에서 그 사디스트를 끌어냈다. 나는 녀석에게는 자주 심한 사디스트가 되었다. 하지만 마침내 나는 그만두었다. 다시 챙을 뒤로 돌리고 느긋한 자세로 돌아왔다.

"이건 누구 거냐?" 애클리가 물었다. 녀석은 나더러 보라고 룸메의 무릎 보호대를 들고 있었다. 이 애클리라는 녀석은 뭐든 집어 들었다. 심지어 국부 보호대 같은 것도 집어 들었을 거다. 나는 그게 스트래들레이터 거라고 말했다. 그러자 녀석은 그걸 스트래들레이터의 침대에 던졌다. 녀석은 그걸 스트래들레이터의 서랍장에서 집어 들었고, 그랬기 때문에 그걸 침대에 던진 거다.

녀석은 다가와 스트래들레이터의 의자 팔걸이에 앉았다. 의자에 제대로 앉는 법이 없었다. 그냥 늘 팔걸이에 앉았다. "그 빌어먹을 모자는 어디서 난 거야?" 녀석이 물었다.

"뉴욕에서."

"얼마 줬는데?"

"한 장."

"바가지 썼네." 녀석은 성냥 끄트머리로 빌어먹을 손톱을 청소하기 시작했다. 녀석은 늘 손톱을 청소했다. 웃기는 일이었다, 어떤 면에서는. 녀석의 이는 늘 이끼가 낀 것 같았고 귀는 늘 끔찍하게 더러웠는데 손톱은 또 늘 청소하다니. 그렇게 하면 자기가 아주 단정한 사람이 된다고 생각했던 모양이다. 녀석은 손톱을 청소하면서 다시 내 모자를 보았다. "우리 고향에서는 사슴을 쏠 때 그런 모자를 쓰지, 참 나." 녀석이 말했다. "그건 사슴 쏘는 모자야."

"웃기는 소리 하시네." 나는 모자를 벗고 그것을 보았다. 한쪽 눈을 대충 감았다, 마치 그걸 겨냥하는 것처럼. "이건 사람 쏘는 모자야. 나는 이 모자를 쓰고 사람을 쏴."

"너희 식구는 너 짤린 거 이제 알아?"

"아니."

"그런데 스트래들레이터는 어디 있는 거야?"

"시합 보러 갔지. 데이트가 있거든." 나는 하품을 했다. 나는 어디에서나 하품을 했다. 일단 방이 염병하게 너무 더웠다. 그래서 졸렸다. 펜시에서는 얼어 죽거나 쪄 죽거나 둘 중에 하나였다.

"위대한 스트래들레이터." 애클리가 말했다. " — 야, 가위 좀 빌려줄래, 응? 옆에 있어?"

"아니. 이미 짐을 쌌어. 옷장 맨 위에 올라가 있어."

"좀 가져올래, 응?" 애클리가 말했다 "이 거스러미 좀 잘라 내고 싶어서."

녀석은 상대가 짐을 쌌건 싸지 않았건, 그걸 옷장 맨 위에 올려놓았건 아니건 상관하지 않았다. 결국 갖다주기는 했지만. 그러다 거의 죽을 뻔했다. 옷장 문을 여는 순간 스트래들레이터의 테니스 라켓 ─ 심지어 나무 프레스까지 채워진 ─ 이 바로 머리로 떨어진 것이다. 쾅 하고 큰 소리를 냈고 미치게 아팠다. 하지만 우리의 애클리는 젠장 그게 죽인다고 생각했다. 녀석은 아주 높은 가성으로 웃음을 터뜨리기 시작했다. 내가 여행 가방을 내려 가위를 꺼내는 동안에도 계속 웃었다. 그런 일 ─ 어떤 사람이 돌맹이 같은 거에 머리를 맞는 일 ─ 이 애클리에게는 재미있어 죽겠는 것이었다. "빌어먹을 멋진 유머 감각을 갖고 있군, 꼬맹이 애클리." 내가 말했다. "그거 알아?" 나는 그에게 가위를 건네주었다. "내가 매니저가 되어 주지. 빌어먹을 라디오에 출연하게 해 줄게." 나는 다시 의자에 앉았고 녀석은 뿔처럼 보이는 커다란 손톱을 자르기 시작했다. "탁자나 그런 걸 좀 이용하면 어떨까?" 내가 말했다. "그걸 탁자에 대고 잘라 줄래, 응? 오늘 밤에 네 지저분한 손톱을 맨발로 밟으며 걸어 다니고 싶지 않거든." 그래도 녀석은 그냥 계속 바닥에 대고 잘랐다. 정말 매너 한번 더럽다. 진심으로.

"스트래들레이터는 누구하고 데이트를 해?" 녀석이 말했다.

녀석은 스트래들레이터가 누구하고 데이트를 하는지 늘 추적을 하고 있었다, 그렇게 스트래들레이터를 죽어라 싫어하면서도.

"모르겠는데. 왜?"

"왜는 없어. 우아, 나는 그 개자식은 견딜 수가 없어. 내가 정말로 견딜 수가 없는 개자식이 있다면 그 자식이야."

"걔는 네가 좋아서 환장하던데. 네가 빌어먹을 왕자라 그러더라고." 내가 말했다. 나는 장난을 칠 때는 사람들을 '왕자'라고 부르는 일이 많다. 그렇게 하면 따분해지거나 그러는 걸 막을 수 있기 때문이다.

"그 자식은 늘 그 우월한 태도로 돌아다녀." 애클리가 말했다. "그냥 그 개자식을 견딜 수가 없어. 네 생각에는 그 자식이……."

"탁자에 대고 손톱을 잘라 주면 안 될까, 정말로?" 내가 말했다. "이런 부탁을 쉰 번쯤……."

"그 자식은 늘 그 염병할 우월한 태도로 돌아다녀." 애클리가 말했다. "나는 그 개자식이 머리가 좋다고 생각하지도 않아. 그 자식은 그렇다고 생각하지. 그 자식은 자기가 가장……."

"애클리! 참 나. 네 지저분한 손톱 좀 제발 탁자에 대고 잘라 줄래? 쉰 번이나 부탁했잖아."

녀석은 탁자에 대고 손톱을 자르기 시작했다, 이번만큼은. 녀석이 뭔가를 하게 하는 유일한 방법은 고함을 지르는 것뿐이었다.

나는 녀석을 한동안 지켜보았다. 이윽고 입을 열었다. "네가 스트래들레이터에게 화를 내는 이유는 걔가 이를 닦는 걸 갖고 가끔 한 소리 했기 때문이야. 하지만 걔는 너를 모욕하려고 그런 게 아니야, 정말이지. 걔가 그 얘길 제대로 했다거나 그런 건 아니지만 적어도 어떤 모욕을 주려던 건 아니었어. 걔가 하려던 말은 네가 가끔 이를 좀 닦으면 더 나아 보이고 기분도 좋을 거라는 거였어."

"나 이 닦아. 그런 소리 마."

"아니, 안 닦아. 내가 봤어, 그런데 넌 안 닦아." 내가 말했다. 야비하게 말하지는 않았지만. 나는 녀석이 좀 안타까웠다, 어떤 면에서는. 내 말은 누구한테 이를 안 닦는다고 지적당하는 것은 당연히 별로 기분 좋은 일이 아니라는 거다. "스트래들레이터는 괜찮은 애야. 별로 나쁘지 않아. 너는 걔를 몰라, 그게 문제야."

"그래도 나는 그 자식이 개자식이라고 말하겠어. 그 자식은 자만심에 찬 개자식이야."

"걔는 자만심이 강해. 하지만 어떤 일에서는 아주 너그러워. 정말로 그래. 봐. 예를 들어 스트래들레이터가 네 맘에 드는 타이 같은 걸 매고 있다고 해 보자고. 타이를 매고 있는데 그걸 네가 엄청나게 좋아한다고 해 보자고 — 그냥 예를 하나 드는 거야, 지금. 그럼 그 자식은 어떻게 하는지 알아? 아마 그걸 풀어서 너한테 줄 거야. 정말 그럴 거라고. 아니면 — 그 자식이 어떻게 하는지 알아? 네 침대에 놓아두거나 할 거라고. 어쨌든 너한테 그 염병할 타이를 줄 거라고. 대부분의 아이들은 아마 그냥……."

"젠장." 애클리가 말했다. "나도 그 자식만큼 돈이 있으면 그러겠다."

"아니, 너는 안 그럴 거야." 나는 고개를 저었다. "아니, 너는 안 그럴 거야, 꼬맹이 애클리. 만일 너한테 걔만큼 돈이 있으면 너는 아마 가장 큰……."

"나를 '꼬맹이 애클리'라고 부르지 마, 젠장. 나는 네 빌어먹을 아버지 나이뻘이라고."

"아니, 너는 그렇지 않아." 우아, 녀석은 가끔 정말이지 사람을 짜증 나게 할 수 있었다. 녀석은 당신이 열여섯이고 자기가 열여덟이라고 알려 줄 기회를 절대 놓치지 않았다. "우선, 널 내 빌어먹을 가족에 끼워 줄 일은 없을 테니까." 내가 말했다.

"흠, 그냥 나를 그렇게 부르지……."

갑자기 문이 열리고 우리의 스트래들레이터가 뛰쳐 들어왔다. 몹시 서두르고 있었다. 녀석은 늘 몹시 서둘렀다. 모든 게 아주 큰일이었다. 녀석은 나에게 다가와 겁나 장난스럽게 내 두 뺨을 찰싹 때렸다 — 이건 아주 약이 오를 수도 있는 일이다. "야." 녀석이 말했다. "오늘 밤에 어디 특별한 데 가?"

"모르겠어. 그럴 수도. 도대체 밖에 뭐야 — 눈이 오는 거야?" 그의 코트는 온통 눈이었다.

"오고말고. 야. 오늘 밤에 어디 특별한 데 가지 않으면 네 개이빨 재킷[4] 좀 빌려줄래?"

"시합은 누가 이겼어?" 내가 물었다.

---

4) 개이빨 격자무늬 재킷.

"전반전만 끝났어. 우리는 나갈 거야." 스트래들레이터가 말했다. "정말로 묻는데, 오늘 밤에 개이빨이 필요해 안 필요해? 내 회색 플란넬에 어떤 쓰레기를 왕창 쏟았거든."

"안 필요해. 하지만 네 어깨나 그런 거 때문에 옷이 늘어나서 싫어." 내가 말했다. 우리는 키가 거의 같았지만 녀석은 나보다 몸무게가 두 배쯤 나갔다. 또 어깨도 아주 넓었다.

"늘어나지 않게 할게." 녀석은 몹시 서둘러 옷장으로 갔다. "야, 어떻게 지내, 애클리?" 녀석이 애클리에게 말했다. 적어도 아주 친근하게 굴기는 했다, 스트래들레이터는. 어느 정도는 가식적으로 친근한 것이었지만 그래도 애클리한테 늘 인사는 했다.

"야, 어떻게 지내?" 하고 물었을 때 애클리는 그냥 툴툴거리는 소리만 좀 냈다. 녀석은 답을 하지 않으려 했지만 그래도 툴툴거리지도 않을 만큼의 배짱은 없었다. 이윽고 녀석은 나에게 말했다. "가야 할 것 같아. 나중에 봐."

"그래." 내가 대답했다. 녀석이 자기 방으로 돌아갈 때 딱히 마음이 아프다거나 하는 법은 절대 없었다.

우리의 스트래들레이터는 코트와 타이까지 다 벗기 시작했다. "아무래도 빠른 면도를 해야 할 것 같아." 녀석이 말했다. 녀석은 아주 묵직하게 턱수염을 기르고 있었다. 정말 그랬다.

"여자애는 어디 있어?" 내가 물었다.

"별관에서 기다리고 있어." 녀석은 세면도구와 수건을 겨드랑이에 끼고 방을 나갔다. 셔츠 같은 건 입지도 않고. 녀석은 늘 웃통을 까고 돌아다녔는데 그건 자기가 염병할 몸이 좋다고 생각해서였다. 좋기는 했다. 그건 인정할 수밖에 없다.

4

특별히 할 게 없어 세면장으로 가서 녀석이 면도를 하는 동안 이빨을 깠다. 세면장에는 우리뿐이었다. 모두 아직 경기장에 내려가 있었기 때문이다. 지옥처럼 더웠고 창문에는 죄다 김이 잔뜩 서려 있었다. 세면대는 열 개쯤이었고 모두 벽에 붙어 있었다. 스트래들레이터는 중간 거를 차지하고 있었다. 나는 바로 옆에 앉아 찬물을 틀었다 잠갔다 하기 시작했다 ─ 그런 신경질적인 습관이 나한테는 있다. 스트래들레이터는 면도를 하면서 「인도의 노래」를 계속 휘파람으로 불었다. 곡조는 거의 맞는 법이 없고 그냥 아주 날카롭기만 한 그런 휘파람이었는데도 꼭 휘파람을 잘 부는 사람도 제대로 불기 힘든 노래, 예를 들어 「인도의 노래」라거나 「10번가의 학살」 같은 노래를 골랐다. 녀석은 정말이지 노래를 엉망으로 만드는 재주가 있었다.

아까 애클리가 개인적인 습관이 지저분하다고 했던 거 기억하나? 자, 스트래들레이터도 마찬가지였는데 방식이 달랐다. 스트래들레이터는 은밀하게 지저분한 인간에 가까웠다. 늘 괜찮아 보이기는 했다, 스트래들레이터는. 하지만 예를 들어 녀석이 면도할 때 쓰는 면도날을 한번 봤어야 한다. 늘 개판으로 녹이 슬어 있고 비누 거품과 수염과 더러운 것들이 잔뜩 묻어 있었다. 그걸 한 번도 닦거나 하지 않았다. 녀석은 단장을 다 하고 나면 늘 괜찮아 보였다. 하지만 그래도 은밀하게 지저분한 인간인 건 변함이 없었다. 나처럼 그를 알기만 한다면 알 수 있는 일이었다. 녀석이 그렇게 괜찮아 보이려고 단장을 하는 이유는 환장하도록 자신을 사랑하기 때문이었다. 녀석은 자기가 서반구에서 가장 잘생긴 사나이라고 생각했다. 사실상 아주 잘생기기도 했다 — 그건 인정하겠다. 하지만 부모가 졸업 앨범에서 사진을 보다가 바로 "얘 누구냐?" 하고 물어보는 종류의 잘생긴 녀석이었다. 내 말은 주로 졸업 앨범 유형의 잘생긴 녀석이었다는 거다. 나는 펜시에서 스트래들레이터보다 훨씬 잘생긴 아이를 많이 알았지만 걔네들은 졸업 앨범에서는 잘생겨 보이지 않을 거다. 거기서는 코가 크거나 귀가 튀어나온 것처럼 보일 거다. 나는 그런 경험을 자주 했다.

어쨌든 나는 스트래들레이터가 면도를 하는 곳 옆의 세면대에 앉아 물을 좀 틀었다 잠갔다 하고 있었다. 아직 빨간 사냥 모자를 쓰고 있었고 챙도 당연히 뒤로 돌아가 있었다. 정말이지 그 모자 때문에 아주 짜릿했다.

"야." 스트래들레이터가 말했다. "큰 부탁이 있는데 들어줄래?"

"뭐야?" 내가 말했다. 별로 의욕적이지 않게. 녀석은 늘 큰 부탁을 들어 달라고 했다. 아주 잘생긴 아이, 또는 자기가 진짜 잘나간다고 생각하는 아이가 있다고 해 보자. 그러면 그 아이는 늘 큰 부탁을 들어 달라고 한다. 그냥 자기가 자기한테 환장하기 때문에 상대도 자기한테 환장한다고, 그저 자기한테 뭔가 해 주고 싶어 죽을 지경이라고 생각한다. 좀 웃긴다, 어떤 면에서는.

"너 오늘 밤에 나가?" 녀석이 말했다.

"그럴 수도. 그러지 않을 수도. 모르겠어. 왜?"

"월요일 역사 시간 때문에 책을 100페이지쯤 읽어야 하거든." 녀석이 말했다. "내 작문을 좀 해 주면 어떨까? 영어 숙제인데, 만일 그 빌어먹을 걸 월요일까지 못 내면 골치 아파지거든. 그게 부탁하는 이유야. 어때?"

매우 얄궂다. 정말 얄궂다.

"나는 이 빌어먹을 성적 때문에 잘리는 사람이야. 그런데 빌어먹을 네 작문 숙제를 해 달라고 부탁하다니." 내가 말했다.

"그래, 알지. 하지만 문제는 내가 그걸 안 내면 골치 아파진다는 거야. 친구 좋은 게 뭐냐. 친구 좋다는 게 뭐냐고. 응?"

나는 바로 답을 하지 않았다. 스트래들레이터 같은 놈들은 마음을 좀 졸여 봐야 된다.

"주제가 뭔데?" 내가 물었다.

"뭐든. 뭐든 묘사적인 거. 방. 아니면 집. 아니면 자기가 한때 살았던 곳이나 뭐 그런 거 ─ 네가 잘 알잖아. 그냥 겁나게 묘사적이기만 하면 돼." 그 말을 하면서 녀석은 크게 하품을 했다. 나는 그런 걸 보면 엉덩이에 엄청 큰 가시가 박히는 느낌이다. 그러니까 빌어먹을 부탁을 한다는 인간이 하품을 하는 거. "그냥 너무 잘 쓰지만 마. 그럼 돼." 녀석이 말했다. "그 하트젤 개자식은 네가 영어에서 잘나간다고 생각하는데, 그 자식이 네가 내 룸메라는 걸 알거든. 그러니까 쉼표 같은 걸 다 제대로 찍지는 말란 말이야."

그런 것도 내 엉덩이에 박히는 엄청 큰 가시다. 그러니까 나는 작문을 잘하는 사람인데 누가 쉼표를 어디다 찍으라 마라 하는 이야기를 시작하는 거. 스트래들레이터는 늘 그랬다. 녀석은 자기가 작문이 형편없는 건 단지 쉼표를 죄다 엉뚱한 데 찍기 때문이라고 생각해 주기를 바랐다. 애클리와 약간 비슷했다, 그런 면에서는. 전에 한번은 농구 시합을 보러 가 애클리 옆에 앉은 적이 있었다. 우리 팀에는 끝내주는 녀석이 있었다. 하위 코일, 경기장 중간에서 골을 넣을 수 있는 녀석, 심지어 백보드에 닿지도 않게. 애클리는 빌어먹을 시합 내내 코일은 농구에 완벽한 몸을 타고난 거라고 말했다. 맙소사, 내가 그런 걸 얼마나 싫어하는지.

그 세면대에 좀 앉아 있자니 따분해져서 몇 걸음 뒤로 물러나 탭댄스를 추기 시작했다, 그냥 겁나 그러고 싶어서. 나는 그냥 혼자 즐기는 중이었다. 사실 탭댄스 같은 건 추지 못하지만 세면장이 돌바닥이었고 그런 곳은 탭댄스 추기가 좋으니까. 나는 영화에 나오는 그런 사람 하나를 흉내 내기 시작했다. 그 뮤지컬 어디에 나오는. 나는 영화를 독처럼 싫어하지만 그걸 모방하는 건 짜릿하다. 우리의 스트래들레이터는 면도를 하면서 거울로 나를 지켜보았다. 나에게 필요한 건 관객뿐이다. 나는 관심병 환자니까. "나는 빌어먹을 주지사 아들이라네." 내가 말했다. 나는 뻑 가고 있었다. 탭댄스를 추며 사방을 돌아다니면서. "아버지는 내가 탭댄서가 되기를 바라지 않는다네. 옥스퍼드에 가기를 바란다네. 하지만 그게 젠장 내 피에 흐르고 있는 걸, 탭댄스가." 우리의 스트래들레이터는 웃음을 터뜨렸다. 유머 감각이 아주 나쁘지는 않은 녀석이었다. "「지그펠드 폴리스」5)의 개막일 밤이라네." 숨이 차기 시작했다. 나는 숨 쉬는 게 편치 않다. "주연 남우가 무대에 설 수가 없다네. 완전 개처럼 취했다네. 그래서 그들이 누구를 그 자리에 넣었을까? 나, 바로 나라네. 빌어먹을 우리 주지사님의 귀여운 아들."

"그 모자는 어디서 났어?" 스트래들레이터가 말했다. 내 사냥 모자 얘기였다. 녀석은 처음 보는 거였다.

어차피 숨이 찼기 때문에 장난치는 것을 그만두었다. 나는 모자를 벗고 아흔 번째쯤 그것을 보았다. "오늘 아침에 뉴욕에서 났지. 한 장 주고 샀어. 맘에 들어?"

스트래들레이터가 고개를 끄덕였다. "멋져." 하지만 그냥 내 비위를 맞춰 주고 있을 뿐이었다. 바로 이렇게 말했기 때문이다. "야. 그 작문 써 줄 거야? 답을 들어야 해."

"시간 나면 써 줄게. 시간이 나지 않으면 안 써 주고." 나는

---

5) 미국의 시사 풍자극.

녀석이 있는 쪽으로 다가가 그의 옆 세면대에 다시 앉았다. "데이트 상대가 누구야?" 나는 그에게 물었다. "피츠제럴드?"

"젠장, 아냐! 말했잖아. 그 돼지하고는 끝났다고."

"그랬나? 그럼 나한테 넘겨라, 야. 농담 아냐. 걔는 내 취향이거든."

"가져가…… 너한테 너무 늙긴 했지만."

갑자기 — 사실 장난을 좀 치고 싶은 기분이라는 것 외에는 이렇다 할 이유도 없이 — 나는 세면대에서 뛰어내려 우리의 스트래들레이터에게 하프 넬슨을 하고 싶었다. 혹시 모를까 싶어 말해 두지만 그건 레슬링에서 붙잡는 기술로 상대의 목을 팔로 감고 죽을 때까지 조르는 거다, 죽이고 싶으면. 그래서 나는 그렇게 했다. 나는 빌어먹을 검은 표범처럼 그에게 달려들었다.

"집어치워, 홀든, 젠장!" 스트래들레이터가 말했다. 녀석은 장난을 치고 싶은 기분이 아니었다. 면도나 그런 걸 하는 중이었다. "내가 어떻게 하기를 바라는 거야 — 빌어먹을 내 머리라도 자를까?"

하지만 나는 놓아주지 않았다. 하프 넬슨이 꽤 잘 먹히고 있었다. "나의 죔쇠 같은 팔에서 스스로 벗어나 봐."

"맙소사." 녀석이 면도날을 내려놓더니 갑자기 두 팔을 위로 휙 들어 목을 조르는 나의 팔을 좀 풀어 버렸다. 아주 힘이 센 녀석이었다. 나는 아주 약한 녀석이다. "자, 이제 이 쓰레기 같은 짓 좀 집어치워." 녀석은 처음부터 다시 면도를 하기 시작했다. 녀석은 늘 면도를 두 번 한다, 멋져 보이려고. 그 지저분한 낡은 면도날로.

"피츠제럴드가 아니면 데이트 상대가 누구야?" 내가 물었다. 나는 다시 그의 옆 세면대에 앉았다. "그 필리스 스미스 귀염둥이?"

"아니. 그랬어야 하는데 약속이 다 엉망이 되어 버려서. 지금은 버드 소가 사귀는 애의 룸메가 걸렸어…… 야. 깜빡할 뻔했네. 그 애가 너 알던데."

"누가?"

"내가 만날 애가."

"그래? 이름이 뭔데?" 꽤 관심이 생겼다.

"지금 생각하고 있어…… 어. 진 갤러거."

우아, 그 말을 듣는 순간 나는 그 자리에서 고꾸라져 죽는 줄 알았다.

"제인 갤러거겠지." 그 말을 듣는 순간 나는 심지어 세면대에서 일어났다. 젠장 그 자리에서 고꾸라져 죽는 줄 알았다. "젠장 맞고말고, 그 애 알지. 바로 옆집에서 산 거나 마찬가지야, 전전 여름에. 커다란 도베르만 핀셔가 있었어. 그래서 그 애하고 만나게 되었던 거야. 그 애 개가 계속 우리……"

"네가 빛을 딱 가리고 있잖아, 홀든, 젠장. 꼭 거기 서 있어야겠냐?"

우아, 하지만 나는 흥분해 있었다. 정말 흥분했다.

"그 애 어디 있어? 내려가서 인사라도 해야겠다. 어디 있어? 별관에?"

"응."

52

"그 애가 어쩌다 내 얘기를 한 거야? 지금 B. M.[6]에 다녀? 거기 갈지도 모른다 그랬거든. 쉬플리[7]에 갈지도 모른다고도 했어. 나는 그 애가 쉬플리에 갔을 거라고 생각했는데. 그 애가 어쩌다 내 이야기를 한 거야?" 나는 무척 흥분해 있었다. 정말 흥분했다.

"모르겠어, 젠장. 엉덩이 좀 들어, 응? 내 수건 깔고 앉았잖아." 나는 녀석의 멍청한 수건에 앉아 있었다.

"제인 갤러거." 나는 여전히 벗어나지 못했다. "예수 H.[8] 그리스도여."

우리의 스트래들레이터는 머리에 바이털리스[9]를 바르고 있었다. 나의 바이털리스를.

"그 애는 댄서야." 내가 말했다. "발레나 그런 거. 매일 두 시간쯤 연습하곤 했어, 가장 더운 날씨가 한창일 때도 말이야. 그러다 다리가 엉망이 될 거라고 걱정했지 — 굵어지거나 그런다고 말이야. 언제나 그 애하고 체커스를 하고 놀았는데."

"그 애하고 언제나 뭘 하고 놀았다고?"

"체커스."

"체커스, 맙소사!"

"그래. 그 애는 킹은 절대 움직이려 하지 않았어. 그 애는 그랬어, 킹이 생기면 그걸 움직이려 하지 않았어. 그냥 뒷줄에

---

6) 브린 모어(Bryn Mawr) 여자 대학교.
7) 브린 모어에 가기 위한 예비학교.
8) H의 출처는 불분명하다.
9) 머리 기름 상표.

놔뒀지. 뒷줄에 죄다 쭉 세워 놨어. 그러고는 절대 이용하지를 않았어. 킹이 죄다 뒷줄에 그렇게 있는 게 그냥 보기 좋았던 거야."

스트래들레이터는 아무 말 하지 않았다. 그런 종류의 이야기에는 사람들이 대부분 관심을 갖지 않는다.

"그 애 어머니가 우리하고 같은 클럽 소속이었어. 난 가끔 캐디 일을 했지, 그냥 돈 좀 모으려고. 그 애 어머니 캐디도 두어 번 했어. 170타 정도 쳤지, 나인 홀을 도는 데 말이야."

스트래들레이터는 거의 듣지 않았다. 멋진 머리에 빗질을 하고 있었다.

"내려가서 인사라도 좀 해야겠다."

"그래라, 그럼."

"그럴게, 곧."

녀석은 처음부터 다시 가르마를 타기 시작했다. 머리를 빗는 데 한 시간은 걸렸다.

"그 애 어머니와 아버지는 이혼했어. 어머니는 어떤 주정뱅이하고 재혼했지. 다리에 털이 많고 바싹 마른 남자였어. 기억나. 늘 반바지를 입고 다녔지. 제인은 그 사람이 극작가나 무슨 빌어먹을 거라고 한 것 같은데 나는 그 인간이 늘 술만 마시고 라디오로 빌어먹을 미스터리 프로그램을 빼놓지 않고 듣는 것만 봤어. 그 빌어먹을 집 둘레를 뛰어다니고, 벌거벗은 채. 제인도 있는데 말이야."

"그래?" 스트래들레이터가 말했다. 거기에는 진짜로 관심을 가졌다. 주정뱅이가 집 둘레를 벌거벗고 달리는 것, 제인도 있는데. 스트래들레이터는 섹스 쪽으로 아주 발달한 놈이었다.

"그 애는 어린 시절이 엉망이었어. 장난 아냐."

하지만 그건 스트래들레이터의 관심을 끌지 못했다. 오직 섹스만 그의 관심을 끌었다.

"제인 갤러거라니, 맙소사." 나는 그 애를 마음에서 떨쳐 버릴 수가 없었다. 정말 그럴 수가 없었다. "내려가서 인사는 해야겠다, 적어도."

"젠장 그러라니까, 말로만 계속 그러지 말고."

나는 창문으로 걸어갔지만 밖은 보이지 않았다. 세면장의 열기 때문에 김이 너무 심하게 서려 있었다. "당장은 그럴 기분이 아니야." 나는 말했다. 그럴 기분이 아니었다. 그런 일을 하려면 그럴 기분이어야 한다. "쉬플리에 다닌다고 생각했어. 맹세라도 할 수 있었어, 쉬플리에 다닌다고." 나는 잠시 세면장을 걸어 다녔다. 달리 할 일이 없었다. "그 애가 시합은 재미있게 봤어?"

"응, 그런 거 같아. 모르겠어."

"우리가 언제나 체커스를 하고 놀았다거나 그런 거 얘기해?"

"모르겠어. 젠장, 이제 막 만났단 말이야." 빌어먹을 멋진 머리 빗질이 끝났다. 지저분한 화장용품을 치우고 있었다.

"야. 내 안부 전해 줘, 알았지?"

"그래." 말은 그렇게 했지만 아마 그러지 않을 것임을 알았다. 스트래들레이터 같은 녀석, 그런 녀석은 절대 안부를 전하지 않는다.

녀석은 방으로 돌아갔지만 나는 한동안 세면장에서 어슬

렁거리며 우리의 제인 생각을 했다. 이윽고 나도 방으로 돌아
갔다.

스트래들레이터는 내가 들어갔을 때 거울 앞에서 타이를
매고 있었다. 녀석은 거울 앞에서 빌어먹을 반평생을 보냈다.
나는 의자에 앉아 잠시 녀석을 좀 지켜보았다.

"야, 나 짤렸단 얘기 하지 마, 알았지?"

"알았어."

그게 스트래들레이터의 한 가지 좋은 점이었다. 애클리한테
는 젠장 꼬치꼬치 설명해야 하지만 녀석한테는 그럴 필요가
없었다. 아마도 대개는. 녀석은 별로 관심이 없었으니까. 그게
진짜 이유였다. 애클리, 그는 달랐다. 애클리는 참견하기를 아
주 좋아하는 놈이었다.

녀석은 내 개이빨 재킷을 입었다.

"제발, 야, 그거 사방으로 늘어나게 좀 하지 마." 내가 말했
다. 나도 그걸 두 번쯤밖에 입지 않았다.

"안 해. 내 담배는 도대체 어디 있는 거야?"

"책상에." 녀석은 자기가 뭘 어디에 뒀는지 절대 알지 못했
다. "네 머플러 밑에." 녀석은 담배를 그의 코트 호주머니에 넣
었다 — 아니, 내 코트 호주머니에.

나는 갑자기 사냥 모자 챙을 앞으로 확 돌렸다, 기분 전환
삼아. 신경이 좀 곤두서고 있었다, 갑자기. 나는 신경이 아주
예민한 사람이다. "야, 그 애하고 어디로 데이트 하러 가냐?"
내가 물었다. "생각해 놨어?"

"몰라. 뉴욕, 시간이 있으면. 그 애가 귀가 시간을 겨우 9시

30분으로 적었어, 참 나."

녀석이 말하는 투가 마음에 들지 않아서 말했다. "그 애가 그렇게 한 이유, 그 애는 아마도 네가 얼마나 잘생기고 매력적인 놈인지 몰랐을 거야. 알았다면 아침 9시 30분으로 적어 냈겠지."

"젠장 맞아." 스트래들레이터가 말했다. 녀석의 약을 올리는 건 그리 쉽지 않다. 너무 자만심이 강해서. "농담 아냐, 진짜. 그 작문 해 줘." 녀석은 코트를 입었고 나갈 준비가 완전히 끝났다. "녹초가 되도록 애쓰거나 그러지는 말고 그냥 겁나게 묘사적으로 만들기만 하면 돼. 알았지?"

나는 대답하지 않았다. 대답하고 싶지 않았다. 내가 한 말이라고는 "아직도 킹을 죄다 뒷줄에 놓는지 물어봐."였다.

"그래." 스트래들레이터가 말했지만 나는 녀석이 묻지 않을 것임을 알았다. "그럼 잘 있어." 녀석은 겁나 신나서 문을 쾅 닫고 나가 버렸다.

녀석이 나간 뒤에도 나는 거기 삼십 분쯤 앉아 있었다. 그러니까 내 의자에 그냥 앉아 있었다는 말이다, 아무것도 하지 않고. 계속 제인 생각을 했다. 또 스트래들레이터가 그 애와 데이트나 그런 걸 한다는 생각. 그것 때문에 신경이 곤두서서 돌아버릴 지경이었다. 스트래들레이터가 얼마나 섹스 쪽으로 발달한 놈인지는 이미 말했지 않은가.

갑자기 애클리가 다시 쾅 소리를 내며 들어왔다, 평소처럼 빌어먹을 샤워 커튼을 헤치고. 내 멍청한 인생에서 처음으로 녀석을 보는 게 정말로 반가웠다. 녀석 덕분에 다른 일에 신경을 끌 수 있었으니까.

녀석은 저녁 식사 시간 무렵까지 죽치면서 자기가 죽어라 싫어하는 펜시의 모든 녀석 이야기를 늘어놓으며 턱의 그 커다란 여드름을 짰다. 심지어 손수건을 사용하지도 않았다. 녀석에게 손수건이 있었을 거라는 생각조차 하지 않는다, 솔직히 말해서. 어쨌든 녀석이 손수건을 사용하는 건 본 적이 없다.

5

펜시에서는 토요일 저녁에 늘 똑같은 걸 먹었다. 그걸 대단하게들 생각했다, 스테이크를 줬으니까. 많은 아이 부모가 일요일에 학교에 오는데, 모든 어머니가 귀여운 아들한테 어젯밤에는 뭘 먹었느냐고 물어볼 거고, 토요일에 스테이크를 주면 그때 아이가 "스테이크요." 하고 대답할 거라고 우리의 서머는 아마도 생각했을 거라는 데 천 달러를 걸겠다. 이 무슨 사기냐. 그 스테이크를 한번 봤어야 하는데. 심지어 잘 잘리지도 않는 작고 딱딱하고 말라빠진 거였다. 스테이크의 밤에는 또 이 잔뜩 덩어리진 으깬 감자가 나왔고 디저트로는 브라운 베티[10]가 나왔는데 그건 아무도 먹지 않았다. 뭐 혹시 아직 뭘

_____

10) 푸딩의 일종.

잘 모르는 아래 학년의 어린 애들이라면 모를까 ── 그리고 뭐든지 다 먹는 애클리 같은 녀석들하고.

하지만 식당에서 나올 때는 좋았다. 땅에는 눈이 3인치쯤 덮여 있었는데 여전히 미치광이처럼 내리고 있었다. 겁나게 예뻐 보였고, 우리 모두 눈싸움을 하면서 온 사방에서 장난을 치고 다녔다. 아주 유치했지만 다들 정말로 즐거워했다.

나는 데이트가 있거나 그런 게 아니었기 때문에 나하고 나의 이 친구, 레슬링 팀에 있는 맬 브로사드는 버스를 타고 에이저스타운에 가서 햄버거를 먹고 또 마음이 내키면 엉망인 영화라도 한 편 보기로 했다. 우리 둘 다 밤새 할 일 없이 빈둥거리고 싶은 기분은 아니었다. 나는 맬에게 애클리가 함께 가도 괜찮겠느냐고 물었다. 내가 물어본 것은 애클리는 토요일 밤에는 방에 처박혀 여드름을 짜거나 그러는 것 외에는 절대 아무런 일도 하지 않기 때문이다. 맬은 상관은 없지만 썩 마음에 드는 생각은 아니라고 했다. 녀석은 애클리를 별로 좋아하지 않았다. 어쨌든 우리 둘 다 방으로 가서 준비나 그런 걸 좀 했다. 나는 고무 덧신이나 그런 쓰레기를 신으면서 저쪽에 대고 우리의 애클리에게 영화 보러 갈 마음이 있느냐고 소리를 질렀다. 샤워 커튼을 통해 내 말을 얼마든지 들을 수 있었지만 녀석은 바로 대답하지 않았다. 녀석은 바로 답을 하는 것을 싫어하는 그런 종류의 인간이었다. 마침내 녀석이 빌어먹을 커튼을 헤치고 건너와 문턱에 올라서서 나 말고 누가 가느냐고 물었다. 녀석은 늘 누가 가느냐고 물어야만 직성이 풀렸다. 맹세컨대 어딘가에서 난파를 당했는데 누가 빌어먹을 보트를 타고 구조하러 가면 보트에 타기 전에 노를 젓는 사람이 누구인지 알고 싶어 할 녀석이다. 나는 맬 브로사드가 간다고 말해 주었다. 녀석이 말했다. "그 녀석…… 좋아. 잠깐 기다려." 꼭 자기가 큰 은혜라도 베푸는 것처럼.

녀석은 준비하는 데 거의 다섯 시간이 걸렸다. 그러는 동안 나는 내 창으로 가서 그걸 열고 맨손으로 눈을 뭉쳤다. 뭉치기 아주 좋은 눈이었다. 하지만 어디에도 던지지 않았다. 그러다 던지기 시작했다. 거리 건너에 주차한 차를 향해. 하지만 생각이 바뀌었다. 차가 너무 멋지고 희게 보였다. 다음에는 소화전을 향해 던지기 시작했지만 그것도 너무 멋지고 희게 보였다. 마침내 어디에도 던지지 않았다. 그냥 창을 닫고 눈덩이를 들고 방을 돌아다니며 더 세게 다지기만 했다. 잠시 후 브로사드, 애클리와 함께 버스를 탔을 때도 여전히 그걸 갖고 있었다. 버스 기사는 문을 열더니 그걸 밖으로 던지게 했다. 나는 누구한테도 던지지 않을 거라고 말했지만 기사는 내 말을 믿으려 하지 않았다. 사람들은 절대 누굴 믿지 않는다.

브로사드와 애클리 둘 다 상영 중인 영화를 이미 보았기 때문에 우리가 한 거, 우리는 그냥 햄버거를 좀 먹고 핀볼 머신을 잠깐 하고 나서 다시 버스를 타고 펜시로 돌아왔다. 어차피 나는 영화를 보든 말든 상관없었다. 캐리 그랜트가 나오는 코미디나 그런 쓰레기였다. 게다가 나는 전에도 브로사드, 애클리와 영화관에 간 적이 있었다. 두 녀석 모두 웃기지도 않은 데서 하이에나처럼 웃어 댔다. 나는 영화관에서 녀석들 옆에 앉아 있는 것도 즐겁지 않았다.

기숙사에 돌아왔을 때는 9시 십오 분 전쯤밖에 안 되었다. 우리의 브로사드는 브리지광이라서 게임을 찾아 기숙사를 돌아다니기 시작했다. 우리의 애클리는 내 방에서 죽쳤다, 그저 기분전환 삼아. 다만 스트래들레이터의 의자 팔걸이에 앉는 게 아니라 내 침대에 누워 얼굴을 내 베개에 갖다 대거나 그러고 있었다. 녀석은 그 아주 단조로운 목소리로 이야기를 시작하면서 여드름을 죄다 뜯기 시작했다. 나는 천 번쯤 암시를 주었지만 도저히 녀석을 내보낼 수가 없었다. 녀석이 하는 짓이라고는 그 아주 단조로운 목소리로 그 전 여름에 성교를 하려던 어떤 여자애 이야기를 계속하는 것뿐이었다. 그 얘기는 이미 백 번쯤 했다. 하지만 이야기를 할 때마다 달라졌다. 어느 때는 사촌의 뷰익 자동차 안에서 하고 있었다고 그러다가 또 어느 때는 어디 판잣길 밑에서 하고 있었다고 말했다. 당연히 죄다 헛소리였다. 다른 녀석이라면 몰라도 그 녀석만큼은 동정이었다. 누구를 제대로 만져 보기라도 했을지 의심스럽다. 어쨌든 나는 마침내 대놓고 녀석에게 스트래들레이터의 작문 숙제를 해 줘야 한다고, 그러니 내가 집중할 수 있도록 좀 꺼져 달라고 말할 수밖에 없었다. 녀석은 마침내 나갔지만 그때도 시간을 질질 끌었다, 평소처럼. 녀석이 떠나고 난 뒤 나는 파자마를 입고 목욕 가운을 두르고 그놈의 사냥 모자를 쓴 뒤 작문 숙제를 하기 시작했다.

여기서 문제, 스트래들레이터가 해야 한다고 말했던 방식으로 묘사할 방이나 집이나 그런 게 떠오르지 않았다. 어차피 나는 방과 집을 묘사하는 데 환장하지도 않았다. 그래서 내가 한 일, 나는 동생 알리의 야구 글러브에 관해 썼다. 그건 아주 묘사적 주제였다. 정말 그랬다. 내 동생 알리는 이 왼손잡이용 야수 글러브가 있었다. 그 애는 왼손잡이였다. 하지만 그게 묘사적인 건 글러브의 손가락과 손을 넣는 곳 어디에나 그 애가 써 놓은 시가 있다는 거다. 녹색 잉크로. 아이는 야수를 보다가 아무도 타석에 들어와 있지 않을 때 읽을 만한 게 있으면 좋겠다는 생각에 거기에 시를 썼다. 알리는 죽었다. 저 위 메인주에 있을 때 백혈병에 걸려 1946년 7월 18일에 죽었다. 그 애를 봤으면 좋아했을 텐데. 나보다 두 살 아래였지만 한 오십 배는 똑똑했다. 끝내주게 똑똑했다. 그 애를 가르친 선생들은 늘 어머니에게 보내는 편지에서 자기 반에 알리 같은 아이가 있다는 게 얼마나 즐거운 일인지 모른다고 말했다. 그냥 헛소리를 쏴 대는 게 아니었다. 진심으로 하는 말이었다. 하지만 그 애는 단지 우리 가족 가운데 가장 똑똑한 사람이기만 한 것이 아니었다. 착하기도 했다, 많은 점에서. 녀석은 누구에게도 절대 화를 내지 않았다. 머리카락이 빨간 사람은 아주 쉽게 화를 낸다고들 하는데 알리는 절대 그러지 않았고, 그 애머리는 아주 빨갰다. 그 애가 어떤 빨간 머리였는지 말해 보겠다. 나는 겨우 열 살 때 골프를 치기 시작했다. 한 번은, 열두 살쯤이었는데, 티오프를 하고 나서 갑자기 몸을 돌리면 알리가 보일 거라는 예감이 들었다. 그래서 돌아보니 아니나 다를까, 그 애가 담장 — 그 골프 코스를 뺑 둘러 담장이 있었다 — 바깥의 자전거에 앉아 있었고 거기, 내 뒤 150야드쯤 되는 곳에서 내가 티오프를 하는 걸 지켜보고 있었다. 그 애는 그런 빨간 머리였다. 맙소사, 그 애는 착한 꼬마였다. 저녁 식사 자리에서는 무슨 생각을 하다 너무 크게 웃는 바람에 의자에서 떨어질 뻔한 일이 한두 번이 아니었다. 그때 나는 겨우 열세 살이었는데 차고 유리창을 모두 깨는 바람에 집에서는 나를 정신 분석하는 데나 그런 데 보내려고 했다. 그걸 뭐라 하지는 않는다. 정말 아니다. 나는 그 애가 죽던 날 밤 차고에서 잤고 빌어먹을 유리창을 모두 주먹으로 깨 버렸다, 그냥 젠장 그러고 싶어서. 심지어 그해 여름에 우리 집에 있던 스테이션왜건 유리창도 다 부숴 버리려 했지만 이미 그때는 내 주먹이 완전히 부서져 있어서 그럴 수가 없었다. 아주 멍청한 짓을 한 거였다, 인정한다. 하지만 내가 그런 짓을 하고 있다는 걸 나는 거의 알지도 못했고 또 알리를 나만큼 아는 사람은 없었다. 비가 오고 그럴 때면 손이 여전히 아플 때가 있고 이제는 제대로 주먹을 쥐지 못하지만 — 그러니까 꽉 쥐지 못한다는 거다 — 그 외에는 별로 상관하지 않는다. 내 말은 내가 어차피 염병할 외과 의사나 바이올리니스트가 될 것도 아니지 않느냐는 거다.

어쨌든, 그게 내가 스트래들레이터의 작문에 쓴 거였다. 우리 알리의 야구 글러브. 우연히도 그게 나한테 있었다, 여행 가방에. 그래서 그걸 꺼내서 거기 적힌 시들을 베껴 적었다. 알리의 이름만 다른 걸로 바꿔 아무도 그게 내 동생이라는 걸 모르게 하고 스트래들레이터의 동생이라고 생각하지도 않게 하면 되는 일이었다. 내가 그걸 하고 싶어 환장한 건 아니지만 달리 묘사적인 걸 생각할 수가 없었다. 게다가 나는 그 이야기를 쓰는 게 좀 좋았다. 쓰는 데 한 시간 정도 걸렸다. 스트래들레이터의 엉망인 타자기를 사용해야 했는데 그게 연신 걸리는 바람에. 내 타자기를 사용하지 못한 건 복도 아래쪽에 사는 녀석한테 빌려주었기 때문이다.

다 쓰고 나니 10시 30분쯤 되었을 거다, 아마도. 피곤하지는 않아서 잠시 창밖을 내다보았다. 이제 밖에는 눈이 내리지 않았지만 이따금 어딘가에서 차에 시동을 걸다 꺼뜨리는 소리가 들렸다. 우리의 애클리가 코를 고는 소리도 들렸다. 바로 빌어먹을 샤워 커튼을 통해 그 소리를 들을 수 있었다. 녀석은 부비강에 문제가 있어서 잘 때 숨을 잘 쉬지 못했다. 그 녀석은 거의 모든 걸 갖고 있었다. 부비강 문제, 여드름, 엉망인 치아, 입 냄새, 지저분한 손톱. 그 미친 개자식에게 약간 안쓰러움을 느끼지 않을 수 없었다.

6

어떤 일들은 기억하기가 힘들다. 지금은 스트래들레이터가 제인과 데이트를 하고 돌아왔을 때를 생각하는 중이다. 그러니까 녀석의 빌어먹을 멍청한 발소리가 복도를 따라 내려올 때 내가 무엇을 하고 있었는지 기억이 잘 안 난다는 뜻이다. 아마 계속 창밖을 보고 있었겠지만 냉세하는데 기억은 나지 않는다. 젠장 너무 걱정되었다, 그게 이유다. 나는 뭔가 정말로 걱정을 하면 그냥 빈둥거리지를 못한다. 뭔가 걱정을 할 때는 화장실에도 가야만 한다. 다만, 가지는 않는다. 너무 걱정되어서 가지 못한다. 화장실 가느라 걱정을 방해받고 싶지가 않다. 스트래들레이터를 안다면 누구나 걱정을 했을 거다. 녀석과 더블 데이트를 한 적이 두어 번 있기 때문에 내가 지금 무슨 말을 하는지 잘 알고 있다. 녀석은 양심이 없었다. 정말 그랬다.

어쨌든 복도에는 온통 리놀륨이나 그런 게 깔려 있어서 녀석의 빌어먹을 발소리가 방까지 오는 걸 다 들을 수 있었다. 하지만 녀석이 들어왔을 때 내가 어디에 앉아 있었는지도 기억나지 않는다 — 창가인지, 내 의자인지 아니면 녀석의 의자인지. 맹세컨대 기억이 나지 않는다.

녀석은 들어오더니 바깥이 얼마나 추운지 모르겠다고 불평을 늘어놓았다. 이윽고 녀석이 말했다. "젠장 모두 어디 가 있는 거야? 여긴 빌어먹을 시체 보관소 같아." 나는 구태여 대답을 하려고도 하지 않았다. 토요일 밤이라 모두 외출했거나 자고 있거나 주말 동안 집에 다니러 갔다는 것을 모를 만큼 녀석이 젠장 멍청하다면 굳이 목 아프게 그걸 말해 주려고 애쓸 생각이 없었다. 녀석은 옷을 벗기 시작했다. 제인 얘기는 젠장 한마디도 하지 않았다. 한 마디도. 나도 하지 않았다. 그냥 녀석을 보고 있기만 했다. 녀석이 한 일이라고는 내 개이빨을 입게 해 줘서 고맙다고 말한 것뿐이었다. 녀석은 그걸 옷걸이에 걸어 옷장에 집어넣었다.

이윽고 타이를 풀다가 빌어먹을 작문 숙제를 했는지 물어보았다. 저기 빌어먹을 침대에 있다고 말해 주었다. 녀석은 침대로 가더니 셔츠 단추를 풀며 읽었다. 거기 서서 그것을 읽었는데 맨가슴과 배를 좀 쓰다듬으며 얼굴에는 아주 멍청한 표정이 떠올랐다. 녀석은 늘 배나 가슴을 쓰다듬었다. 자기가 좋아 환장하는 녀석이었다.

갑자기 녀석이 말했다. "젠장, 홀든. 이건 빌어먹을 야구 글러브 얘기잖아."

"그래서 뭐?" 내가 말했다. 겁나 차갑게.

"그래서 뭐라니 뭔 소리야? 빌어먹을 방이나 집이나 뭐 그런 거여야 한다고 말했잖아."

"묘사적이어야 한다고 말했잖아. 그게 야구 글러브든 뭐든 도대체 무슨 차이가 있어?"

"젠장." 녀석은 겁나 열을 받았다. 정말 격분했다. "너는 늘 모든 걸 엉덩이부터 반대로 해." 녀석은 나를 보았다. "여기서 겁나 잘리는 것도 놀랄 일이 아니지. 젠장 뭐 하나도 하라는 대로 하지를 않으니까. 정말이야. 젠장 한 가지도."

"알았어, 돌려 줘 그럼." 나는 가서 녀석의 빌어먹을 손에서 그걸 잡아뺏다. 그리고 찢어 버렸다.

"도대체 그건 왜 그런 건데?"

나는 대답도 하지 않았다. 그냥 찢은 걸 쓰레기통에 버렸다. 이윽고 나는 침대에 누웠고 우리 둘 다 오랫동안 아무 말도 하지 않았다. 녀석은 사각팬티만 남기고 다 벗었고, 나는 누운 채로 담배에 불을 붙였다. 기숙사에서는 담배를 피우는 게 허락되지 않지만 다 자거나 나가서 아무도 냄새를 맡지 못하는 늦은 밤에는 피울 수 있었다. 게다가 나는 지금 스트래들레이터의 약을 올리려는 거니까. 누가 규칙을 어기면 녀석은 돌아버렸다. 녀석은 기숙사에서 절대 담배를 피우지 않았다. 나만 피웠다.

여전히 녀석은 제인에 관해서는 한마디도 하지 않았다. 그래서 마침내 내가 말했다. "그 애가 겨우 9시 30분으로 적어

놓고 나왔다면서 젠장 아주 늦게 돌아왔네. 그 애를 늦게 들여보낸 거야?"

내가 그렇게 물었을 때 녀석은 침대 가장자리에 앉아 빌어먹을 발톱을 깎고 있었다. "몇 분쯤. 도대체 누가 토요일 밤에 9시 30분에 들어간다고 적어?" 맙소사, 녀석이 얼마나 밉던지.

"뉴욕에 갔어?" 내가 말했다.

"돌았냐? 겨우 9시 30분이라고 적어 놓고 왔는데 도대체 어떻게 뉴욕에 갈 수가 있어?"

"힘들지."

녀석은 나를 쳐다보았다. "야. 방에서 담배 피울 거면 세면장에 내려가서 피우는 게 어때? 너야 여기서 확 나가 버릴지 몰라도 나는 졸업할 때까지는 버텨야 하잖아."

나는 녀석의 말을 무시했다. 정말 그랬다. 나는 미치광이처럼 계속 담배를 피웠다. 내가 한 일이라고는 모로 누웠던 몸을 좀 뒤집어 녀석이 빌어먹을 발톱 깎는 걸 지켜보는 것뿐이었다. 대단한 학교였다. 늘 누가 빌어먹을 발톱을 깎거나 여드름을 짜거나 하는 걸 지켜보게 되다니.

"내 안부 전했어?" 내가 녀석에게 물었다.

"그럼."

잘도 전했겠다, 나쁜 놈.

"뭐래? 아직도 킹을 다 뒷줄에 놓는지 물어봤어?"

"아니, 안 물어봤어. 우리가 밤새 도대체 뭘 했다고 생각하는 거야 ─ 체커스라도 했을 것 같아, 참 나."

나는 대답도 하지 않았다. 맙소사, 내가 녀석을 얼마나 미워했는지.

"뉴욕에 안 갔으면 그 애하고 어디를 간 거야?" 잠시 후 내가 물었다. 목소리가 부들부들 떨리는 걸 도무지 막을 수가 없었다. 우아, 신경이 곤두서고 있었다. 그냥 뭔가가 웃기게 되어 가고 있다는 느낌이 들었다.

녀석은 빌어먹을 발톱 깎기를 마무리하고 있었다. 그래서 침대에서 일어나, 빌어먹을 사각팬티만 입은 채로 일어나 겁나 장난스럽게 굴기 시작했다. 내 침대로 다가와 나한테 몸을 기울이고 내 어깨를 겁나 장난스럽게 툭툭 치기 시작했다. "집어치워." 내가 말했다. "뉴욕에 가지 않았으면 그 애하고 어디를 간 거야?"

"아무 데도. 우린 그냥 빌어먹을 차에 앉아 있었어." 녀석은 한 번 더 장난스럽고 멍청하게 내 어깨를 툭 쳤다.

"집어치우라니까. 누구 차?"

"에드 뱅키 차."

에드 뱅키는 펜시의 야구 코치였다. 우리의 스트래들레이터는 그의 애완동물 가운데 하나였다. 녀석이 그 팀의 중심이었기 때문이다. 그래서 에드 뱅키는 늘 녀석이 원할 때는 차를 빌려주었다. 학생이 교수진의 차를 빌리는 건 허락되지 않는 일이었지만 운동하는 놈들은 모두 자기들끼리 똘똘 뭉쳐 있었다. 내가 가본 모든 학교에서 운동하는 놈들은 모두 자기들끼리 똘똘 뭉쳐 있었다.

스트래들레이터는 내 어깨로 섀도 펀치를 계속 날렸다. 손에 칫솔을 들고 있다가 입에 집어넣었다. "무슨 짓을 했는데?"

내가 물었다. "에드 뱅키의 빌어먹을 차에서 그 애와 한 거야?" 내 목소리는 좀 끔찍하게 떨리고 있었다.

"무슨 그런 소리를. 비누로 네 입 좀 닦아 줄까?"

"그랬어?"

"그건 직업상 비밀이야, 친구."

다음에 일어난 일은 그렇게 확실하게 기억이 나지 않는다. 내가 아는 거라고는 침대에서 일어났고, 마치 세면장이나 그런 데 갈 것처럼 일어났고 그런 다음 그를 패려 했다는 것이다, 온 힘을 다해, 바로 칫솔을 물고 있는 곳을, 그래서 칫솔에 녀석의 빌어먹을 목구멍이 찢어지도록. 다만, 맞히지를 못했다. 닿지를 못했다. 내가 한 일이라고는 그의 옆머리나 그런 데를 좀 스치는 정도였다. 아마 약간은 아팠겠지만 내가 원했던 만큼은 어림없었다. 맞혔다면 녀석도 많이 아팠겠지만. 나는 오른손을 썼는데 그 손으로는 주먹을 제대로 날리지 못한다. 내가 말했던 그 부상 때문에.

어쨌든 그다음에 내가 아는 거, 나는 빌어먹을 바닥에 누워 있고 녀석은 얼굴이 시뻘게서 내 가슴에 올라타고 있었다. 그러니까 빌어먹을 두 무릎으로 내 가슴을 누르고 있었다는 건데 녀석은 무게가 1톤은 나갔다. 녀석은 내 두 손목도 쥐고 있었고 그래서 나는 녀석을 다시 팰 수가 없었다. 그럴 수만 있다면 죽였을 것이다.

"너 도대체 왜 그래?" 녀석은 연신 그렇게 말했고 녀석의 멍청한 얼굴은 점점 더 빨개지고 있었다.

"이 더러운 무릎 내 가슴에서 치워." 나는 거의 울부짖고 있었다. 정말로. "어서, 놔줘, 이 지저분한 놈아."

하지만 녀석은 놔주려 하지 않았다. 계속 내 손목을 쥐고 있었고 나는 계속 개자식이니 뭐니 한 열 시간 동안 욕을 해 댔다. 내가 녀석에게 뭐라고 했는지 다 기억도 나지 않는다. 나는 녀석이 자기가 하고 싶은 사람에게는 누구에게나 그 짓을 할 수 있다고 생각하는 놈이라고 말했다. 여자애가 킹을 모두 뒷줄에 놓든 말든 상관하지도 않는데, 상관하지 않는 것은 녀석이 빌어먹을 멍청이기 때문이라고 말했다. 녀석은 누가 멍청이라고 부르면 싫어했다. 모든 멍청이는 누가 멍청이라고 부르면 싫어한다.

"닥쳐, 당장, 홀든." 녀석이 크고 멍청하고 시뻘건 얼굴로 말했다. "닥치라고, 당장."

"너는 그 애 이름이 제인인지 진인지도 모르잖아, 이 빌어먹을 바보야!"

"당장, 닥쳐, 홀든, 젠장 — 지금 경고하는 거야." 녀석이 말했다 — 정말로 나 때문에 거품을 물고 있었다. "닥치지 않으면 한 대 갈길 거야."

"이 더럽고 악취 나는 멍청이의 무릎이나 내 가슴에서 치워."

"내가 놔주면 입 닥치고 있을 거야?"

나는 대답을 하지도 않았다.

녀석은 다시 말했다. "홀든. 내가 놔주면 입 닥치고 있을 거야?"

"그래."

녀석은 내게서 몸을 떼어 내며 일어섰고 나도 일어섰다. 녀석의 더러운 무릎 때문에 가슴이 미칠 듯이 아팠다. "너는 더러운 멍청이 개자식이야." 내가 말했다.

그 말에 녀석은 정말로 돌아 버렸다. 내 얼굴에 대고 크고 멍청한 손가락을 흔들었다. "홀든, 젠장, 경고야, 지금. 마지막으로. 아가리 닥치고 있지 않으면 내가……."

"내가 왜 닥쳐?" 내가 말했다 — 거의 고함을 지르고 있었다. "바로 그게 너희 모든 멍청이가 겪는 문제야. 너희는 절대 어떤 것도 이야기하려 하지 않아. 늘 그걸로 멍청이인지 아닌지를 알 수 있어. 멍청이들은 절대 어떤 것도 알아들을 수 있게 이야기……."

그 순간 녀석은 정말로 나에게 한 방을 먹였고, 다음에 내가 아는 거, 나는 빌어먹을 바닥에 다시 누워 있었다. 녀석이 나를 완전히 뻗게 한 건지 아닌지는 기억나지 않지만, 아니었을 거라고 생각한다. 사람을 완전히 뻗게 하는 건 아주 어려운 일이다, 빌어먹을 영화가 아니라면. 하지만 내 코는 사방에 피를 뿌리고 있었다. 고개를 들어보니 우리의 스트래들레이터는 내 바로 위에 서 있었다. 겨드랑이에 염병할 세면도구를 끼고 있었다. "도대체 왜 내가 입 다물라고 할 때 입을 다물지 않는 거야?" 녀석이 말했다. 아주 안달하는 목소리였다. 내가 바닥에 쓰러지면서 두개골에 금이라도 갔을까 두려워하는 것 같았다. 금이 가지 않았다니 안 된 일이었다. "네가 자초한 거야, 젠장." 우아, 정말로 걱정하는 표정이라니.

나는 굳이 일어나려고도 하지 않았다. 그냥 한동안 거기 바닥에 누워 계속 그를 멍청이 개자식이라고 불렀다. 너무 화가 나 거의 울부짖고 있었다.

"잘 들어. 가서 얼굴이나 닦아." 스트래들레이터가 말했다. "내 말 들려?"

나는 가서 네 멍청이 얼굴이나 닦으라고 말했다 — 아주 유치한 말이었지만 나는 겁나 돌아 버린 상태였다. 세면장에 가는 길에 잠깐 옆길로 빠져 미시즈 슈미트에게나 그 짓을 하라고 말했다. 미시즈 슈미트는 청소부의 부인이었다. 예순다섯 살쯤 되었다.

거기 바닥에 계속 앉아 있자니 마침내 우리의 스트래들레이터가 문을 닫고 복도를 따라 세면장으로 가는 소리가 들렸다. 나는 일어섰다. 빌어먹을 사냥 모자는 어디에도 보이지 않았다. 그러나 마침내 찾을 수 있었다. 침대 밑에 있었다. 나는 모자를 쓰고 그놈의 챙을 내가 좋아하는 대로 뒤로 돌리고 발을 옮겨 거울로 가서 내 멍청한 얼굴을 보았다. 평생 그런 피는 본 적이 없었다. 입과 턱, 심지어 파자마와 목욕 가운에도 온통 피였다. 약간은 두렵기도 했고 약간은 매혹되기도 했다. 그 피나 그런 것 때문에 내가 좀 강인해 보였다. 나는 평생 두 번쯤밖에 싸운 적이 없는데 두 번 다 졌다. 나는 별로 강인하지 않다. 나는 평화주의자다, 솔직히 말해서.

우리의 애클리가 아마도 이 모든 소동을 깨어서 다 듣고 있을 거라는 느낌이 들었다. 그래서 샤워 커튼을 통해 그의 방으로 들어가 도대체 뭘 하고 있는지 보았다. 내가 그의 방으로 건너간 적은 거의 없었다. 거기에서는 늘 웃기는 악취가 났다. 그의 생활 습관이 너무 지저분했기 때문이다.

7

우리 방에서 샤워 커튼이나 그런 걸 통해 빛이 아주 조금 새어 들어와 나는 녀석이 침대에 누워 있는 것을 볼 수 있었다. 나는 녀석이 멀쩡하게 깨어 있다는 걸 젠장 아주 잘 알고 있었다. "애클리? 깨어 있어?"

"응."

몹시 어두웠다. 나는 바닥에 있던 누군가의 신발을 밟았고 젠장 하마터면 고꾸라질 뻔했다. 애클리는 침대에 대충 일어나 앉아 팔에 몸을 기대고 있었다. 얼굴에 하얀 게 많이 묻어 있었다. 여드름 때문이었다. 어둠 속에서 좀 무시무시해 보였다. "그런데 도대체 뭘 하고 있는 거야?" 내가 물었다.

"도대체 뭘 하고 있느냐니 무슨 소리야? 자려고 하는데 너희가 그렇게 시끄럽게 떠들었잖아. 도대체 뭘 갖고 그렇게 싸운 거야?"

"불은 어떻게 켜?" 나는 불을 찾을 수가 없었다. 손을 벽 사방으로 미끄러뜨리고 있었다.

"불이 왜 필요해……? 네 손 바로 옆에 있어."

마침내 스위치를 찾아 불을 켰다. 우리의 애클리는 빛에 눈이 아플까 봐 손을 들어 올렸다.

"맙소사!" 녀석이 말했다. "도대체 무슨 일이야?" 내 피나 그런 거를 가리키는 말이었다.

"스트래들레이터하고 빌어먹을 싸움을 좀 했지." 나는 말하고 나서 바닥에 앉았다. 이들의 방에는 의자가 있었던 적이 없다. 의자를 도대체 어떻게 했는지 모르겠다. "야, 카나스타[11] 좀 할 생각 있어?" 녀석은 카나스타광이었다.

"너 아직도 피가 나, 참 나. 뭐로 좀 막는 게 좋겠어."

"멈출 거야. 야. 카나스타 좀 하고 싶어 안 하고 싶어?"

"카나스타라니, 참 나. 혹시 지금 몇 시인지는 알고 있는 거야?"

"늦지 않았어. 겨우 11시쯤, 11시 30분쯤밖에 안 됐어."

"겨우라니!" 애클리가 말했다. "야. 나는 아침에 일어나서 미사 드리러 가야 돼, 참 나. 그런데 너희가 소리를 지르고 싸우기 시작한 거야, 빌어먹을 한밤 — 그런데 도대체 왜 싸운 거라고?"

"얘기가 길어. 너를 지루하게 만들고 싶지 않아, 애클리. 나는 네 행복을 생각하고 있어." 나는 그와 내 사생활을 이야기

---

11) 카드놀이의 일종.

한 적이 없었다. 우선 녀석은 스트래들레이터보다도 훨씬 멍청했다. 스트래들레이터는 애클리에 비하면 빌어먹을 천재였다.

"야, 오늘 밤에 나 일리 침대에서 자도 괜찮아? 일리는 내일 밤이나 되어야 돌아오잖아, 그렇지?" 나는 녀석이 오늘 오지 않는다는 걸 겁나 잘 알고 있었다. 일리는 젠장 거의 주말마다 집에 갔다.

"도대체 언제 올지 나도 몰라." 애클리가 말했다.

우아, 그 말에 얼마나 짜증이 나던지. "언제 올지 모른다니 도대체 그게 뭔 소리야? 일요일 밤이나 되어야 돌아오는 게 분명하잖아, 안 그래?"

"그렇지, 하지만 참 나, 누가 자고 싶다고 해서 그 애의 빌어먹을 침대에서 자도 좋다고 내가 그냥 말할 수는 없는 거라고."

죽여주는 말이었다. 나는 앉아 있던 바닥에서 손을 뻗어 녀석의 빌어먹을 어깨를 두드렸다. "너는 왕자야, 꼬맹이 애클리. 너 그거 알고 있어?"

"아니, 진짜야 — 누가 자고 싶다고 해서 그 애의……."

"너는 진짜 왕자야. 너는 신사이고 학자야, 꼬맹이." 녀석은 진짜로 그렇기도 했다. "그런데 혹시 담배 좀 있어? — '없다' 그러면 나는 이 자리에서 고꾸라져 죽을 거야."

"아니, 없어, 사실. 야, 도대체 뭐 때문에 싸웠냐고?"

나는 대답하지 않았다. 내가 한 일은 단지 일어서서 걸어가 창밖을 내다보는 것뿐이었다. 너무 외로웠다, 갑자기. 죽어 버렸으면 하는 마음이었다.

"그런데 도대체 왜 싸운 거야?" 애클리가 한 쉰 번째로 물었다. 그런 면에서 녀석은 확실히 지겨운 인간이었다.

"너 때문에."

"나 때문이라고? 참 나."

"그래. 나는 네 빌어먹을 명예를 지켜 주고 있었어. 스트래들레이터 말이 너는 인성이 엉망이라더라고. 그런 말을 하고도 그냥 넘어가게 해 줄 수는 없었지."

그 말에 녀석은 흥분했다. "걔가 그랬어? 정말로? 걔가 그랬다고?"

나는 그냥 농담이라고 말하고 걸어가 일리의 침대에 누웠다. 우아, 얼마나 썩은 기분이던지. 젠장 너무 외로웠다.

"이 방에서는 냄새가 나. 이렇게 멀리 떨어져 있는데도 양말 냄새가 나. 그거 세탁소로 보내지 않냐?"

"냄새가 마음에 들지 않으면 어떻게 하면 되는지 알고 있지?" 애클리가 말했다. 얼마나 재치 있는 녀석이던지. "빌어먹을 불 좀 끄는 게 어때?"

하지만 나는 바로 불을 끄지 않았다. 그냥 거기 일리의 침대에 누워 제인이나 그런 걸 생각했다. 그 애와 스트래들레이터가 어딘가에 주차해 놓은 그 엉덩이가 펑퍼짐한 에드 뱅키의 차 안에 있었다고 생각하자 그냥 바로 돌아 버릴 것 같았다. 그 생각을 할 때마다 창밖으로 뛰어내리고 싶었다. 여기서 문제, 다들 스트래들레이터를 모른다는 거다. 나는 알았다. 펜시에 다니는 녀석들 대부분이 늘 여자애와 섹스를 했다고 그냥 입으로 나불거렸지만 — 예를 들어 애클리처럼 — 우리의 스트래들레이터는 진짜로 했다. 나는 녀석이 잤다는 여자애를 적어도 둘은 개인적으로 알고 있었다. 그건 진실이다.

"네 매혹적인 인생 이야기를 좀 해 줘, 꼬맹이 애클리."

"빌어먹을 불 좀 끄지 그래? 나 아침에 일어나서 미사에 가야 한다고."

나는 일어나 불을 껐다, 그래서 녀석이 행복하기만 하다면야. 그러고 다시 일리의 침대에 누웠다.

"너 어쩔 거야 ― 일리의 침대에서 잘 거야?" 애클리가 물었다. 완벽한 손님 접대였다, 우아.

"그럴 수도 있고. 그러지 않을 수도 있고. 걱정 마."

"걱정하는 게 아니야. 다만, 일리가 갑자기 들어와 누가 거기 있는 걸 보는 게 겁나게 싫어서……."

"마음 놓으셔. 여기서 자지는 않을 테니까. 네 빌어먹을 환대를 악용하지 않을 거야."

이 분쯤 지나자 녀석은 미친 듯이 코를 골았다. 하지만 나는 그냥 거기 어둠 속에 계속 누워 그 빌어먹을 에드 뱅키의 차에 있는 우리의 제인과 스트래들레이터 생각을 하지 않으려고 애쓰고 있었다. 하지만 거의 불가능했다. 여기서 문제, 나는 그 스트래들레이터라는 녀석의 기술을 알았다. 그것 때문에 이 일은 훨씬 심각했다. 우리는 에드 뱅키의 차에서 더블 데이트를 한 적이 있었다. 스트래들레이터는 자기 여자애와 뒷좌석에 있고 나는 내 여자애와 앞에 있었다. 녀석의 기술이 얼마나 대단하던지. 이때 그 녀석이 한 일, 녀석은 그 아주 조용하고 진지한 목소리로 여자애를 녹이기 시작했다 ― 마치 자기가 아주 잘생긴 사내일 뿐 아니라 멋지고 진지한 사내이기라도 한 것처럼. 녀석이 하는 말을 들으며 나는 젠장 토할 뻔했다. 여자애는 계속 말했다. "안 돼 — 제발. 제발, 안 돼. 제발." 하지만 우리의 스트래들레이터는 그 에이브러햄 링컨 같은 진지한 목소리로 여자애를 계속 녹였고 마침내 차 뒷좌석에는 그 끝내주는 정적이 깔렸다. 정말 창피스러웠다. 그날 밤 녀석이 그 애와 했다고 생각하진 않는다 — 하지만 젠장 거의 했다. 젠장 거의.

거기 누워 생각을 하지 않으려고 애를 쓰고 있는데 우리의 스트래들레이터가 세면장에서 돌아와 우리 방으로 들어가는 소리가 들렸다. 녀석이 지저분한 세면도구나 그런 걸 치우고 창을 여는 소리를 들을 수 있었다. 녀석은 신선한 공기광(狂)이었다. 그러더니 잠시 후 불을 껐다. 내가 어디 있는지 둘러보지도 않았다.

바깥 거리도 우울했다. 이제 차 소리도 들리지 않았다. 너무 외롭고 썩은 기분이었다. 심지어 애클리라도 깨우고 싶은 마음이었다.

"야, 애클리." 나는 좀 소곤거렸다, 스트래들레이터가 샤워 커튼 너머에서 내 말을 듣지 못하도록.

하지만 애클리는 듣지 못했다.

"야, 애클리!"

그래도 듣지 못했다. 돌멩이처럼 자고 있었다.

"야, 애클리!"

그래, 그는 이건 확실히 들었다.

"도대체 왜 그래? 나 자고 있었어, 참 나."

"야. 수도원에 들어가려면 어떻게 해야 해?" 나는 거기 들어가는 문제를 머릿속에서 좀 굴려 보고 있었다. "가톨릭이나 뭐 그런 거여야 해?"

"당연히 가톨릭이어야지. 너 이 녀석, 나를 깨운 게 고작 그런 멍청한 질……"

"아아, 다시 자. 어차피 수도원에는 가지 않을 거니까. 내 운으로 보아, 간다 해도 아마도 죄다 엉뚱한 종류의 수사만 있는 곳에 가게 될 거야. 죄다 멍청한 나쁜 놈들만 있는 곳. 아니면 그냥 나쁜 놈들만."

내가 그 말을 하자 우리의 애클리가 침대에서 겁나 벌떡 일어나 앉았다. "야." 녀석이 말했다. "나나 그런 걸 갖고 네가 무슨 말을 하든 상관하지 않지만 내 빌어먹을 종교를 갖고 농담을 하려고 한다면, 참 나……"

"진정해." 내가 말했다. "아무도 네 빌어먹을 종교에 관해서 어떤 농담도 하지 않아." 나는 일리의 침대에서 일어나 문을 향해 움직이기 시작했다. 나는 그 멍청한 분위기 속에 더 머물고 싶은 마음이 없었다. 하지만 도중에 발을 멈추고 애클리의 손을 잡아 힘차고 가식적인 악수를 해 주었다. 녀석은 손을 잡아 뺐다. "무슨 생각이야?" 녀석이 말했다.

"아무 생각 없어. 그냥 네가 그런 빌어먹을 왕자라서 고맙다고 말하고 싶을 뿐이야, 그게 다야." 나는 아주 진지한 목소리로 그 말을 했다. "너는 최고야, 꼬맹이 애클리. 너 그거 알아?"

"잘난 척하긴. 언젠가 누군가 너를 패 줄……"

구태여 그의 말에 귀를 기울이지 않았다. 망할 놈의 문을 닫고 복도로 나섰다.

모두 잠들었거나 외출했거나 주말을 맞아 집에 갔기 때문에 복도는 아주, 아주 조용하고 우울했다. 레이히와 호프먼의 문 밖에는 콜리노스 치약 빈 상자가 있었다. 층계를 향해 걸어가는 동안 신고 있던, 안에 양털이 깔린 슬리퍼로 계속 그걸 걷어찼다. 이때 내가 하려고 생각했던 거, 나는 계속 내려가 우리의 맬 브로사드가 뭘 하고 있는지 볼 수도 있다고 생각했다. 그러나 갑자기 마음이 바뀌었다. 갑자기 내가 정말로 해야 할 일이 무엇인지 결정을 내렸다. 펜시에서 확 벗어나는 거다 ─ 바로 그날 밤에 딱. 그러니까 수요일까지 기다리거나 그러지 않는다는 거다. 그냥 거기서 더 얼쩡거리고 싶지 않았다. 너무 슬프고 외로워지기만 했다. 그래서 내가 하기로 한 거, 나는 뉴욕의 호텔에 방을 잡고 ─ 아주 값싼 호텔이나 그런 데 ─ 그냥 수요일까지 느긋하게 지내기로 결정했다. 그런 다음 푹 쉬어서 기분 째지는 상태로 수요일에 집에 가는 거다. 부모는 아마도 화요일이나 수요일이 되어야 내가 잘렸다는 우리의 서머의 편지를 받게 될 거라고 계산했다. 그들이 그 편지를 받고 완전히 소화시키거나 그러기 전까지는 집에 가거나 그러고 싶지 않았다. 편지를 막 받았을 때 거기에 있고 싶지 않았다. 어머니는 히스테리가 아주 심해지곤 한다. 하지만 어떤 걸 완전히 소화한 다음에는 그렇게 심하지 않다. 게다가 나는 휴가가 좀 필요하다고 할 수 있었다. 신경이 결딴났으니까. 정말로 그랬다.

어쨌든, 나는 그렇게 하기로 결정했다. 그래서 방으로 돌아

가 불을 켜고 짐을 싸거나 그런 일을 시작했다. 이미 몇 가지
는 싸 놓았다. 우리의 스트래들레이터는 잠을 깨지도 않았다.
나는 담배에 불을 붙이고 완전히 옷을 입은 다음 내가 가지
고 있는 이 두 글래드스톤 가방을 채웠다. 한 이 분밖에 걸리
지 않았다. 나는 짐 하나는 아주 빨리 싼다.

짐 쌀 때 한 가지 약간 우울한 게 있었다. 어머니가 사실상
방금, 그러니까 이틀 전에 보내준 그 신품 스케이트를 싸야 했
다. 그게 우울했다. 어머니가 스폴딩에 가서 판매원에게 백만
가지 멍청한 질문을 하는 모습이 그려졌다 ― 그런데 여기서
나는 다시 잘리고 있었다. 그것 때문에 몹시 슬펐다. 어머니는
나에게 엉뚱한 스케이트를 사 주었지만 ― 나는 경주용 스케
이트를 원했는데 어머니는 하키용을 샀다 ― 그래도 슬펐다.
누가 나에게 선물을 줄 때마다 언제나 결국은 슬퍼지게 된다.

짐을 다 싼 다음 돈을 좀 헤아려 보았다. 정확히 얼마나 갖
고 있었는지는 기억나지 않지만 꽤 쌓여 있었다. 마침 할머니
가 일주일 전쯤 한 뭉치를 보내 주었다. 나한테는 돈을 아끼지
않는 이 할머니가 있다. 이제는 정신이 온전하지 않아 ― 엄청
늙었다 ― 일 년에 네 번쯤 생일을 축하한다며 돈을 보내 주
곤 한다. 어쨌든, 돈이 상당히 쌓여 있기는 했지만 언제나 몇
달러라도 더 있으면 있을수록 좋다고 생각했다. 절대 모르는
일이니까. 그래서 이때 내가 한 일, 나는 복도를 따라 내려가
프레더릭 우드러프, 내가 타자기를 빌려준 녀석을 깨웠다. 나
는 그 대가로 얼마를 주겠냐고 물었다. 큰 부자인 녀석이었다.
녀석은 모르겠다고 했다. 별로 사고 싶은 생각이 없다고 했다.

하지만 결국에는 샀다. 내가 살 때는 90장쯤 들었는데 녀석은 겨우 20에 샀다. 내가 깨웠다고 열을 내고 있었다.

갈 준비를 마쳤을 때, 가방이나 그런 걸 다 챙겼을 때, 층계 옆에 잠시 서서 마지막으로 빌어먹을 복도를 보았다. 좀 울고 있었다. 이유는 모르겠다. 빨간 사냥 모자를 쓰고 내가 좋아하는 대로 챙을 뒤로 돌리고 겁나 목청껏 소리를 질렀다. "잘자라, 이 멍청이들아!" 층 전체의 모든 녀석들을 깨웠을 거라고 장담한다. 그런 다음 그곳을 확 빠져나왔다. 어떤 멍청한 녀석이 땅콩 껍질을 층계 곳곳에 던져 놓는 바람에 빌어먹을 내 미친 목이 부러질 뻔했다.

8

택시나 그런 걸 부르기에는 너무 늦었기 때문에 역까지 내내 걸어갔다. 너무 멀지는 않았지만 겁나 추웠고 눈 때문에 걷기가 힘든데다 글래드스톤 가방이 계속 내 다리를 겁나 두드려 댔다. 하지만 공기나 그런 건 꽤 상쾌했다. 여기서 유일한 문제, 추위 때문에 코가, 그리고 우리의 스트래들레이터가 한 방 먹인 윗입술 바로 아래가 아팠다. 녀석이 이와 닿은 입술을 때려 그곳이 몹시 쓰렸다. 하지만 귀는 기분 좋게 따뜻했다. 내가 산 그 모자에는 귀덮개가 달려 그걸로 귀를 가린 것이다 — 내가 어떻게 보이는지는 젠장 전혀 관심 없었다. 어차피 주위에 사람도 없고. 모두 침대에 처박혀 있었다.

역에 도착했을 때 운이 아주 좋았다. 기차를 십 분만 기다리면 되었기 때문이다. 기다리는 동안 눈을 좀 쥐어 얼굴을 닦았다. 아직 피가 많이 나왔다.

보통 나는 기차 타기를 좋아한다. 특히 밤에, 불이 밝혀지고 창밖은 아주 까만데 가다 보면 커피며 샌드위치며 잡지를 파는 사람이 통로로 다가온다. 보통은 햄 샌드위치에 잡지를 네 권가량 산다. 밤에 기차를 타고 있으면 잡지에 보통 실리는 그 멍청한 이야기도 토하지 않고 읽을 수 있다. 알잖나. 데이비드라는 이름의 턱에 군살 없는 가식남들, 또 염병할 데이비드의 파이프에 늘 불을 붙여 주는 린다나 마샤라는 이름의 가식녀들이 잔뜩 나오는 그런 이야기. 심지어 그런 형편없는 이야기도 밤 기차에서는 읽을 수 있다, 대개는. 그런데 이번, 이번은 달랐다. 그냥 그러고 싶은 마음이 들지 않았다. 나는 그냥 좀 앉아서 아무것도 하지 않았다. 내가 한 일이라고는 사냥 모자를 벗어 호주머니에 넣은 것뿐이었다.

갑자기, 트렌턴에서 탄 이 부인이 내 옆자리에 앉았다. 아주 늦은 시간이고 해서 열차 전체가 거의 비어 있었는데 그녀는 빈자리가 아니라 내 옆에 앉았다. 부인은 이 큰 가방을 들고 있고 나는 앞자리에 앉아 있었기 때문이다. 부인은 가방을 바로 통로 한가운데 두었다. 차장이나 다른 사람이 지나가다 발이 걸릴 수 있었다. 부인은 큰 파티나 그런 데 다녀오는지 이난초를 꽂고 있었다. 마흔이나 마흔다섯쯤 되었을까. 하지만 아주 잘생겼다. 여자들은 죽여준다. 정말 그렇다. 내가 성욕 과잉이나 그런 거란 뜻은 아니다 — 섹스 쪽에 관심이 많은 건 맞지만. 그냥 여자들이 좋다는 거다, 내 말은. 그런데 여자들은 늘 빌어먹을 가방을 통로 한가운데 그냥 둔다.

어쨌거나 우리는 그렇게 앉아 있었는데, 갑자기 부인이 나에게 말을 걸었다. "실례지만 그거 펜시 예비학교 스티커 아닌가요?" 부인은 선반에 올려놓은 나의 여행 가방을 쳐다보고 있었다.

"네, 맞는데요." 나는 말했다. 부인 말이 맞았다. 나는 내 글래드스톤 하나에 빌어먹을 펜시 스티커를 붙여 놓았다. 정말 촌스럽게, 그건 인정하겠다.

"오, 펜시 다녀요?" 부인의 목소리는 멋졌다. 일반적으로 전화에서 멋진 목소리. 빌어먹을 전화를 가지고 다녀야 할 사람이었다.

"네, 다닙니다."

"어머, 정말 멋지네! 그럼 어쩌면 내 아들을 알겠네. 어니스트 모로? 그 애도 펜시 다니는데."

"네, 알죠. 우리 반입니다."

부인의 아들은 이 학교에 다닌 아이들 가운데, 펜시의 지저분한 역사 전체에서, 의심의 여지 없이 가장 나쁜 녀석이었다. 녀석은 샤워한 다음에는 질척거리는 젖은 수건으로 애들 엉덩이를 갈기며 복도를 걸어갔다. 녀석은 바로 그런 인간이었다.

"어머, 이럴 수가!" 부인이 말했다. 하지만 촌스럽지 않았다. 부인은 그냥 착하고 그런 사람이었다. "어니스트한테 우리가 만났다고 이야기해야겠네. 이름을 좀 물어봐도 될까요, 학생?"

"루돌프 슈미트입니다." 나는 부인에게 내 인생사를 죄다 이야기하고 싶은 기분이 아니었다. 루돌프 슈미트는 우리 기숙사 청소부 이름이었다.

"펜시가 마음에 들어요?" 그녀가 물었다.

"펜시요? 별로 나쁘지는 않죠. 그렇다고 낙원이나 그런 건 아니지만 대부분의 학교만큼은 좋아요. 선생님 몇 분은 아주 양심적이고."

"어니스트는 정말 좋아해요."

"저도 압니다." 이어 나는 약간 헛소리를 쏴 대기 시작했다. "어니스트는 적응을 아주 잘합니다. 정말 잘하죠. 그러니까 적응하는 방법을 정말 잘 안다는 겁니다."

"그렇게 생각해요?" 겁나게 관심이 끌린다는 목소리였다.

"어니스트요? 그럼요." 나는 말했다. 이어 부인이 장갑을 벗는 걸 지켜보았다. 우아, 손에 낀 돌이 더럽게도 많았다.

"방금 손톱이 깨졌어요, 택시에서 내리다." 부인은 나를 쳐다보며 미소를 좀 지었다. 끝내주게 멋진 미소였다. 정말로. 사람들은 대부분 미소를 아예 짓지 않거나, 지어도 지저분하다. "어니스트의 아버지하고 나는 가끔 그 애 걱정을 해요. 아주 잘 어울리는 애가 아니라는 느낌이 가끔 들거든요."

"무슨 말씀이신지."

"흠. 그 애는 아주 예민해요. 정말이지 다른 아이들하고 별로 잘 어울린 적이 없어요. 무슨 일이든 그 나이에 보통 그러는 것보다 약간 더 심각하게 받아들이는 것 같아요."

예민하다. 나를 죽여주는 말이었다. 그 모로라는 녀석은 빌어먹을 변기 시트만큼만 예민했다.

나는 부인을 자세히 살폈다. 내 눈에는 무슨 멍청이처럼 보이지는 않았다. 자기가 어떤 녀석의 어머니인지 젠장 아주 잘 알고 있을 수도 있는 것처럼 보였다. 하지만 장담할 수는 없다 — 그러니까 아이 어머니에 관한 일은. 어머니는 죄다 약간은 제정신이 아니니까. 하지만 여기서 핵심, 나는 우리의 모로의 어머니가 마음에 들었다. 부인은 괜찮았다. "담배 한 대 피우실래요?" 내가 물었다.

부인은 주위를 둘러보았다. "여긴 흡연 칸이 아닌 것 같은데요, 루돌프." 루돌프. 그건 죽이는 이름이었다.

"괜찮아요. 사람들이 우리한테 소리를 지르기 전까지는 피워도 돼요." 부인은 나에게서 담배를 받아 들었고 나는 불을 붙여 주었다.

부인은 멋있어 보였다, 담배를 피우고 있으니. 부인은 담배를 빠는 것까지는 다 했는데 연기를 삼키지는 않았다, 부인의 나이 또래 여자 대부분이 그러듯이. 부인은 매력이 많았다. 성적 매력도 아주 강했다, 정말 알고 싶다면.

부인은 좀 묘한 표정으로 나를 보았다. "내가 틀렸을지 모르지만, 봐요, 코에서 피가 흐르는 것 같은데." 부인이 갑자기 말했다.

나는 고개를 끄덕이고 손수건을 꺼냈다. "눈싸움을 하다 눈에 맞았습니다. 얼음이 아주 많이 섞인 눈에." 진짜로 무슨 일이 있었는지 이야기할 수도 있었겠지만 그러면 너무 오래 걸렸다. 하지만 부인이 마음에 들었다. 내 이름이 루돌프 슈미트라고 말한 게 좀 미안해지기 시작했다. "우리의 어니." 나는 말했다. "그 애는 펜시에서 가장 인기 좋은 애라고 할 만하죠. 그거 알고 계셨어요?"

"아니, 몰랐는데."

나는 고개를 끄덕였다. "누구든 그 애를 아는 데 꽤 오랜 시간이 걸리는 건 사실이에요. 하지만 재미있는 친구죠. 이상한 아이예요, 여러 면에서 — 제 말 아시겠어요? 예를 들어 처음 만났을 때. 처음 만났을 때는 그 애가 좀 속물이라고 생각했어요. 그게 제 생각이었죠. 하지만 아닌 거예요. 단지 아주 독창적인 성격이어서 아는 데 시간이 좀 걸리는 것뿐이더라고요."

우리의 미시즈 모로는 아무 말도 하지 않았지만, 우아, 이때 부인을 봤어야 하는데. 나는 부인이 그 자리에서 꼼짝도 못 하게 만들었다. 누구 어머니든 데려와 봐라, 그들이 듣고 싶어 하는 건 자기 아들이 얼마나 대단한 인물이냐 하는 것뿐이다.

그 순간 나는 정말로 그놈의 헛소리를 쏴 대기 시작했다. "어니가 선거 이야기를 하던가요?" 나는 물었다. "반장 선거?"

부인은 고개를 저었다. 나는 부인을 무아지경으로 몰아넣었다, 말하자면. 정말 그랬다.

"어, 많은 아이가 우리의 어니가 반장이 되기를 바랐어요. 그러니까 만장일치의 선택이었다는 거예요. 그러니까 어니가 정말로 그 일을 감당할 수 있는 유일한 아이였다는 거죠." 우아, 정말 나는 헛소리를 쏴 대고 있었다. "하지만 이 다른 애가 — 해리 펜서라는 아이가 선출됐어요. 그 애가 선출된 이유, 간단하고도 분명한 이유는 어니가 우리한테 자기를 후보로 내지 말라고 했기 때문이에요. 어니는 정말이지 너무 수줍고 겸손하고 그랬던 거죠. 그래서 거부한 거예요……우아, 정말 수줍어했어요. 그 애가 그걸 극복하려고 노력하게 만드셔야 해요." 나는 부인을 보았다. "그 애가 그런 얘기 안 하던가요?"

"아니, 안 했어요."

나는 고개를 끄덕였다. "어니답군요. 안 할 거예요. 그게 그 애의 한 가지 결점이죠 — 너무 수줍고 겸손하다는 거. 정말이지 가끔은 느긋하게 행동하도록 노력하게 하셔야 하는데."

바로 그 순간 차장이 우리의 미시즈 모로의 차표를 검사하러 왔고 그 덕분에 나는 헛소리를 중단할 기회를 얻었다. 그래도 한동안 헛소리를 쏴 댈 수 있었던 게 다행이다. 늘 수건으로 사람들 엉덩이를 때리는 — 정말로 그걸로 사람이 다치게 하려는 — 모로 같은 녀석, 그런 녀석은 어릴 때만 쥐새끼 노릇을 하는 게 아니다. 평생 쥐새끼 노릇에서 벗어나지 못한다. 하지만 장담하는데, 내가 그 모든 헛소리를 쏴 댄 후로 미시즈 모로는 이제 녀석이 자기를 반장 후보로 밀지도 못하게 하는 아주 수줍고 겸손한 녀석이라고 계속 생각할 게 틀림없다. 그럴 수도 있다는 거다. 알 수 없다. 어머니들은 그런 일에는 그렇게 예리하지 않으니까.

"칵테일 한잔하시겠어요?" 내가 부인에게 물었다. 나 자신은 한잔하고 싶은 기분이었다. "특별 객차로 가면 됩니다. 괜찮아요?"

"봐요, 학생이 술을 주문해도 되나요?" 그녀가 물었다. 하지만 오만한 태도는 아니었다. 부인은 오만하기에는 너무 매력적이고 그랬다.

"뭐 아니죠, 그렇지는 않죠. 하지만 키가 크기 때문에 보통 달라면 줍니다. 그리고 흰머리도 아주 많거든요." 나는 고개를 옆으로 돌려 흰머리를 보여 주었다. 부인은 거기에 겁나게 매혹되었다. "어서요, 함께 가요, 뭐 어때요?" 내가 말했다. 부인과 함께 있으면 즐거울 것 같았다.

"정말이지 그러지 않는 게 좋을 것 같아요. 하지만, 봐요, 정말 고마워요. 그리고 어차피 특별 객차는 닫혀 있을 게 분명해요. 알겠지만, 시간이 아주 늦었잖아요." 부인 말이 옳았다. 나는 몇 시인지 완전히 잊어버리고 있었다.

그 순간 부인은 나를 보더니 물어볼까 봐 걱정하던 것을 물었다. "어니스트는 수요일에 집에 오겠다고, 크리스마스 방학이 수요일에 시작한다고 편지에 썼어요. 학생이 혹시 집안에 우환이 있어 갑자기 집으로 불려 가는 게 아니면 좋겠네요." 부인은 정말로 걱정하는 얼굴이었다. 그냥 캐묻는 게 아니었다, 분명히 알 수 있었다.

"아니요, 식구들은 다들 잘 있습니다. 제가 문제예요. 제가 이 수술을 받아야 해요."

"어머! 정말 안됐네요." 부인은 정말 안 됐다는 얼굴이었다. 나는 그런 말을 한 게 곧바로 미안해졌지만 이미 늦었다.

"심각한 건 아닙니다. 뇌에 이 아주 작은 종양이 있어서요."

"어머, 안 돼!" 부인은 손으로 입을 가리기까지 했다.

"아, 다 괜찮고 그럴 거예요! 바깥쪽 근처에 있는 거라서요. 그리고 아주 작은 거예요. 한 이 분이면 떼어낼 수 있습니다."

그런 뒤에 나는 호주머니에 있던 이 시간표를 읽기 시작했다. 그저 거짓말을 그만하기 위해서. 나는 일단 시작해서 기분이 내키면 몇 시간이고 계속할 수 있다. 농담 아니다. 몇 시간씩.

그 뒤로 우리는 별말하지 않았다. 부인은 가지고 있던 이 《보그》를 읽기 시작했고 나는 한동안 창밖을 내다보았다. 부인은 뉴어크에서 내렸다. 부인은 수술이나 그런 거에 많은 행운이 있기를 빌어 주었다. 계속 나를 루돌프라고 불렀다. 그러다가 여름에 매사추세츠주 글로스터로 어니를 찾아오라고 초대했다. 집이 바로 해변에 있고 테니스 코트 같은 것도 있다고 했지만 나는 그냥 고맙다고, 할머니하고 남미에 갈 거라고 말했다. 그건 정말 센 거였다. 할머니는 집 밖에도 나가지 않기 때문이다. 빌어먹을 낮 영화나 그런 걸 보러 갈 때라면 혹시 몰라도. 하지만 세상 모든 돈을 다 준다 해도, 내가 아무리 절망적이라 해도 그 개자식 모로를 찾아갈 일은 없을 거다.

9

펜역에 내려서 처음 한 일, 나는 공중전화 부스로 들어 갔다. 누군가에게 전화 한 통 때리고 싶었다. 가방은 지켜볼 수 있도록 전화 부스 바로 밖에 두었다. 하지만 안에 들어가 는 순간 전화할 사람이 아무도 떠오르지 않았다. 형 D.B.는 할리우드에 있었다. 여동생 피비는 9시쯤이면 잠자리에 든 다 — 따라서 그 애한테는 전화를 할 수가 없었다. 피비는 내 가 깨워도 상관하지 않겠지만 여기서 문제, 피비가 전화를 받 지 않을 거다. 부모가 받을 거다. 따라서 그건 안 된다. 그러다 제인 갤러거의 어머니한테 전화를 때려 제인의 방학이 언제 시작하는지 알아볼까 생각했지만 그러고 싶지가 않았다. 게다 가 전화를 하기에는 너무 늦었다. 그러다 정말 자주 어울려 다 니던 그 여자애, 샐리 헤이스한테 전화를 때리자는 생각이 들었다. 그 애의 크리스마스 방학은 이미 시작했다는 것을 알고 있었기 때문이다. 그 애는 전에 그 길고 가식적인 편지를 써서 크리스마스 이브에 와서 크리스마스트리를 장식하거나 그런 일을 도와 달라고 초대했다 — 하지만 그 애 어머니가 전화를 받을까 걱정이 되었다. 그 애 어머니는 우리 어머니를 알았고, 나는 그 애 어머니가 우리 어머니한테 내가 뉴욕에 있다는 걸 알리고 싶어 다리야 부러져라 하고 전화기로 달려가는 모습을 그려볼 수 있었다. 게다가 나는 우리의 미시즈 헤이스와 전화로 이야기를 나눌 기분이 아니었다. 부인은 전에 샐리한테 내가 거칠다고 말한 적이 있었다. 내가 거칠고 인생의 방향이 없다고. 잠시 후 우튼 스쿨에 다닐 때 거기서 만난 이 녀석, 칼 루스한테 전화를 때릴까 하는 생각을 했지만 나는 녀석을 별로 좋아하지 않았다. 그래서 결국 아무한테도 전화를 때리지 않았다. 이십 분쯤 지나 전화 부스에서 나와 가방을 챙기고 택시가 있는 그 터널로 걸어가 택시를 탔다.

정신이 젠장 너무 명해서 기사에게 내가 늘 말하던 주소를 불러 주고 말았다, 그냥 습관이나 그런 거 때문에 — 호텔에 이틀 정도 처박혀 있다가 방학이 시작한 뒤에 집에 가야 한다는 걸 완전히 잊고 있었다는 거다. 공원을 반쯤 통과하고 나서야 그 생각이 났다. 그래서 말했다. "보세요, 혹시 돌릴 데가 나오면 차를 돌려도 괜찮을까요? 주소를 잘못 말씀드렸네요. 시내로 돌아가고 싶어요."

기사는 좀 잘난 척하는 사람이었다. "여기서는 돌릴 수가 없소, 맥.[12] 여기 이곳은 일방통행이오. 지금은 90번가까지 쭉 갈 수밖에 없소."

나는 말싸움을 하고 싶지 않았다. "알겠습니다." 그러다 갑자기 생각이 떠올랐다. "보세요, 여기요. 센트럴 파크 사우스 바로 옆에 있는 그 호수의 오리들 아시죠? 혹시 그게 어디로 가는지 아세요, 그 오리들이요, 거기가 다 얼어 버리면? 아시나요, 혹시?" 나는 그것이 백만분의 일의 혹시에 불과하다는 것을 깨달았다.

그는 몸을 돌려 미치광이를 보듯 나를 보았다. "지금 뭐 하는 거요, 친구? 나한테 장난쳐?"

"아니요 — 그냥 흥미가 있어서요, 그뿐입니다."

그는 더 말을 하지 않았고, 그래서 나도 하지 않았다. 90번 가에서 공원을 빠져나오기 전까지는. 그때 그가 말했다. "좋소, 친구. 어디로 갈까?"

"어, 여기서 문제, 나는 이스트사이드 쪽 호텔에는 묵고 싶지 않습니다. 거기서는 아는 사람과 마주칠 수도 있어서요. 나는 익명으로 여행 중이거든요." 나는 '익명으로 여행' 같은 촌스러운 이야기를 하는 걸 싫어한다. 하지만 촌스러운 사람과 함께 있을 때는 늘 나도 촌스럽게 행동한다. "태프트나 뉴요커에 누구 밴드가 공연을 하는지 아세요, 혹시?"

"모르겠소, 맥."

"음 — 그럼 에드먼트로 데려다주세요. 가는 길에 잠깐 멈추

---

12) 상대의 이름을 모를 때 부르는 이름.

고 나하고 칵테일 한잔 안 할래요? 내가 냅니다. 나 돈 많아요."

"못하오, 맥. 미안." 정말이지 동무하기에 좋은 사람이다. 끝내주는 인격의 소유자.

우리는 에드먼트 호텔에 이르렀고 나는 체크인을 했다. 택시에서 내리기 전 빨간 사냥 모자를 썼다, 그냥 겁나 그러고 싶어서. 하지만 체크인을 하기 전에 벗었다. 정신 나간 인간이나 그런 걸로 보이고 싶지 않았다. 정말이지 얄궂다. 그때는 그 빌어먹을 호텔에 변태와 멍청이가 가득하다는 것을 몰랐던 거다. 사방에 정신 나간 인간이었다.

나는 이 아주 형편없는 방을 받았다. 창밖으로 호텔의 다른 면밖에 볼 게 없는 방. 별로 상관은 없었다. 전망이 좋으니 나쁘니 관심을 가지기에는 너무 우울했다. 방까지 데려다준 벨 보이는 예순다섯쯤 되는 아주 늙은 사람이었다. 방보다 그 사람이 훨씬 우울했다. 대머리를 가리기 위해 한쪽 옆머리를 정수리 너머로 빗어 넘기는 그런 대머리였다. 그러느니 차라리 그냥 대머리로 살겠다. 어쨌든 예순다섯쯤이나 된 사람에게 얼마나 멋진 직업인가. 사람들 여행 가방이나 들어다 주고 팁이나 기다리다니. 그 사람이 별로 똑똑하거나 그랬던 것 같지는 않지만, 어쨌거나 끔찍했다.

그가 떠난 뒤 나는 코트나 그런 걸 다 입은 채 잠시 창밖을 보았다. 달리 할 일이 없었다. 그때 호텔 건너편에서 무슨 일이 벌어졌는지 알면 깜짝 놀랄 거다. 그들은 커튼을 치려고 하지도 않았다. 어떤 남자, 머리가 잿빛에 아주 품위 있어 보이는 남자가 팬티만 입고 내가 말해도 믿지 않을 짓을 하는 게 보였다. 우선 그는 여행 가방을 침대에 놓았다. 그러더니 여자 옷을 다 꺼내 놓고 그걸 입었다. 진짜 여자 옷 — 실크 스타킹, 하이힐, 브래지어, 끈이 여기저기 늘어진 그 코르셋까지. 그리고 그 위에 그 아주 꼭 끼는 검정 이브닝드레스를 입었다. 하느님한테 맹세한다. 그러더니 여자들이 그러듯이 아주 좁은 보폭으로 방을 걸어 다니기 시작했다. 담배를 피우며 거울에 비친 자기 모습을 보기도 했다. 그도 완전히 혼자였다. 누가 욕실에 있는 게 아니라면 — 거기까지 보이지는 않았다. 이어 그의 창 거의 바로 위의 창에서 남자와 여자가 서로를 향해 입에 있는 물을 뿜는 게 보였다. 아마 물이 아니라 하이볼이었겠지만 잔에 뭐가 들었는지 보이지는 않았다. 어쨌든 먼저 남자가 한 모금 잔뜩 들이켰다가 여자를 향해 있는 대로 뿜었고 이어 여자도 남자에게 그렇게 했다 — 둘은 번갈아 그렇게 했다, 맙소사. 그들을 봤어야 하는데. 그들은 내내 히스테리에 사로잡혀 있었다, 마치 그게 지금까지 벌어진 가장 재미있는 일인 것처럼. 농담 아니다. 그 호텔은 변태투성이였다. 아마 그곳 전체에서 나만 유일하게 정상적인 놈이었을 거다 — 과장 아니다. 염병할 우리의 스트래들레이터에게 전보를 보내 첫차를 타고 뉴욕으로 오라고 할 뻔했다. 녀석은 이 호텔의 왕이 되었을 텐데.

여기서 문제, 그런 종류의 쓰레기가 구경하기에는 좀 매혹적이라는 것이다, 그게 매혹적이기를 바라지 않는다 해도. 예를 들어 자신의 얼굴 전체에 물을 맞고 있는 저 여자, 그녀는 아주 잘생겼다. 그러니까 그게 내 큰 문제라는 거다. 내 마음

속에서 나는 아마 누구도 본 적이 없는 가장 대단한 섹스광일 거다. 가끔 아주 지저분한 걸 생각하곤 하는데 기회만 오면 마다하지 않을 거다. 심지어 여자를 구해 서로의 얼굴에 물을 뿜고 그러는 게 아주 재미있을 수 있다는 것까지도 알 수가 있다, 지저분한 방식으로, 둘 다 좀 취했거나 하기만 하면. 하지만 여기서 문제, 나는 그 생각이 마음에 들지는 않는다. 악취가 난다, 분석을 해 보면. 내 생각에는 어떤 여자가 정말 마음에 들지 않으면 그 여자를 절대 희롱하거나 그러면 안 되는 거고, 마음에 들면 여자의 얼굴도 마음에 든다는 건데 얼굴이 마음에 들면 그 얼굴에 지저분한 짓을 하는 거, 가령 거기 대고 물을 뿜거나 그러는 건 조심해야 한다. 수많은 지저분한 짓이 가끔 아주 재미있다는 건 정말이지 너무 안 된 일이다. 너무 지저분해지지 않으려고 할 때는, 정말 좋은 어떤 걸 망치지 않으려고 할 때는, 여자라고 별 도움이 되는 것도 아니다. 한 이 년 전 어떤 여자, 나보다 훨씬 지저분한 여자를 알았다. 우아, 얼마나 지저분하던지! 하지만 한동안 아주 재미있었다, 지저분한 쪽으로. 섹스는 정말이지 내가 별로 잘 이해하지 못하는 것이다. 도대체 내가 뭐 하는 건지 절대 알 수가 없다. 나 자신을 위한 이 섹스 규칙들을 계속 만들지만 바로 어기고 만다. 작년에는 정말이지 내 엉덩이에 가시를 박는 여자애들하고 장난치는 건 그만두자는 규칙을 정했다. 하지만 그걸 만든 주에 어기고 말았다 — 사실은 그날 밤에. 나는 밤새 앤 루이스 셔먼이라는 이름의 끔찍한 가식녀와 껴안고 비비고 했다. 섹스는 내가 정말이지 이해 못하는 것이다. 하느님께 맹세하는데 정말 못한다.

거기 계속 서 있으면서 우리의 제인에게 전화 한 통 때린다는 생각을 머릿속에서 굴려 보기 시작했다 — 그러니까 그 애 어머니에게 전화를 해서 언제 집에 오느냐고 알아보는 대신 그 애가 다니는 B.M.으로 장거리 전화를 하는 거다. 늦은 밤에 학생한테 전화를 할 수는 없지만 이미 다 생각해 놓았다. 누가 전화를 받든 그 애의 아저씨라고 할 생각이었다. 그 애 고모가 막 자동차 사고로 죽어서 빨리 그 애와 통화를 해야 한다고 말할 생각이었다. 먹혔을 거다. 그러나 그렇게 하지 않은 유일한 이유는 그럴 기분이 아니었기 때문이다. 그럴 기분이 아니면 그런 일은 제대로 할 수가 없다.

잠시 후 의자에 앉아 담배를 두어 대 피웠다. 잔뜩 달아올랐다. 인정할 수밖에 없다. 그러다 갑자기 이 생각이 떠올랐다. 지갑을 꺼내 지난여름 파티에서 만난 어떤 녀석, 프린스턴에 다니는 녀석이 준 주소를 찾기 시작했다. 마침내 찾았다. 지갑 속에서 완전히 웃기는 색깔로 변했지만 그래도 읽을 수는 있었다. 어떤 여자 주소였는데, 딱히 창녀나 그런 건 아니지만 가끔 그걸 하는 걸 마다하지는 않는다, 이 프린스턴 녀석은 그렇게 말했다. 녀석은 여자를 프린스턴에서 열린 댄스에 한 번 데려간 적이 있는데 그 여자를 데려갔다고 쫓겨날 뻔했다. 여자가 전에 벌레스크 스트리퍼나 그런 거였기 때문이다. 어쨌든 나는 전화기로 가서 여자에게 전화를 때렸다. 여자 이름은 페이스 캐번디시였고 65번가와 브로드웨이가 만나는 스탠퍼드 암스 호텔에 살았다. 쓰레기장이었다, 볼 거 없이.

잠시 여자가 집에 없거나 그런 줄 알았다. 계속 아무도 전화를 받지 않았다. 그러다 마침내 누군가 수화기를 들었다.

"여보세요?" 내가 말했다. 내 나이나 그런 걸 의심하지 않도록 목소리를 아주 낮게 깔았다. 어차피 내 목소리는 아주 낮았지만.

"여보세요." 그 여자가 말했다. 별로 친절하지 않았다.

"미스 페이스 캐번디시인가요?"

"누구세요?" 여자가 말했다. "누가 빌어먹을 이 미친 시간에 전화를 하는 거예요?"

그 말을 듣자 조금 겁이 났다. "어, 나도 아주 늦은 건 압니다." 나는 이 아주 성숙한 그런 목소리로 말했다. "용서해 주시기 바랍니다만, 그쪽과 몹시 연락하고 싶었습니다." 나는 겁나 상냥하게 말했다. 정말 그랬다.

"대체 누구세요?" 여자가 말했다.

"어, 그쪽에서는 나를 모르지만, 나는 에디 버드셀의 친굽니다. 그 친구가 언젠가 시내에 들르면 우리 둘이 꼭 칵테일이나 한잔하라고 하더군요."

"누구요? 누구 친구라고요?" 우아, 여자는 전화에서는 정말 암호랑이였다. 젠장 거의 소리를 지르고 있었다.

"에드먼드 버드셀. 에디 버드셀." 녀석의 이름이 에드먼드인지 에드워드[13]인지 기억나지 않았다. 딱 한 번 어떤 빌어먹을 멍청한 파티에서 만났을 뿐이다.

---

13) 에디는 둘 다의 애칭이 될 수 있다.

"그런 이름은 알지 못하는데요, 잭.[14] 그리고 혹시 내가 한밤중에 깨는 걸 좋아한다고 생각……."

"에디 버드셀. 프린스턴."

여자가 그 이름을 머릿속에서 굴려보고 그러는 걸 알 수 있었다.

"버드셀. 버드셀…… 프린스턴…… 프린스턴 칼리지?"

"맞아요."

"그쪽도 프린스턴 칼리지 다녀요?"

"뭐, 대충."

"오…… 에디는 어떻게 지내요? 하지만 당연히 지금은 연락하기에는 이상한 시간이잖아요. 맙소사."

"그 친구는 잘 지냅니다. 안부 전해 달라고 하던데요."

"뭐, 고맙네요. 내 안부도 전해 주세요. 에디는 근사한 사람이죠. 지금은 뭐 하나요?" 여자는 겁나게 친근해졌다, 갑자기.

"오, 알잖아요. 다 똑같은 얘기." 녀석이 뭘하고 있는지 도대체 내가 어떻게 안단 말인가? 녀석을 안다고도 할 수 없는데. 아직 프린스턴에 있는지도 알지 못했다. "보세요. 어디서 만나 칵테일이나 한잔할 생각 있나요?"

"혹시 지금 몇 시인지는 알고 있나요? 그런데, 이름은 뭔지, 좀 물어봐도 될까요?" 여자는 잉글랜드 억양을 드러내고 있었다, 갑자기. "그쪽은 좀 어린 쪽인 것처럼 들리는데."

나는 웃음을 터뜨렸다. "칭찬 감사합니다." 나는 말했

---

14) 이름을 모를 때 쓰는 호칭.

다 — 겁나 상냥하게. "홀든 콜필드가 내 이름이죠." 가짜 이름을 댔어야 하지만 미처 그 생각은 하지 못했다.

"어, 보세요, 코플 씨. 나는 한밤중에 약속을 잡는 습관은 없어요. 일하는 여자라서."

"내일은 일요일인데요."

"뭐, 어쨌든. 미용을 위해 자야 해요. 뭔지 알잖아요."

"함께 칵테일이나 딱 한잔할 수 있을 줄 알았는데. 그렇게 늦지도 않았는데요 뭐."

"음. 아주 상냥하시네요. 어디서 전화하는 거예요? 어쨌든 지금 어디예요?"

"나요? 전화 부스 안이죠."

"오." 이 아주 긴 정적이 이어졌다. "음, 언젠가 정말로 한번 함께 자리를 만들고 싶어요, 코플 씨. 아주 매력적으로 말씀을 하네요. 아주 매력적인 분 같아요. 하지만 시간이 늦었어요."

"계신 곳으로 갈 수 있습니다."

"음, 보통이라면, 근사한 생각이에요, 하고 말할 거예요. 그러니까 정말이지 들러서 칵테일 한잔하라고 하고 싶은데 공교롭게도 룸메가 아프네요. 밤새 잠 한숨 못 자고 있어요. 그러다 지금 막 눈을 감고 그랬단 거예요. 내 말은."

"오. 그거 정말 안됐군요."

"어디 묵고 있어요? 어쩌면 내일 만나서 칵테일 한잔할 수도 있으니까."

"내일은 시간을 낼 수가 없어요. 오늘 밤이 나에게 가능한 유일한 시간입니다." 나란 인간은 얼마나 멍청한지. 그 말을 말았어야 했다.

"오. 뭐, 정말 안타깝네요."

"에디한테 안부 전할게요."

"그래 줄래요? 뉴욕에서 잘 지내다 가기를 바라요. 근사한 곳이에요."

"압니다. 고마워요. 안녕히 주무세요." 나는 전화를 끊었다.

우아, 정말이지 망쳐 버렸다. 적어도 나중에 칵테일이든 뭐든 할 수 있도록은 해 놨어야 하는데.

10

아직 매우 이른 시간이었다. 몇 시인지는 잘 몰랐지만 그렇게 늦지는 않았다. 한 가지 내가 하기 싫어하는 일은 피곤하지도 않은데 잠자리에 드는 거다. 그래서 여행 가방을 열고 깨끗한 셔츠를 꺼낸 다음 욕실로 들어가 씻고 셔츠를 갈아입었다. 이때 내가 해 보겠다고 생각한 거, 나는 아래층으로 내려가 라벤더 룸에서는 도대체 무슨 일이 벌어지고 있는지 볼 생각이었다. 호텔에는 라벤더 룸이라는 이름의 나이트클럽이 있었다.

하지만 셔츠를 갈아입다가 여동생 피비에게 빌어먹을 전화를 때릴 뻔했다. 물론 나는 피비와 전화로 이야기를 하고 싶었다. 분별력이나 그런 게 있는 누군가와. 하지만 그 애한테 전화를 때리는 모험은 할 수가 없었다. 그 애는 꼬마에 불과하고 전화 근처에 있기는커녕 깨어 있지도 않을 테니까. 부모가 전화를 받으면 끊으면 되지 않을까 생각했지만 그것도 먹히지 않을 것 같았다. 나인 줄 알 거다. 어머니는 늘 나라는 걸 안다. 초능력자다. 하지만 물론 우리의 피비에게 잠시 헛소리를 쏴 댈 기회가 생긴다면 마다할 생각은 전혀 없었다.

그 애를 한번 봐야 하는데. 평생 그렇게 예쁘고 똑똑한 꼬마는 본 적이 없을 거다. 정말 똑똑하다. 그러니까 학교를 다니기 시작한 이래 모두 A만 받았다. 사실 우리 가족 가운데 나만 바보다. 형 D.B.는 작가나 그런 거고, 동생 알리, 내가 이야기했던 죽은 아이는 신동이었다. 나만 유일하게 정말로 바보다. 하지만 우리의 피비는 꼭 한번 볼 필요가 있다. 그 애는 이 좀 빨간 머리로 알리의 머리와 약간 비슷한데, 여름에는 아주 짧게 친다. 여름에는 머리를 귀 뒤에 딱 붙인다. 멋지고 예쁘고 작은 귀다. 하지만 겨울이면 머리가 아주 길어진다. 가끔 어머니가 땋아 주고 가끔 땋아 주지 않는다. 이러나 저러나 정말 멋지다. 그 애는 이제 겨우 열 살이다. 아주 말랐다, 나처럼. 하지만 멋지게 말랐다. 롤러스케이트에 어울리게 말랐다. 한번은 창문에서 그 애가 5번가를 건너 공원 쪽으로 가는 것을 지켜본 적이 있는데, 그게 바로 그 애의 모습이다, 롤러스케이트에 어울리게 마른 모습. 보면 마음에 들 거다. 그러니까 우리의 피비에게 무슨 이야기를 하면 그 애는 상대가 도대체 무슨 말을 하고 있는 건지 정확히 안다. 그러니까 심지어 데리고 어디든 갈 수 있다는 거다. 예를 들어 그 애를 데리고 형편없는 영화를 보러 가면 그 애는 그게 형편없는 영화라는 걸 안다. 아주 좋은 영화를 보러 가면 아주 좋은 영화라는 걸 안다.

D.B.와 나는 그 애를 데리고 이 프랑스 영화를 보러 갔다. 「빵집 여주인」, 레뮈가 나오는 거. 그 애는 이 영화라면 깜빡 죽었다. 하지만 그 애가 가장 좋아하는 영화는 「39계단」이다, 로버트 도너트가 나오는 거. 그 애는 젠장 그 영화 전체를 외운다, 내가 그 애를 데리고 열 번쯤 보러 갔기 때문에. 예를 들어 우리의 도너트가 그 스코틀랜드 농장으로 다가갈 때, 그가 경찰이나 그런 거로부터 달아날 때, 피비는 영화를 보다 바로 소리 내어 말하곤 한다 — 바로 그 스코틀랜드 남자가 영화에서 그 말을 할 때 — "청어 먹을 수 있소?" 그 애는 모든 대사를 외우고 있다. 영화에서 이 교수, 사실은 독일 첩자인데, 그가 중간 관절 일부가 사라진 작은 손가락을 들어 올려 로버트 도너트에게 보여 줄 때 우리의 피비는 선수를 친다 — 그 애는 어둠 속에서 나를 향해, 내 얼굴 바로 앞에 자신의 작은 손가락을 들어 올린다. 괜찮은 애다. 보면 좋아할 거다. 유일한 문제, 그 애는 가끔 약간 지나치게 다정하다. 아이치고는 매우 감정적이다. 정말로 그렇다. 그 애가 하는 다른 일, 그 애는 늘 책을 쓴다. 다만, 끝내지는 않는다. 모두 헤이즐 웨더필드라는 이름의 어떤 아이에 관한 것이다 — 다만 우리의 피비는 헤이즐(Hazel)의 철자를 'Hazle'이라고 잘못 쓸 뿐이다. 우리의 헤이즐 웨더필드는 소녀 탐정이다. 이 소녀는 고아로 되어 있는데 그런데도 아이의 노친네가 계속 나타난다. 아이의 노친네는 늘 '키가 크고 매력적인 스무 살가량의 신사'다. 이게 나를 죽여준다. 우리의 피비. 하느님에게 맹세하는데 누구든 보면 그 애를 좋아할 거다. 그 애는 아주 작은 꼬마였을 때부터 똑

똑했다. 그 애가 아주 작은 꼬마였을 때 나하고 알리는 그 애를 데리고 공원에 가곤 했다, 특히 일요일에. 알리는 일요일이면 이 돛단배를 가지고 놀러 다니기를 좋아했는데, 우리는 우리의 피비를 데려가곤 했다. 그 애는 하얀 장갑을 끼고 우리 사이에서 걸었다, 마치 숙녀나 그런 거처럼. 그리고 알리와 내가 이런 저런 잡다한 것에 관해 대화를 나누면 우리의 피비는 귀를 기울였다. 우리는 가끔 그 애가 있다는 것을 잊곤 했다. 너무 어린 꼬마였으니까. 하지만 그 애는 자기가 있다는 걸 알려 주었다. 늘 끼어들었다. 알리나 나를 밀거나 하면서 말하곤 했다. "누구라고? 누가 그 얘길 했어? 보비야, 그 여자야?" 그러면 우리는 누가 그 얘길 했는지 말해 주었고 그러면 그 애는 "아," 하고는 바로 다시 귀를 기울이거나 그러곤 했다. 알리도 그 애한테 죽어 넘어갔다. 내 말은 알리도 그 애를 좋아했다는 거다. 그 애는 이제 열 살이고, 이제 아주 작은 꼬마는 아니지만 여전히 모든 사람을 죽여준다 — 어쨌든 분별력 있는 사람은 모두.

어쨌든, 그 애는 늘 전화로 이야기를 나누고 싶은 사람이었다. 하지만 부모가 받을까 봐, 그래서 내가 뉴욕에 있고 펜시에서 쫓겨나고 그런 걸 다 알아낼까 봐 너무 걱정이 되었다. 그래서 그냥 셔츠를 마저 입었다. 그런 다음 준비를 마치고 무슨 일이 벌어지는지 보려고 엘리베이터를 타고 로비로 내려갔다.

뚱쟁이처럼 보이는 남자 몇 명, 그리고 창녀처럼 보이는 금발 몇 명을 제외하면 로비는 텅 비어 있었다. 하지만 라벤더 룸에서 밴드가 연주하는 소리가 들렸고, 그래서 그곳으로 들어갔다. 사람이 아주 많지는 않았는데도 그들은 나에게 형편 없는 테이블을 주었다 — 한참 뒤쪽에. 급사장 코 밑에 돈을 한 장 흔들었어야 하는 건데. 뉴욕에서는, 우아, 돈이 정말로 말을 한다 — 농담 아니다.

밴드는 구역질이 났다. 버디 싱어. 브라스가 아주 강했지만 좋은 쪽으로 강하지는 않았다 — 촌스럽게 강했다. 게다가 그 곳에는 내 나이 또래 사람들이 거의 없었다. 사실 내 나이 또 래는 아무도 없었다. 대부분 데이트 상대를 데려온 나이 들 고, 허세를 부릴 것처럼 보이는 남자들이었다. 바로 내 옆의 테 이블을 제외하면. 바로 내 옆의 테이블에는 이 서른 정도 되 는 여자 셋이 있었다. 그 셋 모두 아주 못생겼고, 모두 자신 들이 사실 뉴욕에 살지 않는다는 것을 보여 주는 그런 모자 를 쓰고 있었다. 하지만 그들 가운데 하나, 금발은 아주 나쁘 지는 않았다. 좀 귀여웠다, 그 금발은. 그래서 그녀에게 그놈의 그 눈길을 좀 건네기 시작했는데, 바로 그때 웨이터가 주문을 받으러 왔다. 나는 스카치 앤드 소다를 주문하면서 섞지 말 라고 말했다 — 그 말을 겁나게 빨리 했는데 이때 더듬거리면 스물한 살 아래라고 생각하여 주류는 팔려 하지 않기 때문이 다. 그랬는데도 문제가 생겼다. "미안합니다만, 손님." 웨이터가 말했다. "나이를 알 수 있는 증명서 있나요? 운전 면허증 갖고 있습니까, 혹시?"

나는 아주 차갑게 그를 노려보았다, 그가 나를 겁나게 모욕 한 것처럼. 그리고 물었다. "내가 스물한 살 이하로 보입니까?"

"미안합니다만, 손님, 하지만 우리는 우리……."

"알았어요, 알았어." 나는 그건 집어치우자고 생각했다. "콜라 갖다줘요." 그가 떠나려 했지만 나는 등 뒤에 대고 소리쳤다. "거기다 럼 좀 넣거나 해 줄 수 없나요?" 나는 그에게 아주 상냥하고 그런 말투로 물었다. "이렇게 정신이 말짱해서는 이런 촌스런 데 앉아 있을 수가 없어서 말입니다. 거기다 럼 좀 넣거나 해 줄 수 없어요?"

"정말 미안하지만 손님……." 그는 자리를 떠 버렸다. 하지만 나는 그에게 반감을 갖지 않았다. 미성년자에게 술을 팔다가 걸리면 일자리를 잃는다. 나는 빌어먹을 미성년자다.

다시 옆 테이블의 세 마녀에게 눈길을 건네기 시작했다. 즉, 금발에게. 나머지 둘은 어느 모로 보나 추했다. 하지만 나는 상스럽게 그러지는 않았다. 그냥 셋 모두에게 그 아주 서늘한 눈길이나 그런 걸 건넸을 뿐이다. 하지만 내가 그랬을 때 그들이, 그들 셋이 한 일, 그들은 멍청이처럼 낄낄거리기 시작했다. 그들은 아마도 한번 훑어보게 해 주기에는 내가 너무 어리다고 생각했을 것이다. 그러자 겁나게 짜증이 났다 — 내가 뭐 결혼이라도 하고 싶다는 건가. 그들이 그렇게 나왔으니 차갑게 무시했어야 하지만 여기서 문제, 나는 정말로 춤을 추고 싶었다. 나는 춤추는 걸 무척 좋아한다, 때로는. 그리고 그때가 바로 그런 때였다. 그래서 갑자기, 나는 몸을 그쪽으로 좀 기울이면서 말했다. "혹시 춤추고 싶은 분 있나요?" 나는 상스럽거나 그렇게 말하지 않았다. 아주 상냥하게 했다, 사실. 하지만 젠장, 그들은 그것도 끝내주는 웃음거리라고 생각했다. 그들은 조금 더 낄낄거리기 시작했다. 농담 아니다, 그들은 정말 세 멍청이였다. "자 자. 한 번에 한 분하고만 추겠습니다. 됐죠? 그건 어때요? 어서!" 정말로 춤을 추고 싶었다.

마침내 금발이 나와 춤을 추려고 일어났다. 내가 사실은 자기에게 말을 걸고 있다는 걸 알 수 있었기 때문이다. 우리는 댄스 플로어로 걸어 나갔다. 그러자 다른 두 못생긴 여자는 몹시 신경질을 냈다. 그런 여자들한테까지 들이대다니 내가 정말로 궁하긴 했나 보다.

하지만 그럴 가치가 있었다. 금발은 춤깨나 추었다. 내가 만난 최고의 댄서로 꼽을 만했다. 농담 아니다. 이 아주 멍청한 여자들 중에 일부는 정말로 댄스 플로어에서 사람을 뻑 가게 할 수 있다. 정말 똑똑한 여자를 데려와 봐라, 반은 댄스 플로어에서 자기가 리드하려고 하거나, 아니면 아주 엉망인 댄서라서 테이블에 죽치고 그냥 그 여자와 취하는 게 최선일 거다.

"정말 춤을 출 줄 아시네요." 내가 금발에게 말했다. "분명히 프로로군요. 진담입니다. 전에 프로하고 춘 적이 있는데 그쪽은 그 여자보다 두 배로 잘 추네요. 혹시 마르코와 미란다 이야기 들어 보셨어요?"

"네?" 그녀가 말했다. 내 말은 듣고 있지도 않았다. 사방을 두리번거리고 있었다.

"마르코와 미란다 이야기 들어 봤냐고 했어요."

"모르겠어요. 네, 정말 몰라요."

"아, 댄서들이에요. 여자가 댄서죠. 하지만 대단치는 않아요. 해야 할 건 다 하지만 어쨌든 그렇게 대단하진 않아요. 언제 여자가 정말 끝내주는 댄서가 되는지 알아요?"

"머라고요?" 여자는 내 이야기를 듣고 있지 않았다, 여전히. 그녀의 마음은 그 장소 여기저기를 배회하고 있었다.

"언제 여자가 정말 끝내주는 댄서가 되는지 아느냐고 했어요."

"어어."

"음 — 내 손을 그쪽 등에 놓은 그곳. 그곳에서 내가 내 손 밑에 아무것도 없다고 — 엉덩짝도 없고 다리도 없고 발도 없고 아무것도 없다고 — 생각하게 되면 그 여자는 정말 끝내주는 댄서죠."

하지만 그녀는 듣고 있지 않았다. 그래서 나도 잠시 그녀를 무시했다. 우리는 그냥 춤을 추었다. 맙소사, 그 멍청한 여자는 춤을 출 줄 알았다. 버디 싱어와 그의 구역질 나는 밴드는 「그저 그런 일들의 하나」를 연주하고 있었고 심지어 그들도 그 곡은 완전히 망칠 수가 없었다. 대단한 노래였다. 나는 춤을 추는 동안 묘수를 쓰지는 않았지만 — 나는 댄스 플로어에서 과시적인 묘수를 많이 부리는 녀석을 싫어한다 — 그녀가 많이 움직이게 하고 있었고 그녀는 내 옆에 붙어 있었다. 여기서 웃기는 건, 나는 그녀도 즐거워한다고 생각했는데 그녀가 갑자기 그 아주 멍청한 말을 불쑥 내뱉었다. "나하고 내 친구들은 어젯밤에 피터 로리를 봤어요. 영화배우 말이에요. 직접. 신문을 사고 있더라고요. 귀여웠어요."

"운이 좋군요. 정말 운이 좋아요. 그렇다는 거 알아요?" 그녀는 정말로 멍청이였다. 하지만 춤은 얼마나 잘 추던지. 나는 그녀의 멍청한 머리 꼭대기 — 알잖나 — 바로 가르마가 있는 그런 곳에 키스를 좀 해 주고 싶어 참을 수가 없었다. 내가 키스하자 그녀는 열을 받았다.

"이봐요! 무슨 생각이에요?"

"아무것도 아닙니다. 아무 생각 아니에요. 정말 춤출 줄 아
네요. 나한테 젠장 사학년밖에 안 되는 꼬맹이 여동생이 있습
니다. 그쪽은 거의 그 애만큼 잘 추네요. 그 애는 살아 있건
죽었건 그 누구보다 춤을 잘 추거든요."

"말조심하세요, 괜찮으시다면."

대단한 숙녀로군, 우아. 여왕이시네, 참 나.

"그쪽 아가씨들은 어디에서 왔죠?" 내가 그녀에게 물었다.

하지만 그녀는 대답하지 않았다. 그녀는 우리의 피터 로리
가 나타나는 것을 보려고 두리번거리느라 바빴다, 내 짐작으
로는.

"그쪽 아가씨들은 어디에서 왔나요?" 내가 다시 물었다.

"네?" 그녀가 말했다.

"그쪽 아가씨들은 어디에서 왔어요? 대답하고 싶지 않으면
하지 마세요. 노력하지 않아도 됩니다."

"워싱턴주 시애틀." 그녀는 큰 은혜를 베풀어 말해 주었다.

"정말 대화 나누는 솜씨가 훌륭하네요. 그거 아세요?"

"네?"

그건 포기했다. 그녀의 머리로는 감당이 안 되는 거였다, 어
차피. "지터버그 좀 출까요, 빠른 곡이 나오면? 촌스러운 지터
버그 말고, 펄쩍 뛰거나 그런 거 말고 — 그냥 멋지고 편하게.
빠른 곡이 나오면 모두 죄다 앉잖아요, 늙은 사람하고 뚱뚱한
사람만 빼고. 그러면 공간이 충분할 거예요. 좋아요?"

"나는 아무래도 좋아요." 그녀가 말했다. "이봐요 — 몇 살이죠, 그런데?"

그 말에 짜증이 났다, 어떤 이유에서인가. "오, 맙소사. 분위기 깨지 맙시다. 난 열두 살이에요, 맙소사. 나이치고는 큰 편이죠."

"잘 들어요. 이미 얘기했죠. 나는 그런 식의 말 좋아하지 않는다고. 그런 식의 말 사용할 거면 나는 가서 내 친구들하고 앉아 있으면 되겠네요, 네."

나는 미치광이처럼 사과했다. 밴드가 빠른 곡을 시작했기 때문이다. 그녀는 나와 지터버그를 추기 시작했다 — 하지만 딱 아주 멋지고 편안하게, 촌스럽지 않게. 그녀는 정말 잘 추었다. 내가 할 일이라고는 살짝 손을 대는 것이 전부였다. 그녀가 빙글 돌았을 때 작고 예쁜 엉덩이가 아주 멋지게 씰룩거리고 그랬다. 나는 뻑 갔다. 진짜다. 자리에 앉았을 때 나는 반쯤 사랑에 빠져 있었다. 여자하고는 늘 그렇다. 여자가 뭔가 예쁜 일을 하면 별로 볼 만한 얼굴이 아니더라도, 좀 멍청하더라도, 그들과 반쯤 사랑에 빠지게 되고, 그러면 도대체 내가 뭐 하는 건지 절대 알 수가 없다. 여자라. 맙소사. 여자들은 사람을 돌아 버리게 만들 수 있다. 정말 그럴 수 있다.

그들은 자기네 테이블에 앉으라고 나를 초대하지 않았지만 — 대체로 그들이 너무 무지했기 때문에 — 그냥 앉았다. 나와 함께 춤을 춘 금발은 이름이 버니스 뭐였다 — 크랩스였나 크렙스였나. 못생긴 둘의 이름은 마티와 러번이었다. 내 이름은 짐 스틸이라고 말해 주었다, 그냥 겁나 그러고 싶어서. 그런 다음 그들을 좀 지적인 대화로 끌어들이려 했지만 거의 불가능했다. 팔을 비틀어야만 할 정도였다. 셋 가운데 누가 가장 멍청한지 구분이 가지 않았다. 그리고 셋 모두 계속 사방을 겁나 두리번거렸다, 당장 빌어먹을 영화배우들이 떼를 지어 들어올 거라고 생각하는 것처럼. 아마도 영화배우들이 뉴욕에 올 때면 스토크 클럽이나 엘 모로코나 그런 데가 아니라 라벤더 룸에서 어슬렁거린다고 생각하는 것 같았다. 어쨌든 그들 모두 시애틀 어디에서 일하고 그러는지 알아내는 데 삼십 분 정도가 걸렸다. 그들은 모두 같은 보험 사무소에서 일했다. 직장이 마음에 드느냐고 물었지만, 내가 그 세 멍청이에게서 똑똑한 답을 얻어낼 수 있었을 거라고 생각하나? 나는 못생긴 둘, 마티와 러번이 자매라고 생각했지만 그러냐고 묻자 둘은 큰 모욕을 당한 표정이었다. 둘 가운데 어느 쪽도 다른 쪽처럼 보이고 싶어 하지 않는다는 걸 알 수 있었는데, 그들을 탓할 수는 없었지만 어쨌든 아주 재미있었다.

나는 그들 모두와 — 그들 셋 전부와 — 춤을 추었다, 한 번에 하나씩. 못생긴 한 명, 러번은 과히 나쁘지 않은 댄서였지만 또 하나, 우리의 마티는 살인자였다. 우리의 마티는 댄스 플로어에서 '자유의 여신상'을 끌고 다니는 것 같았다. 내가 그 여자를 끌고 다니면서 반만이라도 즐기는 유일한 방법은 스스로 약간 재미있는 일을 하는 것뿐이었다. 그래서 그 여자에게 방금 영화배우 게리 쿠퍼를 반대편에서 보았다고 말했다.

"어디서요?" 그녀가 물었다 — 겁나게 흥분하고 있었다. "어디서?"

"아, 막 놓쳤네. 방금 나갔어요. 내가 말할 때 보지 그랬어요?"

그녀는 춤을 중단하다시피 하고 그가 진짜로 안 보이는지 확인하려고 모든 사람 머리 너머를 보기 시작했다. "이런 쳇!" 그녀가 말했다. 나는 막 그녀의 심장을 부숴 버린 것이었다 — 정말 그랬다. 그녀에게 농담을 한 것이 겁나게 미안했다. 어떤 사람에게는 농담을 하면 안 된다, 설사 농담을 던져 마땅한 사람이라 해도.

하지만 아주 재미있는 일이 있었다. 테이블로 돌아가자 우리의 마티는 다른 둘에게 게리 쿠퍼가 막 나갔다고 말했다. 우아, 우리의 러번과 버니스는 그 말을 듣자 자살할 뻔했다. 완전히 흥분해서 마티에게 그를 보았느냐 어쨌느냐 물었다. 우리의 마트는 언뜻 보았다고 말했다. 그건 끝내주는 말이었다.

술집이 밤 영업을 끝내려 했기 때문에 나는 문을 닫기 전에 얼른 그들에게 한 잔씩 사 주었고, 내가 마실 코카 콜라를 두 잔 더 주문했다. 염병할 테이블은 잔으로 지저분했다. 못생긴 쪽, 러번이 내가 콜라만 마신다고 계속 놀려 댔다. 유머 감각 한번 훌륭했다. 그녀와 우리의 마티는 톰 콜린스를 마시고 있었다 — 12월 중반에, 맙소사. 그들은 그보다 나은 걸 알지 못했다. 금발, 우리의 버니스는 버번 앤드 워터를 마시고 있었다. 그녀는 정말로 그걸 벌컥벌컥 마셔 버리고 있었다. 그들 셋 모두 계속 영화배우를 찾고 있었다. 말은 거의 하지 않았다 — 심지어 서로도. 우리의 마티가 그래도 다른 둘보다는 말을 많이 했다. 그녀는 그 아주 촌스럽고 따분한 이야기를 했다. 가령 변소를 '소녀의 방'이라고 부른다든가. 또 그녀는 버디 싱어의 형편없이 닳아빠진 늙다리 클라리넷 연주가가 일어서서 얼음처럼 차가운 핫 릭[15]을 두어 번 하자 정말 멋지다고 생각했다. 그녀는 클라리넷을 '감초 막대'[16]라고 불렀다. 얼마나 촌스러운지. 못생긴 또 한 명, 러번은 자기가 아주 재치 있는 쪽이라고 생각했다. 계속 나더러 아버지에게 전화를 해서 오늘 밤에 뭐 하고 있는지 물어보라고 했다. 아버지가 데이트가 있는지 없는지 계속 물었다. 그걸 네 번이나 물었다 — 정말 재치가 넘치는 여자였다. 우리의 버니스, 금발은 거의 아무 말도 하지 않았다. 내가 뭘 물어볼 때마다 "네?" 하고 되물었다. 그런 식으로 시간이 좀 흐르면 신경이 꽤 거슬리게 된다.

술을 다 마시자 갑자기 셋 모두 벌떡 일어서서 자러 가야겠다고 말했다. 라디오 시티 뮤직홀의 첫 쇼를 보려고 일찍 일어날 거라는 이야기였다. 좀 더 앉아 있게 하려고 노력했지만 말을 듣지 않았다. 그래서 작별 인사나 그런 걸 했다. 언젠가 시애틀에서 찾아가겠다고 말했다, 거기 가게 되면.. 하지만 그럴까 의심스럽다. 그러니까, 그들을 찾아가게 될지.

담배나 그런 것까지 해서 계산서에는 열세 장쯤 적혀 있었다. 그들은 적어도 내가 합석하기 전에 마신 술값은 자기들이 내겠다고 제안했어야 한다고 생각한다 — 물론 내가 그걸 내게 하지는 않았겠지만 그래도 제안은 했어야 한다. 하지만 별 상관없었다. 그들은 아주 무지했고, 또 한심하고 화려한 모자

---

15) hot lick은 즉흥 연주라는 뜻인데 뜨겁다는 뜻의 hot이 앞의 얼음처럼 차갑다는 말과 대조를 이룬다.
16) 흔히 클라리넷을 가리키는 말로 사용된다.

나 그런 걸 쓰고 있었다. 게다가 라디오 시티 뮤직홀의 첫 쇼를 보려고 일찍 일어날 거라는 그 소리를 듣고 우울해졌다. 만일 누군가, 예를 들어 끔찍해 보이는 모자를 쓴 어떤 여자가 멀리서 — 워싱턴주 시애틀에서, 참 나 — 뉴욕까지 와서 고작 라디오 시티 뮤직홀의 염병할 첫 쇼를 보려고 아침 일찍 일어난다면 나는 너무 우울해서 견딜 수가 없다. 그 이야기만 하지 않았다면 그들 셋 모두에게 술을 백 잔이라도 샀을 것이다.

그들이 떠나고 나서 바로 라벤더 룸을 떠났다. 어차피 문을 닫고 있었고 밴드 연주는 오래전에 끝났다. 애초에 그곳은 들르기에는 아주 끔찍한 곳이었다. 함께 춤을 추기에 좋은 사람이 없다면, 또는 웨이터가 그까짓 콜라가 아니라 진짜 술을 주문하게 해 주지 않는다면. 적어도 술을 좀 주문해서 취할 수 없는 거라면 세상에 오래 앉아 있을 수 있는 나이트클럽이란 없다. 정말 뻑 가게 만드는 여자와 함께 있는 거라면 몰라도.

11

로비로 나가는 길에 갑자기 우리의 제인 갤러거가 다시 뇌에 등장했다. 일단 등장하면 내보낼 수가 없었다. 나는 로비의 그 토가 나올 것 같은 의자에 앉아 그녀와 스트래들레이터가 그 빌어먹을 에드 뱅키의 차에 타고 있었던 걸 생각했다. 우리의 스트래들레이터가 그 애와 하지 못했을 거라는 걸 젠장 확신하기는 했지만 — 나는 우리의 제인을 책처럼 잘 읽고 있다 — 그래도 뇌에서 내보낼 수가 없었다. 나는 그 애를 책처럼 읽고 있었다. 정말로 그랬다. 그러니까 그 애는 체커스 외에 모든 운동을 아주 좋아했다는 거다. 그 애를 알고 나서 여름 내내 우리는 거의 매일 아침 함께 테니스를 쳤고 거의 매일 오후 골프를 쳤다. 정말이지 그 애와 아주 친해졌다. 그렇다고 육체적이거나 그런 쪽이란 뜻은 아니지만 — 그런 건 아니었다 — 우리는 늘 만났다. 꼭 섹스 쪽으로 발달해야만 어떤 여자를 알게 되는 건 아니다.

내가 그 애를 만나게 된 경위, 그 애의 도베르만 핀셔가 우리 잔디로 건너와 볼일을 보곤 했고 어머니는 그것 때문에 몹시 짜증이 났다. 그래서 제인의 어머니에게 전화를 걸어 한바탕 소동을 벌였다. 어머니는 그런 일로 아주 크게 소동을 벌일 수 있는 사람이다. 그러다 벌어진 일, 이틀쯤 뒤 나는 제인이 클럽에서 수영장 옆에 엎드려 있는 걸 보고 인사를 했다. 나는 그 애가 우리 옆집에 산다는 걸 알았지만 전에는 대화를 나누거나 그런 적이 없었다. 하지만 그날 내가 인사를 했을 때 그 애는 아주 쌀쌀맞았다. 그 애의 개가 어디서 볼일을 보든 젠장 나는 전혀 상관하지 않는다고 그 애가 믿게 만드느라 겁나게 고생했다. 나는 녀석이 거실에서 볼일을 봐도 상관없었다. 어쨌든 그 뒤에 제인과 나는 친구나 그런 게 되었다. 그날 오후에는 그 애와 골프를 쳤다. 그 애는 공을 여덟 개 잃어버렸다, 내 기억으로는. 여덟 개. 그 애가 적어도 눈은 뜨고 스윙을 하게 하느라 무지하게 힘들었다. 하지만 그 덕분에 그 애 실력이 엄청나게 좋아졌다. 나는 골프를 아주 잘 치니까. 내가 코스를 한 바퀴 돌 때 몇 타를 치는지 말하면 아마 믿지 않을 거다. 한번은 심지어 단편 영화에 나갈 뻔했는데 막판에 마음이 바뀌었다. 누구 못지않게 영화를 싫어하는 사람으로서, 단편 영화에 나를 집어넣어도 가만히 있으면 나는 가식남이 되는 거라고 판단했기 때문이다.

재미있는 애였다, 우리의 제인은. 딱히 그 애를 엄격한 의미에서 아름답다고 묘사하지는 않겠다. 하지만 나는 뻑 갔다. 입은 좀 컸다. 그러니까 이야기를 할 때 뭔가에 흥분하면 입이 대략 쉰 방향으로 좀 움직였다, 입술하고 그런 게. 그게 나는 너무 좋았다. 그리고 입을 정말이지 꽉 다물지 않았다. 늘 약간 열려 있었다, 특히 골프에서 자세를 잡거나 책을 읽고 있을 때. 그 애는 늘 뭔가 읽고 있었다. 아주 좋은 책을 읽었다. 시 같은 것도 많이 읽었다. 그 애는 우리 가족 외에 내가 알리의 야구 글러브, 시가 잔뜩 적힌 글러브를 보여 준 유일한 사람이었다. 그 애가 알리를 만나거나 한 적은 없었다. 그때가 그 애가 메인에서 보낸 첫 여름이었으니까 — 그전에는 케이프 코드에 다녔다. 하지만 내가 알리 이야기를 아주 많이 해 주었다. 그 애는 그런 종류의 이야기에 관심이 있었다.

어머니는 그 애를 별로 좋아하지 않았다. 그러니까 제인과 그 애 어머니가 인사를 하지 않을 때 자신을 좀 냉대하거나 그러는 거라고 늘 생각했다는 거다. 어머니는 마을에서 그들을 자주 보았다. 제인이 그 라샐 컨버터블을 타고 자기 어머니와 함께 장을 보러 오곤 했기 때문이다. 어머니는 심지어 제인이 예쁘다고 생각하지도 않았다. 하지만 나는 그렇게 생각했다. 그냥 그 애의 생긴 모습이 마음에 들었다는 거다, 그뿐이다.

어느 오후가 기억난다. 이날이 우리의 제인과 내가 서로 심지어 비벼 대는 것에 가장 가깝게 다가갔던 유일한 때이기도 하다. 토요일이었고 밖에서는 비가 개처럼 내렸고, 나는 그 애 집에 가 있었다, 포치에 — 그 집에는 스크린을 친 그 커다란 포치가 있었다. 우리는 체커스를 하고 있었다. 나는 이따금 그 애를 놀리곤 했다. 그 애가 킹을 뒷줄에서 빼내려 하지 않았기 때문이다. 하지만 많이 놀리지는 않았다. 제인은 절대 많이 놀리고 싶어지지가 않았다. 정말이지 나는 기회만 오면 여자애를 바지가 홀딱 벗겨질 정도로 놀리는 걸 가장 좋아한다고 생각하기 때문에 그건 웃기는 일이다. 내가 가장 좋아하는 여자애는 놀리고 싶은 마음이 절대 많이 들지 않는 애다. 가끔 여자애들은 놀림을 받는 걸 좋아한다는 생각이 들기도 하지만 — 실제로 그런다는 걸 안다 — 아주 오래 알고 지냈고 한번도 놀린 적이 없다면 새삼스럽게 놀리는 걸 시작하기가 어렵다. 어쨌든 지금 제인과 내가 서로 비벼 대는 것에 가장 가깝게 다가갔던 그날 오후 이야기를 하던 중이었다. 비가 겁나게 오고 있었고 우리는 바깥 포치에 있었다. 그런데 갑자기 그 애 어머니가 결혼해 살고 있던 그 술꾼이 포치로 나오더니 제인에게 집에 담배가 있느냐고 물었다. 나는 그 사람을 잘 알거나 그런 것은 아니었지만 어쨌든 뭔가 원하는 게 없으면 말을 많이 하지 않을 사람처럼 보였다. 인격이 엉망인 사람이었다. 어쨌든 우리의 제인은 담배가 어디 있는지 아느냐고 물었을 때 답을 하지 않으려 했다. 그래서 남자가 다시 물었지만 그 애는 계속 답을 하지 않았다. 그 애는 심지어 게임에서 눈을 떼지도 않았다. 마침내 남자는 집 안으로 들어갔다. 남자가 들어가고 나서 나는 제인에게 도대체 무슨 일이 벌어지고 있는 거냐고 물었다. 그 애는 내 말에도 대답을 하지 않으려 했다, 그때는. 마치 게임의 다음 수에 생각을 집중하거나 그런 척하고 있었다. 그러다 갑자기 체커판에 눈물이 툭 떨어졌다.

빨간 칸에 — 우아, 지금도 눈에 선하다. 제인은 손가락으로 그것을 문질러 판에 스미게 했다. 이유는 모르겠지만, 나는 겁나 마음이 쓰였다. 그래서 내가 한 일, 나는 그 애 쪽으로 건너가 내가 옆에 앉을 수 있도록 그 애가 흔들의자에서 옆으로 움직이게 했다 — 나는 그 애의 허벅지에 앉다시피 했다, 사실. 그 순간 그 애는 정말로 울기 시작했고, 다음에 내가 아는 것, 나는 그 애한테 여기저기 키스하고 있었다 — 어디든 — 그 애의 눈, 코, 이마, 눈썹이나 그런 데, 또 귀 — 입이나 그런 데만 빼고 얼굴 전체에. 그 애는 내가 자기 입으로 다가가는 것을 좀 허락하지 않았다. 어쨌든 그게 우리가 서로 비벼 대는 것에 가장 가깝게 간 것이었다. 잠시 후 그 애는 일어서더니 안으로 들어가 그 빨간색과 흰색이 섞인 스웨터를 입었는데, 나는 그걸 보고 뻑 갔고 우리는 빌어먹을 영화를 보러 갔다. 가는 길에 나는 미스터 커더히 — 그 술꾼의 이름이었다 — 가 그 애한테 집적댄 적이 있느냐고 물었다. 그 애는 아주 어렸지만 몸매가 멋졌다. 그 커더히 놈은 능히 그러고도 남을 놈이었다. 하지만 그 애는 아니 하고 대답했다. 결국 도대체 뭐가 문제인지는 알아내지 못했다. 어떤 여자애한테서는 뭐가 문제인지 절대로 알아낼 수가 없다.

단지 우리가 별로 비벼 대거나 장난을 치지 않았다고 해서 그 애가 젠장 고드름이나 그런 거라고 생각하지는 말기 바란다. 그렇지 않았다. 예를 들어 나는 늘 그 애와 손을 잡았다. 별거 아닌 거처럼 들린다, 말하고 나니. 하지만 그 애는 손을 잡기에 끝내주는 애였다. 여자애들은 대부분 손을 잡으면 젠장 손이 남자 손안에서 죽어 버린다. 아니면 계속 손을 움직여야 한다고 생각한다, 상대가 지루해하거나 하는 걸 걱정하기라도 하는 것처럼. 제인은 달랐다. 우리는 빌어먹을 영화 같은 걸 보러 가면 바로 손을 잡았고 영화가 끝날 때까지 손을 풀지 않았다. 또 자세를 바꾸지도 않고 그걸로 소란을 피우지도 않고. 심지어 손에 땀이 나든 말든 절대 걱정할 필요가 없었다, 제인과는. 유일하게 아는 거, 나는 그저 행복했다. 정말 행복했다.

또 한 가지 막 생각난 거. 언젠가 영화를 볼 때, 제인은 내가 뻑 가게 만드는 행동을 했다. 뉴스가 상영 중이거나 그랬는데 갑자기 목덜미에 손이 느껴졌고, 그것은 제인의 손이었다. 재미있는 행동이었다. 내 말은 그 애가 아주 어리거나 그랬다는 건데, 여자가 누군가의 목덜미에 손을 얹는 걸 보게 되면 그들은 대부분 스물다섯이나 서른쯤 되고, 대개 남편이나 어린 자식에게 그렇게 한다는 거다 — 예를 들어 나도 꼬마 여동생 피비에게 가끔 그런다. 하지만 여자애가 아주 어리거나 그런데 그렇게 해주면 너무 예뻐서 그냥 숨이 넘어가 버리게 된다.

어쨌든 그것이 로비의 그 토가 나올 것 같은 의자에 앉아 내가 생각하고 있던 거였다. 우리의 제인. 그 애가 스트래들레이터와 함께 데이트를 하러 나가 그 빌어먹을 에드 뱅키의 차에 있었다는 대목에 생각이 미칠 때면 나는 돌아 버릴 것 같았다. 그 애는 녀석이 자기 몸에서 일루도 진루하지 못하게 했을 거라는 걸 알고 있었지만, 그래도 돌아 버릴 것 같았다. 그 이야기는 심지어 하고 싶지도 않다, 솔직히 말해서.

이제 로비에는 사람이 거의 없었다. 심지어 창녀처럼 보이는 금발들도 모두 사라졌고, 갑자기 나는 겁나 그곳에서 나오고 싶어졌다. 너무 우울했다. 하지만 피곤하거나 그런 건 전혀 아니었다. 그래서 방으로 올라가 코트를 입었다. 또 모든 변태가 여전히 활동 중인지 보려고 창밖을 내다보기도 했지만 이제 불이나 그런 게 다 꺼졌다. 나는 다시 엘리베이터를 타고 내려가 택시를 잡고 기사에게 어니즈에 데려다 달라고·했다. 어니즈는 그리니치빌리지의 이 나이트클럽으로 형 D.B.가 할리우드로 가 매춘과 다름없는 짓을 하기 전에 무척 자주 가던 곳이었다. 형은 가끔 나를 데리고 가기도 했다. 어니는 피아노를 치는 크고 뚱뚱한 유색인이었다. 대단한 속물이라 거물이나 저명인사나 그런 게 아니면 말도 나누려 하지 않지만 피아노 하나는 정말 잘 친다. 너무 잘 쳐서 거의 촌스러울 정도다, 사실. 나도 이게 무슨 말인지 잘 모르겠지만, 어쨌든 진심이다. 물론 그가 연주하는 걸 듣고 싶지만, 가끔은 그의 빌어먹을 피아노를 뒤집어엎고 싶어진다. 가끔 그가 연주할 때 거물이 아니면 말도 나누지 않으려 하는 종류의 인간 같은 소리가 나기 때문이라는 생각이 든다.

12

내가 탄 택시는 정말 낡은 것으로 누가 막 쿠키를 던져 놓은[17] 것 같은 냄새가 났다. 늦은 밤에 어디를 가게 되면 늘 그런 토 나오는 택시를 타게 된다. 설상가상으로 밖은 너무 조용하고 쓸쓸했다, 토요일 밤이었음에도. 거리에서는 아무도 보이지 않았다. 이따금 팔을 서로 허리에 감고 그런 자세로 거리를 건너는 남자와 여자, 또는 깡패처럼 보이는 녀석들과 그들의 데이트 상대 한 무리만 보일 뿐이었다. 그들 모두 하이에나처럼 웃음을 터뜨리고 있었는데 전혀 웃기지도 않는 걸 갖고 그렇게 웃는다는 데 내기라도 걸 수 있었다. 누군가 아주 늦은 밤에 거리에서 웃음을 터뜨리면 뉴욕은 무시무시해진다.

17) 토한다는 뜻.

몇 마일 거리에서도 그 소리를 들을 수 있다. 너무 외롭고 우울해진다. 나는 계속 집에 가서 우리의 피비와 잠시 헛소리나 쏴 댈 수 있으면 좋겠다는 생각을 하고 있었다. 하지만 마침내, 잠시 달린 다음 택시 기사와 나는 대화를 좀 트게 되었다. 그의 이름은 호위츠였다. 아까 만났던 기사보다 훨씬 나은 사람이었다. 어쨌든 나는 이 사람은 어쩌면 오리에 관해 알고 있을지도 모른다고 생각했다.

"보세요, 호위츠. 센트럴 파크의 호수를 지나간 적 있나요? 센트럴 파크 사우스 아래쪽?"

"뭐를?"

"호수요. 그 작은 호수, 가령, 저거 같은. 오리가 있는 데. 있잖아요."

"그렇지. 그게 뭐?"

"어, 거기에서 헤엄치는 오리 아세요? 봄 같은 때? 그 오리들이 겨울에는 어디로 가는지 아세요, 혹시?"

"누가 어디를 가?"

"오리요. 아세요, 혹시? 그러니까 누가 트럭을 타고 오거나 그래서 데려가는 건지, 아니면 스스로 날아가는 건지 — 남쪽이나 뭐 그런 데로?"

우리의 호위츠는 고개를 완전히 뒤로 돌려 나를 보았다. 아주 인내심이 없는 유형의 인간이었다. 하지만 나쁜 인간은 아니었다. "도대체 내가 그걸 어떻게 아나?" 그가 말했다. "도대체 내가 그런 멍청한 걸 어떻게 알아?"

"아, 그런 걸 갖고 열은 내지 말고요." 그는 그걸 갖고 열을 내고 그러고 있었다.

"누가 열을 내? 아무도 열 안 내."

나는 그와 대화를 중단했다. 그가 그렇게 염병할 그거에 민감해진다면야. 하지만 그가 먼저 다시 입을 열었다. 그는 고개를 완전히 뒤로 돌리고 말했다. "물고기는 아무 데도 안 가. 그냥 자기 있는 데 있어, 물고기는. 바로 그 염병할 호수에."

"물고기 — 그건 다르죠. 물고기는 달라요. 나는 오리 이야기를 하고 있는 거라고요."

"그게 뭐가 달라? 다를 거 전혀 없어." 호위츠가 말했다. 그는 무슨 말을 하든 뭔가에 열을 내고 있는 것 같았다. "물고기한테는 겨울이나 그런 게 오리보다 더 힘들어, 참 나. 머리를 좀 쓰라고, 참 나."

나는 일 분 정도 아무 말도 하지 않았다. 이윽고 입을 열었다. "좋습니다. 걔들은 뭘 하죠, 물고기나 그런 거는요? 그 조그만 호수 전체에 얼음이 꽝꽝 얼었을 때, 사람들이 거기서 스케이트를 타고 그럴 때?"

우리의 호위츠는 다시 고개를 완전히 돌렸다. "걔들이 뭘 하나니 도대체 무슨 뜻이야?" 그는 나에게 소리를 질렀다. "그냥 거기에 있다니까, 참 나."

"얼음을 그냥 무시해 버릴 수야 없죠. 그냥 그걸 무시해 버릴 수는 없어요."

"누가 그걸 무시해? 아무도 그걸 무시하지 않아!" 호위츠가 말했다. 그가 젠장 너무 흥분해서 택시를 가로등 같은 데 처박지나 않을까 걱정이 되었다. "걔들은 바로 빌어먹을 얼음 안에 산다고. 그게 걔들 본성이야, 참 나. 겨울 내내 한 자리에 딱 얼어 있다고."

"그래요? 뭘 먹죠, 그럼? 그러니까 꽝꽝 얼어 버리면 먹을 거나 그런 걸 찾아 헤엄쳐 다니지도 못하잖아요."

"걔들 몸, 참 나 ── 그게 그쪽하고 뭔 상관이야? 걔들 몸은 영양분이나 그런 걸 받아들인다고, 얼음에 있는 빌어먹을 해초하고 그런 쓰레기를 통해서. 내내 숨구멍을 다 열어 놓고 있다고. 그게 걔들 본성이야, 참 나. 내 말 알겠어?" 그는 다시 나를 보려고 겁나 고개를 완전히 돌렸다.

"아." 나는 거기서 말을 끊었다. 젠장 택시를 어디에 갖다 박지나 않을까 걱정이 되었다. 게다가 너무 예민한 사람이라 그와 뭔가 토론하는 게 전혀 즐겁지 않았다. "차를 좀 세워 두고 나하고 어디에서 한잔할래요?"

하지만 그는 대답하지 않았다. 계속 뭘 생각하고 있었던 것이라 짐작된다. 하지만 나는 다시 물었다. 그는 아주 좋은 인간이었다. 아주 재미있고 그랬다.

"나는 술 마실 시간 없어, 친구." 그가 말했다. "그런데 도대체 몇 살이야? 왜 집에서 안 자고 있는 거야?"

"피곤하지 않아요."

어니즈 앞에서 내려 요금을 내자 우리의 호위츠는 다시 물고기 이야기를 꺼냈다. 계속 마음에 두고 있었던 게 분명했다. "이봐. 그쪽이 물고기라면 '어머니 자연'이 그쪽을 돌봐줘, 안 그렇겠어? 그렇지? 겨울이 된다 해서 물고기가 그냥 죽을 거란 생각은 마, 알겠어?"

"알겠어요, 하지만……."

"안 죽는 게 젠장 맞아." 호위츠는 말하고 지옥을 나가는 박쥐처럼 얼른 떠나 버렸다. 그는 내가 만난 가장 예민한 인간이라 할 수 있었다. 무슨 말을 하든 열을 냈다.

아주 늦은 시간이었지만 우리의 어니즈는 만원이었다. 대부분 예비학교 얼간이와 대학 얼간이였다. 세상의 빌어먹을 거의 모든 학교가 내가 다니는 학교보다 크리스마스 방학을 일찍 시작한다. 너무 붐벼서 코트를 맡기기도 쉽지 않았다. 하지만 아주 조용했다. 어니가 피아노를 치고 있었기 때문이다. 그가 피아노에 앉으면 뭔가 거룩해야만 했다, 젠장. 아무도 그렇게 잘 치지는 못하니까. 나 말고도 세 쌍 정도가 테이블을 기다리고 있었고, 우리의 어니가 연주하는 동안 그를 보려고 밀치고 뒤꿈치를 들고 했다. 어니는 피아노 앞에 염병할 커다란 거울을 두었고 자기한테 그 커다란 스포트라이트를 비추게 했다. 자기가 연주하는 동안 모두 자기 얼굴을 볼 수 있게 해주려는 것이었다. 연주를 하는 동안 그의 손가락을 볼 수는 없었다 ─ 그의 크고 늙은 얼굴만 볼 수 있을 뿐이었다. 대단도 하지. 내가 들어갔을 때 그가 치고 있던 노래의 제목은 잘 몰랐지만 그게 뭐였든 그는 정말로 악취를 풍기고 있었다. 그는 고음에 그 모든 멍청하고 과시적인 잔물결을 얹었으며, 또 다른 아주 까다로운 짓도 많이 했는데 그게 내 엉덩이에 가시처럼 박혔다. 하지만 그가 연주를 끝냈을 때 사람들 소리를 들었어야 한다. 아마 토했을 거다. 사람들은 광분했다. 영화관에서 웃기지도 않는데 하이에나처럼 웃음을 터뜨리는 바로 그 멍청이들이었다. 하느님한테 맹세하는데 내가 피아노 연주자나 배우나 그런 사람인데 저 모든 멍청이가 내가 끝내준다고 생각한다면 나는 그걸 싫어할 거다. 그들이 나에게 박수 치는 것도 원치 않을 거다. 사람들은 늘 엉뚱한 것에 박수를 친다. 만일 내가 피아노 연주자라면 나는 망할 벽장 속에 들어가 연주하겠다. 어쨌든 어니가 끝내고 모두가 머리가 떨어져 나가라 박수를 치고 있을 때 우리의 어니는 스툴에서 몸을 돌려 그 아주 가식적인 겸손한 절을 했다. 마치 자기가 끝내주는 피아노 연주자일 뿐 아니라 겁나게 겸손한 사람이기라도 한 것처럼, 그건 완전한 가식이었다 — 그러니까 그는 엄청난 속물 뭐 그런 거란 뜻이다. 그런데 웃기는 건 연주가 끝났을 때 그가 뭐랄까 안쓰러웠다는 거다. 나는 그가 이제는 자기가 제대로 치는지 아닌지조차 모른다고 생각한다. 그게 완전히 그의 잘못은 아니다. 부분적으로는 머리가 떨어져 나가라 박수를 치는 그 모든 멍청이 때문이라고 생각한다 — 그들은 기회만 주면 누구라도 망칠 거다. 어쨌든 그것 때문에 나는 다시 기분이 우울하고 더러워져 빌어먹을 코트를 다시 찾아 호텔로 돌아갈 뻔했지만, 너무 이른 시간이라 별로 혼자 있고 싶지가 않았다.

그들은 마침내 나한테 이 역겨운 테이블을 주었다. 벽에 딱 붙고 빌어먹을 기둥 뒤에 있는 자리로, 아무것도 보이지 않았다. 옆 테이블에 앉은 사람들이 지나가라고 일어서 주지 않으면 — 하지만 절대 일어서 주지 않는다, 나쁜 놈들 — 의자에 거의 기어가 앉아야 하는 그런 아주 작은 테이블이었다. 나는 스카치 앤드 소다를 주문했는데, 이건 프로즌 다이키리[18] 다음으로 내가 좋아하는 술이다. 어니즈에서는 여섯 살 정도만되면 술을 주문할 수 있다. 이곳은 아주 어둡고 그럴 뿐 아니라 누가 몇 살이든 아무도 관심 없다. 심지어 약을 해도 상관하지 않는다.

나는 얼간이들에게 둘러싸여 있었다. 농담이 아니다. 바로 내 왼쪽, 이 다른 아주 작은 테이블, 거의 내 머리 위에 있는 테이블에는 이 웃기게 생긴 남자애와 이 웃기게 생긴 여자애가 있었다. 내 나이 또래거나, 아마 나보다 약간 더 많을 것 같았다. 웃겼다. 그들이 최소한의 양을 너무 빨리 마셔 없애지 않으려고 겁나게 조심하고 있다는 것을 알 수 있었다. 달리 할 일이 없었기 때문에 그들의 대화에 잠깐 귀를 기울여 보았다. 남자는 여자에게 그날 오후 자신이 본 프로 풋볼 시합에 관해 이야기하고 있었다. 그 시합 전체의 빌어먹을 모든 동작 하나하나를 이야기하고 있었다 — 농담 아니다. 남자는 내가 들어 본 가장 지루한 녀석이었다. 녀석의 데이트 상대가 빌어먹을 시합에는 조금도 관심이 없다는 걸 알 수 있었지만, 여자는 남자보다 훨씬 웃기게 생겼고, 따라서 짐작건대 여자는 귀를 기울일 수밖에 없었다. 정말 못생긴 여자애는 고달프다. 가끔 그런 애들이 안쓰럽다. 가끔은 심지어 그런 애들을 똑바로 보지도 못한다. 특히 그런 애가 빌어먹을 풋볼 시합에 관해 모든 걸 이야기해 주는 어떤 멍청한 녀석과 함께 있을 때라면.

18) 럼, 라임 주스, 설탕에 잘게 부순 얼음을 넣고 섞은 음료.

하지만 **오른쪽** 대화는 그보다 훨씬 지독했다. 오른쪽에는 그 이름까지 아주 조 예일일 것처럼 보이는 녀석이 있었는데, 회색 플란넬 양복에 그 호모처럼 보이는 격자무늬 조끼 차림이었다. 이 아이비리그 놈들은 모두 똑같아 보인다. 아버지는 내가 예일에, 아니면 어쩌면 프린스턴에 가기를 바라지만 맹세컨대 목숨이 **간당간당해도** 그 아이비리그 대학에는 가지 않을 거다, 참 나. 어쨌든 이 조 예일처럼 보이는 녀석은 끝내주게 생긴 여자애와 함께 있었다. 우아, 정말 잘생겼다. 하지만 그들이 나누는 대화를 들어 봤어야 한다. 우선 그들 둘 다 약간 취해 있었다. 녀석이 하고 있던 짓, 녀석은 테이블 밑으로 여자애를 더듬고 있었고, 그러면서 동시에 자기 기숙사에서 아스피린 한 통을 통째로 먹고 자살을 기도할 뻔한 녀석 이야기를 늘어놓고 있었다. 녀석의 데이트 상대는 계속 녀석에게 말했다. "어머나 끔찍해…… 안 돼, 자기. 제발, 안 돼. 여기서는 안 돼." 누굴 더듬으면서 동시에 자살하는 녀석 이야기를 한다는 걸 상상해 보라! 걔들은 정말 죽여준다.

하지만 거기 혼자 앉아 있다 보니 최고로 명청한 인간이 된 듯한 느낌이 들기 시작하는 건 어쩔 수 없었다. 담배를 피우고 술을 마시는 것 외에는 아무것도 할 게 없었다. 하지만 내가 한 일, 나는 웨이터에게 우리의 어니에게 나하고 한잔하고 싶은지 물어봐 달라고 했다. 내가 D.B.의 동생이라고 전해 달라고 덧붙였다. 하지만 내 메시지를 전달조차 하지 않았다는 생각이 든다. 그런 놈들은 절대 누구에게도 메시지를 전달하지 않는다.

갑자기 어떤 여자애가 나한테 다가와 말했다. "홀든 콜필드!" 그 애 이름은 릴리언 시먼스였다. 형 D.B.가 그 아이와 잠깐 어울린 적이 있었다. 가슴이 아주 컸다.

"안녕." 내가 말했다. 당연히 일어나려 했지만 그런 장소에서 일어나는 것은 꽤 힘든 일이었다. 그 애는 엉덩이에 부지깽이를 찌르고 있는 것처럼 보이는 어떤 해군 장교와 함께였다.

"이렇게 보다니 정말 굉장해!" 우리의 릴리언 시먼스가 말했다. 철저하게 가식이었다. "형은 어떻게 지내?" 그 애가 정말로 알고 싶은 건 오직 그거였다.

"잘 지내지. 할리우드에 있어."

"할리우드! 정말 놀라워! 뭘 하는데?"

"모르겠어. 글 써." 그 이야기는 하고 싶지 않았다. 그 애가 그게, 형이 할리우드에 있다는 게 대단한 일이라고 생각한다는 건 알 수 있었다. 거의 모두 그렇게 생각한다. 형의 이야기를 하나도 읽어 본 적이 없는 사람들은 대부분. 하지만 나는 그거 때문에 돌아 버린다.

"정말 흥미진진해." 우리의 릴리언이 말했다. 그런 뒤에 그 애는 나를 해군 녀석에게 소개했다. 그의 이름은 블롭 중령이나 그런 거였다. 악수할 때 상대의 손가락을 마흔 개쯤 부러뜨리지 않으면 팬지[19]라고 생각하는 그런 녀석이었다. 맙소사, 나는 그런 거 싫다. "너 혼자야, 자기?" 우리의 릴리언이 물었다. 그 애는 통로에서 빌어먹을 교통을 완전히 차단하고 있었

---

19) 남자 동성애자를 가리키는 모욕적인 말.

다. 교통을 한참 차단하는 걸 좋아한다는 걸 알 수 있었다. 웨이터는 그 애가 길을 비켜 주기를 기다리고 있었지만 그 애는 웨이터가 있는지도 몰랐다. 재미있었다. 웨이터가 그 애를 별로 좋아하지 않는다는 걸 알 수 있었고, 심지어 해군 녀석도 그 애를 별로 좋아하지 않는다는 걸 알 수 있었다, 그 애와 데이트를 하고 있으면서도. 나도 그 애를 별로 좋아하지 않았다. 아무도 좋아하지 않았다. 그녀에게 좀 안쓰러움을 느끼지 않을 수 없었다, 어떤 면에서는. "데이트하는 여자 없어, 자기?" 그녀가 물었다. 나는 이제 일어나 있었는데 그 애는 앉으라는 말도 하지 않았다. 상대를 몇 시간이고 서 있게 하는 유형이었다. "저 아이 잘생기지 않았어?" 그 애가 해군 녀석에게 말했다. "홀든, 너는 일 분마다 더 잘생겨지네." 해군 녀석이 그 애한테 가자고 말했다. 자기들이 통로를 다 막고 있다고 말했다. "홀든, 우리하고 같이 가자." 우리의 릴리언이 말했다. "네 술 가져와."

"가려던 참이었는데." 나는 그 애한테 말했다. "누굴 좀 만나야 해서." 그 애는 그저 나에게 잘 보이려 하는 것일 뿐임을 알 수 있었다. 내가 우리의 D.B.에게 그 이야기를 전하도록.

"그래, 이 조그만 찌질아. 너하곤 끝이야. 네 형한테 내가 미워한다고 전해 줘, 보게 되면."

그러더니 그 애는 떠났다. 해군 녀석과 나는 서로 만나서 반가웠다고 말했다. 이거에 나는 늘 숨이 넘어간다. 나는 늘 전혀 반갑지 않은 사람을 만나서도 "만나서 반가웠습니다." 하고 말한다. 하지만 살아 있고 싶으면 그런 말을 해야만 한다.

그 애한테 누굴 좀 만나야 한다고 말한 이상 자리를 뜨는 것 외에는 빌어먹을 선택의 여지가 없었다. 심지어 그대로 붙어 앉아 어니가 뭔가 반쯤이라도 괜찮은 걸 연주하는 걸 들을 수도 없었다. 하지만 물론 우리의 릴리언 시먼스와 그 해군 녀석과 함께 한 테이블에 앉아 죽도록 따분해질 생각은 없었다. 그래서 떠났다. 하지만 코트를 챙기는데 돌아 버릴 것 같았다. 사람들은 늘 남 일을 망쳐 버린다.

13

호텔까지 쭉 걸어서 돌아갔다. 멋진 블록 마흔한 개를. 내가 그런 것은 걷고 싶다거나 해서가 전혀 아니었다. 그보다는 다시 택시를 탔다 내렸다 하고 싶지 않았기 때문이다. 가끔 엘리베이터를 타는 게 지겨워지는 것과 마찬가지로 택시를 타는 것도 지겨워진다. 그럼 갑자기 걸어야만 한다, 아무리 멀어도 아무리 높아도. 어렸을 때 나는 우리 아파트까지 쭉 걸어 올라가는 일이 아주 잦았다. 12층을.

눈이 왔다는 것 자체를 알 수도 없을 정도였다. 보도에는 눈이 거의 없었다. 하지만 얼어붙을 듯이 추워 빨간 사냥 모자를 호주머니에서 꺼내 썼다 ─ 내가 어떻게 보이건 젠장 아무 관심 없었다. 심지어 귀마개까지 내렸다. 펜시에서 누가 내 장갑을 슬쩍했는지 알고 싶었다. 손이 꽁꽁 얼었기 때문이다.

그렇다고 해서 안다고 뭘 어떻게 했을 거란 뜻은 아니다. 나는 심한 쫄보 쪽에 속한다. 드러내려 하지는 않지만 사실상 그렇다. 예를 들어 펜시에서 누가 내 장갑을 훔쳤는지 알아낸다 해도 나는 아마 그 사기꾼의 방에 가서 말했을 거다. "좋아. 그 장갑 돌려주는 게 어때?" 그러면 장갑을 훔친 사기꾼은 아마 아주 순진한 척하는 그런 목소리로 말했을 거다. "무슨 장갑?" 그러면 아마 내가 했을 일, 나는 벽장으로 가서 어딘가에서 장갑을 찾아낸다. 예를 들어 사기꾼의 빌어먹을 덧신 장화 속 같은 데 감추어져 있는 걸. 나는 그걸 꺼내 녀석한테 보여 주면서 말했을 거다. "혹시 이게 네 빌어먹을 장갑?" 그러면 사기꾼은 아마 그 아주 가식적인 순진한 표정을 지으며 말했을 거다. "나는 살면서 그 장갑 본 적도 없는데. 그게 네 거면 가져가. 나는 그 빌어먹을 건 필요 없어." 그러면 나는 아마 거기 한 오 분 동안 그냥 서 있었을 거다. 나는 그 빌어먹을 장갑을 이제 내 손에 넣었거나 그렇지만, 그래도 녀석의 턱 같은 데를 후려갈겨야 ─ 그 염병할 턱을 부셔버려야 ─ 할 것 같은 기분일 거다. 다만 그럴 배짱은 없다. 그냥 거기 서서 세 보이려고 노력할 뿐이다. 내가 할지도 모르는 일, 나는 아주 오만하게 상대를 콕 찌르는 말을 해서 열을 받게 만들 수는 있다 ─ 턱을 후려갈기는 대신. 어쨌든 내가 아주 오만하게 상대를 콕 찌르는 말을 실제로 하면 녀석은 아마 일어서서 나에게 다가와 말할 거다. "잘 들어, 콜필드. 지금 나를 사기꾼이라고 부르는 거야?" 그러면 "젠장 네 말이 맞아, 너는 더러운 사기꾼 놈이야!" 하고 말하는 대신 아마도 내가 하는 말은 이런 게 다였을 거다. "내가 아는 건 내 빌어먹을 장갑이 네 빌어먹을 덧신 장화 속에 있었다는 거뿐이야." 그럼 곧바로 그 녀석은 내가 자기를 후려갈기지 않을 것임을 확실히 알 거고, 그래서 말했을 거다. "잘 들어. 똑바로 해 두자고. 너 지금 나를 도둑놈이라고 부르는 거야?" 그럼 나는 아마 말했을 거다. "아무도 너를 도둑놈이라고 부르지 않아. 내가 아는 건 내 빌어먹을 장갑이 네 빌어먹을 덧신 장화 속에 있었다는 거뿐이야." 그런 식으로 몇 시간 계속될 수 있다. 하지만 마침내 나는 그를 한 방 후려갈기지도 않고 그 방을 떠날 거다. 아마 세면장에 내려가 담배 한 대를 몰래 빨고 거울로 내가 세지는 모습을 지켜볼 거다. 어쨌든 그게 내가 호텔까지 쭉 걸어가면서 했던 생각이다. 쫄보가 되는 건 재미없는 일이다. 어쩌면 나는 완전 쫄보는 아닐지도 모른다. 모르겠다. 어쩌면 나는 한편으로는 쫄보고 한편으로는 장갑을 잃든 말든 젠장 별 관심이 없는 유형일지도 모른다는 생각이 든다. 내 문제 가운데 하나, 나는 뭘 잃어버려도 절대 크게 마음을 쓰지 않는다 ― 어렸을 때 어머니는 그것 때문에 돌아 버릴 지경이 되곤 했다. 어떤 애들은 잃어버린 걸 찾느라 며칠을 보낸다. 하지만 나는 잃어버리면 너무 마음이 쓰일 것 같은 걸 가져 본 적이 없는 것 같다. 어쩌면 그래서 내가 한편으로는 쫄보인 건지도 모른다. 하지만 그게 변명은 되지 않는다. 정말 되지 않는다. 전혀 쫄보가 아니어야 마땅하다. 만일 누군가의 턱을 후려갈겨야 하는 거라면, 또 그러고 싶은 기분이 좀 든다면, 그렇게 해야 마땅하다. 하지만 나는 정말이지 그런 건 잘하지 못한다. 턱을 후려갈기느니 차라리 창밖으로 밀어 버리거나 머리를 도끼로 잘라 버리겠다. 나는 주먹질을 싫어한다. 두드려 맞는 건 상관없지만 — 그러고 싶어 환장한단 말은 아니지만, 당연히 — 주먹질에서 가장 무서운 건 상대의 얼굴이다. 나는 상대의 얼굴을 보는 걸 견딜 수가 없다는 게 문제다. 둘 다 눈을 가리거나 하면 그렇게 심하진 않을 텐데. 생각해 보니 웃기는 종류의 쫄보이기는 하지만 어쨌든 쫄보다. 나는 나 자신을 속이지 않는다.

장갑과 쫄보 생각을 할수록 더 우울해져서 걸어가고 그러다가 발을 멈추고 어딘가에서 한잔하기로 했다. 어니즈에서는 석 잔밖에 안 마셨고, 게다가 마지막 잔은 다 마시지도 않았다. 내가 가진 한 가지, 그건 끝내주는 주량이다. 밤새워 마셔도 전혀 티가 나지 않는다, 분위기만 맞으면. 한번은 우튼 스쿨에서 그 다른 아이, 레이먼드 골드파브와 스카치를 1파인트 사서 어느 토요일 밤 아무도 우리를 보지 못하는 예배당에서 그것을 마셨다. 녀석은 썩은 상태가 되었지만 나는 거의 티가 나지 않았다. 그냥 아주 냉정하고 차분해졌다. 자러 가기 전에 토했지만 사실 그럴 필요는 없었다 — 일부러 그런 거였다.

어쨌든 호텔에 도착하기 전 그 쓰레기장처럼 보이는 술집으로 들어가려는데 두 남자가 겁나게 취해서 나오면서 지하철이 어디 있는지 알고 싶어 했다. 둘 가운데 하나는 매우 쿠바인처럼 보이는 남자였는데 내가 길을 알려 주는 동안 내 얼굴에 대고 그 역한 숨을 계속 내쉬었다. 결국 나는 그 빌어먹을 술집에 들어가지도 않았다. 그냥 호텔로 돌아와 버렸다.

로비 전체가 텅 비어 있었다. 오천만 년 전에 꺼진 시가 냄새가 났다. 정말 그랬다. 나는 졸리거나 그렇지 않았지만 기분이 좀 더러웠다. 우울하고 그랬다. 거의 죽어 버리고 싶은 기분이었다.

그때 갑자기 나는 이 엉망진창으로 곤란한 상황에 빠져들었다.

엘리베이터에 탔을 때 처음 일어난 일, 엘리베이터 보이가 나에게 말했다. "어이, 즐거운 시간 보내는 데 관심 있나요? 아니면 너무 늦은 시간인가?"

"무슨 뜻이죠?" 나는 그가 무슨 말을 하려는 건지 그런 걸 알 수가 없었다.

"오늘 밤 귀여운 꼬리[20]에 관심 있나요?"

"나요?" 아주 멍청한 대답이었지만 누가 바로 다가와 그런 질문을 하면 아주 당혹스럽다.

"몇 살이죠, 대장님?"

"왜요?" 나는 말했다. "스물둘이요."

"오호라. 뭐, 어때요? 관심 있어요? 한 번 하는 데 다섯 장. 긴 밤에 열다섯 장." 그는 손목시계를 보았다. "정오까지. 한 번 하는 데 다섯 장, 정오까지 열다섯 장."

"좋아요." 내 원칙이나 그런 데 어긋나는 일이었지만 너무 우울해서 아무 생각도 하지 않았다. 그게 진짜 문제다. 아주 우울해지면 생각조차 할 수 없다.

"뭐가 좋다는 거예요? 한 번, 아니면 정오까지? 그걸 알아

---

20) 여자나 여자 성기를 가리키는 말.

야죠."

"그냥 한 번."

"좋아요, 몇 호실에 있죠?"

나는 내 숫자가 적힌 빨간 거, 내 열쇠를 보았다. "1222호." 일을 벌인 게 벌써 좀 후회가 되었지만 이제는 너무 늦었다.

"좋아요. 십오 분쯤 뒤에 올려 보내죠." 그는 문을 열었고 나는 내렸다.

"이봐요, 잘생겼나요?" 나는 그에게 물었다. "나는 낡은 가방21)은 원치 않아요."

"낡은 가방 절대 아닙니다. 걱정 마세요, 대장님."

"누구한테 돈을 주면 됩니까?"

"그 여자한테." 그가 말했다. "갑시다, 대장님." 그는 거의 내 얼굴 바로 앞에서 문을 닫았다.

나는 방으로 가서 머리에 물을 좀 발랐지만, 정말이지 짧은 머리는 빗고 그럴 수가 없다. 그다음에는 그렇게 많이 피운 담배와 스카치와 어니즈에서 마신 소다로 인해 내 숨에서 악취가 나지 않는지 시험해 보았다. 손을 입 아래 내고 그놈의 콧구멍 쪽을 향해 위로 숨을 내쉬기만 하면 된다. 별로 악취가 나는 것 같지 않았지만 그냥 이를 닦았다. 그런 다음 새 셔츠를 입었다. 매춘부를 위해 잔뜩 차려입고 그럴 필요는 없지만 그렇게 하면 뭐랄까 할 일이 생기는 셈이었다. 약간 초조했다. 아주 달아오르고 그러기 시작했지만 그래도 약간 초조했

---

21) 노파를 가리킨다.

다. 솔직히 말해서 나는 동정이다. 정말 그렇다. 동정을 잃고 그럴 기회는 아주 많았지만 아직 거기에 이른 적은 한 번도 없다. 늘 무슨 일이 생긴다. 예를 들어 어떤 여자애 집에 있으면 늘 그 애 부모가 엉뚱한 시간에 집에 온다 — 아니면 올까 봐 걱정 된다. 또는 누군가의 차 뒷자리에 있으면 앞자리에는 늘 누군가의 데이트 상대 — 그러니까 어떤 여자 — 가 있고 그 아이는 늘 빌어먹을 차 전체에서 무슨 일이 일어나고 있는지 알고 싶어 한다. 그러니까 앞자리에 있는 어떤 여자애가 도대체 무슨 일이 벌어지나 보려고 연신 뒤를 돌아본다는 거다. 어쨌든, 늘 무슨 일이 생긴다. 하지만 두어 번은 거의 끝까지 갔다. 특히 한 번이 기억난다. 하지만 뭔가가 잘못됐다 — 뭔지도 이제는 기억나지 않는다. 어쨌든 여기서 문제, 어떤 여자애 — 그러니까 매춘부나 그런 게 아닌 여자애 — 와 거의 끝까지 가면 대부분 여자애가 계속 그만하라고 말한다. 이때 나의 문제, 나는 그만두고 만다. 남자애들은 대부분 그러지 않는다. 하지만 나는 어쩔 수가 없다. 여자애가 정말로 그만하기를 원하는 건지, 아니면 그냥 겁나게 무서울 뿐인 건지, 아니면 정말로 끝까지 갔을 때 책임이 자기가 아니라 상대에게 있게 해두려고 그냥 그만하라고 말하는 건지 절대 알 수가 없다. 이때 문제, 여자애가 안 됐다는 느낌이 든다. 그러니까 여자애들은 대부분 너무 멍청하고 그렇다는 거다. 한참 비벼 대다 보면 정말로 그 애들이 두뇌를 상실하는 걸 볼 수 있다. 정말로 뜨거워지는 여자애를 보면 그냥 뇌가 전혀 없다. 모르겠다. 여자애들은 그만하라고 말하고 그래서 나는 그만한다. 여자애를 집에 데려다준 뒤에는 늘 그만두지 말걸 하고 생각하지만 그래도 계속 그만둔다.

어쨌든 새 셔츠를 입으면서 이게 나의 큰 기회라는 판단을 좀 했다, 어떤 면에서는. 만일 상대가 매춘부고 그런 거라면 이 여자와 연습을 좀 할 수 있다고 판단한 거다, 혹시나 결혼이나 그런 걸 할 거에 대비해서. 가끔 그 일이 걱정된다. 우튼 스쿨에서 그런 책을 읽은 적이 있는데, 거기에는 이 아주 세련되고 상냥하고 섹스 쪽으로 발달한 남자가 나온다. 무슈 블랑샤르가 그의 이름이었다. 아직도 기억난다. 형편없는 책이었지만 이 블랑샤르라는 사람은 아주 좋았다. 그에게는 유럽의 리베리아에 그 큰 샤토[22]나 그런 게 있었는데 그가 여가 시간에 하는 일이라곤 곤봉으로 여자들을 패는 것뿐이었다. 그는 진짜 난봉꾼이고 그랬지만 여자들은 그에게 뻑 갔다. 그는 어떤 부분에서 말한다, 여자의 몸은 바이올린이나 그런 거와 같아서 그걸 제대로 연주하려면 훌륭한 음악가가 필요하다. 아주 촌스러운 책이었지만 — 지금은 그걸 안다 — 어쨌든 그 바이올린 부분은 마음에서 떨쳐 버릴 수가 없었다. 어떤 면에서는 그래서 내가 연습을 좀 하고 싶어 했던 거다, 혹시나 결혼할 거에 대비해서. 콜필드와 그의 '마법의 바이올린', 우아. 촌스럽다, 나도 안다. 하지만 너무 촌스럽지는 않다. 그런 걸 아주 잘 해도 괜찮을 것 같다. 정말 솔직히 말해서 여자애와 장난을 치고 있을 때, 내가 찾고 있는 걸 찾는 데도 겁나게 고생

---

22) 프랑스어로 성이라는 뜻.

을 많이 한다, 참 나, 내가 무슨 말을 하는지 안다면. 막 성교할 기회를 놓친 그 여자애, 내가 말하던 여자애를 보자. 그 애의 빌어먹을 브래지어를 벗기는 데만 한 시간쯤 걸렸다. 그걸 벗겨냈을 때 그 애는 내 눈에 침이라도 뱉을 태세였다.

어쨌든 계속 방 안을 어슬렁거리며 그 매춘부가 나타나기를 기다리고 있었다. 계속 잘생겼기를 바랐다. 하지만 별로 상관하지는 않았다. 그냥 어서 좀 끝내 버리고 싶었다. 마침내 누군가 문을 두드렸고 문을 열러 갔다가 중간에 내 여행 가방에 부딪혀 넘어지는 바람에 빌어먹을 무릎이 깨질 뻔했다. 나는 늘 시간을 멋지게 골라 여행 가방 같은 거에 걸려 넘어지곤 한다.

문을 열자 이 매춘부가 거기 서 있었다. 폴로 코트를 입고 모자는 쓰지 않았다. 금발 쪽이었는데 머리카락을 염색했다는 걸 알 수 있었다. 하지만 낡은 가방은 전혀 아니었다. "처음 보네요." 내가 말했다. 겁나 상냥하게, 우아.

"그쪽이 모리스가 말한 사람?" 여자가 물었다. 젠장 아주 친근하게 느껴지지는 않았다.

"그 사람이 엘리베이터 보이인가요?"

"그렇죠."

"네, 맞습니다. 들어오시죠, 네?" 나는 시간이 가면서 점점 차분해지고 있었다. 정말로 그랬다.

여자는 안으로 들어와 바로 코트를 벗더니 침대에 던지다시피 했다. 그 밑은 녹색 드레스 차림이었다. 그러더니 방의 책상에 딸려오는 의자에 좀 모로 앉아서 발을 아래위로 까닥이기 시작했다. 여자는 다리를 꼬고 그 한쪽 발을 아래위로 까딱이기 시작했다. 몹시 초조해하고 있었다, 매춘부치고는. 정말 그랬다. 겁나게 어렸기 때문이라고 생각한다. 내 나이쯤이었다. 나는 여자 옆의 큰 의자에 앉아 담배를 권했다. "담배 안 피워요." 여자가 말했다. 아주 작고 약간 징징거리고 투덜거리는 목소리였다. 거의 들리지가 않았다. 또 뭔가를 권했는데도 고맙다는 말도 절대 하지 않았다. 그냥 철이 없었다.

"내 소개를 해도 될까요? 내 이름은 짐 스틸입니다." 내가 말했다.

"손목시계 있어여?" 여자가 말했다. 여자는 내 이름이 뭐든 도무지 관심이 없었다, 당연히. "봐요, 몇 살이에요, 근데?"

"나요? 스물둘."

"웃기시네."

재미있는 말이었다. 정말 애가 말하는 것 같았다. 매춘부나 그런 거라면 "웃기시네." 대신 "턱도 없는 소리."라거나 "헛소리 집어치우고." 하고 말할 거다.

"그쪽은 몇 살이죠?" 내가 물었다.

"철이 없을 만큼 어리진 않죠." 여자는 정말 재치가 있었다. "손목시계 있어여?" 그녀가 다시 물었다. 그러더니 일어서서 드레스를 머리 위로 벗었다.

여자가 그렇게 하자 물론 나는 묘한 느낌이었다. 그러니까 여자가 너무 갑작스럽거나 그런 느낌으로 그렇게 했다는 거다. 누가 일어서서 머리 위로 드레스를 벗으면 아주 달아오르거나 그래야 마땅하다는 걸 알지만 나는 그러지 않았다. 내가

146

느끼는 건 달아오르는 것과는 거리가 너무나 멀었다. 달아오르는 것보다는 우울한 쪽이 훨씬 강했다.

"봐요, 손목시계 있어여?"

"아니. 아니, 없어요." 우아, 기분이 묘했다. "이름이 뭐죠?" 나는 여자에게 물었다. 이제 그녀는 그 분홍색 슬립만 입고 있었다. 정말이지 무척 당혹스러웠다. 정말 그랬다.

"서니." 여자가 말했다. "이제 해요, 아저씨."

"잠깐 얘기 좀 하고 싶지 않아요?" 나는 여자에게 물었다. 유치한 말이었지만 기분이 젠장 너무 묘했다. "몹시 바쁜가요?"

여자는 미치광이를 보듯이 나를 보았다. "대체 뭔 얘길 하고 싶은데여?" 그녀가 말했다.

"모르겠어요. 특별한 건 없어요. 혹시 그쪽이 잠깐 이런저런 이야기를 하고 싶을지도 모른다는 생각이 들어서."

여자는 다시 책상 옆 의자에 앉았다. 하지만 내키지 않는 표정이었다. 알 수 있었다. 다시 발을 까닥이기 시작했다 ── 우아, 정말 신경이 예민한 여자애였다.

"담배 한 대 피우고 싶어요?" 내가 말했다. 여자가 담배를 피우지 않는다는 것을 잊어버렸다.

"담배 안 피워요. 봐요, 이야기할 거면 해요. 나는 해야 할 일이 있어요."

하지만 이야기할 거리를 생각할 수가 없었다. 어쩌다 매춘부가 되었느냐 그런 걸 물을 생각을 했지만 묻기가 두려웠다. 어차피 이야기해 주지도 않았을 거다.

"뉴욕 출신이 아니죠, 그렇죠?" 마침내 내가 말했다. 겨우 생각해낸 게 그거였다.

"할리우드." 여자가 말했다. 그러더니 일어나서 침대 위, 드레스를 던져 놓은 곳으로 갔다. "옷걸이 있어여? 드레스에 잔뜩 주름지게 하고 싶지 않아요. 이건 아주 새 거예요."

"그럼요." 나는 바로 대답했다. 일어나서 뭔가 할 일이 생긴 게 반가울 따름이었다. 여자의 드레스를 옷장으로 가져가 걸어 놓았다. 웃겼다. 그걸 걸어 놓자 좀 슬픈 느낌이 찾아왔다. 여자가 가게에 가서 그걸 샀고, 가게의 누구도 여자가 매춘부나 그런 거라는 걸 몰랐을 거란 생각이 들었다. 여자가 그걸 살 때 판매원은 아마 그냥 보통 여자라고 생각했을 거다. 그것 때문에 겁나게 슬퍼졌다 — 정확한 이유는 모르겠지만.

나는 다시 앉아 이전 대화를 이어가려고 했다. 여자는 대화에는 형편없었다. "매일 밤 일하나요?" 나는 여자에게 물었다 — 말하고 나니 좀 끔찍하게 들렸다.

"그럼요." 여자는 방 안을 여기저기 걷고 있었다. 책상에서 메뉴를 집어 들더니 읽었다.

"낮에는 뭘 해요?"

여자는 슬쩍 어깨를 으쓱했다. 아주 마른 몸이었다. "자요. 쇼 보러 가고." 여자는 메뉴를 내려놓고 나를 보았다. "이제 해요, 아저씨. 내가 시간이……."

"보세요. 오늘 밤은 영 평소 같지가 않네요. 힘든 밤이었어요. 하느님께 정직하게 말하는데, 돈하고 그런 건 다 줄 테니 그걸 안 해도 괜찮을까요? 영 마음에 걸리나요?" 여기서 문제, 나는 정말이지 그걸 하고 싶지 않았다. 나는 달아오르기보다는 우울했다, 솔직히 말해서. 여자 때문에 우울했다. 옷장에 걸려 있고 그런 여자의 녹색 드레스. 게다가 온종일 멍청한 영화관에 앉아 있는 사람과 도저히 그걸 할 수 있을 거란 생각이 들지 않는다. 정말이지 할 수 있을 거란 생각이 들지 않는다.

여자는 나에게 다가왔고, 얼굴에는 그 웃기는 표정이 감돌고 있었다. 내 말을 믿지 못하겠다는 듯이. "머가 문제예요?" 여자가 말했다.

"아무 문제 없어요." 우아, 신경이 예민해지고 있었다. "다만, 내가 아주 최근에 수술을 받았다는 겁니다."

"그래요? 어딜요?"

"내 뭐라 하나 — 내 클라비코드23)를."

"그래요? 도대체 그게 어디에요?"

"클라비코드요? 음, 사실, 그건 척추관 안에 있어요. 그러니까 척추관을 따라 한참 내려간 곳에."

"그래요? 힘들었겠네요." 그러더니 여자는 내 염병할 허벅지에 앉았다. "아저씨 귀여워요."

여자 때문에 나는 신경이 아주 예민해졌다. 나는 죽어라 거짓말을 계속하고 있었다. "아직 회복 중이에요."

"아저씨는 영화에 나오는 사람 같아요. 알죠. 그, 왜. 아저씬 내가 누구 말하는지 알죠. 대체 이름이 뭐더라?"

"모르겠는데요." 여자는 빌어먹을 내 허벅지에서 내려가려 하지 않았다.

---

23) 피아노 같은 초창기의 건반 악기.

"설마 모를 리가. 멜-빈 더글러스하고 그 영화에 나왔는데? 멜-빈 더글러스의 꼬마 동생이었던 사람? 그 보트에서 떨어지는? 아저씨 내가 누구 말하는지 알 텐데."

"아니요, 모르겠어요. 나는 가능한 한 영화는 보러 가지 않아서요."

그러자 여자는 웃기는 짓을 하기 시작했다. 상스럽고 그런 쪽으로.

"그만둘 수 없을까요? 나는 그럴 기분이 아니에요, 방금 말했잖아요. 막 수술을 받았다고."

여자는 내 허벅지에서 일어나거나 하지 않고 그 끝내주게 더러운 표정으로 나를 보았다. "아저씨. 그 미친 모리스가 나를 깨웠을 때 난 자고 있었단 말예요. 만일 아저씨 생각에 내가……"

"온 거나 그런 거에는 돈을 주겠다고 했잖아요. 정말 줄 거예요. 돈은 많아요. 그냥 내가 거의 막 회복 중이라서, 그 아주 심각한……"

"대체 왜 그 미친 모리스한테 여자가 필요하다고 한 거예요, 그럼? 막 젠장 뭐라 하나 거기에 젠장 수술을 받았다면. 네?"

"실제보다 몸 상태가 훨씬 좋은 줄 알았죠. 내가 좀 판단이 급했나 봐요. 농담 아니고요. 미안해요. 잠시만 좀 일어나 주면 지갑을 가져올게요. 정말이에요."

여자는 엄청 열을 받았지만 그래도 빌어먹을 내 허벅지에서 일어나 줬기 때문에 나는 가서 서랍장에서 지갑을 가져올 수 있었다. 나는 5달러짜리 지폐를 꺼내 여자에게 주었다. "정말 고마워요." 나는 여자에게 말했다. "백만 번 고마워요."

"이건 오잖아요. 값은 십이에요."

여자는 웃긴 짓을 하고 있었다, 쉽게 알 수 있었다. 그러잖아도 이 비슷한 일이 일어날 거라고 걱정하고 있었다 ── 정말 그랬다.

"모리스는 오라고 했는데." 내가 여자에게 말했다. "정오까지는 십오고 한 번 하는 데는 오면 된다고 했어요."

"한 번 하는 데 십."

"오라고 했다니까요. 미안해요 ── 정말 미안해요 ── 하지만 내가 낼 수 있는 건 그게 다예요."

여자는 슬쩍 어깨를 으쓱했다, 아까 그랬던 것처럼. 그러더니 아주 차갑게 말했다. "내 드레스 좀 갖다주시겠어요? 아니면 그것도 너무 힘드시려나?" 아주 무서운 꼬마였다. 그 아주 작은 목소리로도 뭐랄까 사람한테 겁을 좀 줄 수 있었다. 만일 크고 나이 든 매춘부였다면, 얼굴에 화장 그런 걸 잔뜩 했다면 그 반도 무섭지 않았을 거다.

나는 가서 드레스를 갖다주었다. 여자는 그걸 입고 그러더니 침대에서 폴로 코트를 집어 들었다. "안녕, 별 볼 일 없는 쓰레기." 여자가 말했다.

"안녕." 나는 고맙다거나 그런 말은 하지 않았다. 하지 않아서 기쁘다.

14

우리의 서니가 간 뒤 나는 의자에 잠시 앉아 담배를 두어 대 피웠다. 바깥이 밝아 오고 있었다. 우아, 기분이 비참했다. 너무 우울했다, 상상도 못할 거다. 그래서 내가 한 일, 나는 말을 하기 시작했다, 좀 크게, 알리에게. 가끔 너무 우울해지면 나는 그렇게 한다. 계속 알리에게 집에 가서 자전거를 가지고 보비 팰런의 집 앞에서 나하고 만나자고 말한다. 보비 팰런은 메인에서 우리와 아주 가까운 곳에 살았다 — 그러니까 오래 전에. 어쨌든 그때 벌어진 일, 어느 날 보비와 내가 자전거를 타고 세데베고 호수에 가기로 했다. 우리는 점심 도시락이나 그런 거에다 BB총도 가지고 가기로 했다 — 우리는 꼬마였고 그래서 BB총으로 뭘 쏠 수 있을 거라 생각했다. 어쨌든 알리는 우리가 그 이야기를 하는 걸 듣더니 함께 가고 싶어 했고 나는 데려가지 않으려 했다. 어린아이라서 안 된다고 말했다. 그래서 이제 가끔, 아주 우울해지면 알리에게 계속 말한다. "그래. 집에 가서 자전거를 가지고 보비 팰런의 집 앞에서 나하고 만나. 서둘러." 그렇다고 내가 어디 갈 때 늘 알리를 데려가지 않았다는 것은 아니다. 데려갔다. 하지만 그날은 데려가지 않았다. 그렇다고 알리가 열을 받은 것은 아니지만 ─ 그 아이는 어떤 일에도 절대 열을 받지 않았다 ─ 어쨌든 아주 우울해지면 나는 계속 그 생각을 한다.

하지만 마침내 나는 옷을 벗고 침대에 들어갔다. 침대에 들어가자 기도나 그런 걸 하고 싶은 마음이었지만 할 수가 없었다. 기도를 하고 싶을 때는 늘 할 수가 없다. 일단 나는 무신론자 쪽이다. 나는 예수를 좋아하고 그러지만 성경의 다른 건 대부분 별로 좋아하지 않는다. 제자를 예로 들어 보자. 제자들은 겁나 짜증이 난다, 솔직히 말해서. 예수가 죽고 그러고 난 다음에는 괜찮았다. 하지만 살아 있는 동안에는 머리에 뚫린 구멍만큼이나 예수에게 도움이 되지 못했다. 그들이 한 일이라고는 계속 예수에게 실망을 주는 것뿐이었다. 성경에 나오는 누구라도 제자들보다는 낫다. 솔직히 말해서 성경에서 예수 다음으로 마음에 드는 사람은 그 미치광이 같은 인간, 무덤에 살면서 돌로 자신을 계속 베는 사람이다. 나는 그 사람이 제자들보다 열 배는 마음에 든다, 그 가엾은 놈이. 우튼 스쿨에 다닐 때 그 문제로 복도 아래쪽에 살던 이 아이, 아서 차일즈와 여러 번 논쟁을 했다. 우리의 차일즈는 퀘이커교도나 그런 거였고 늘 성경을 읽었다. 아주 착한 아이였고 나는 그 애를 좋아했지만 성경의 많은 내용, 특히 제자에 관해서는 생각이 절대 맞지 않았다. 그 애는 계속 제자들을 좋아하지 않으면 예수도 좋아하지 않거나 그런 거라고 말했다. 예수가 제자들을 뽑았으니 우리는 제자들을 좋아해야 한다는 거였다. 나는 예수가 제자를 뽑았다는 걸 알지만, 또 아무렇게나 뽑았다는 것도 안다고 말했다. 돌아다니며 모두 분석해 볼 시간이 없었다고 말했다. 그렇다고 예수를 탓하거나 하는 건 아니라고 말했다. 예수에게 시간이 없었다는 건 그의 잘못이 아니었다. 우리의 차일즈에게 유다, 예수를 배반하고 그런 자가 자살한 뒤에 지옥에 갔다고 생각하느냐고 물었던 기억이 난다. 차일즈는 당연하다고 말했다. 그게 바로 내가 그 애와 생각이 다른 지점이었다. 나는 예수가 우리의 유다를 절대 지옥에 보내지 않았다는 데 돈 천 장이라도 걸 거라고 말했다. 지금도 마찬가지다, 나에게 천 장이 있기만 하다면. 제자들이라면 누구라도 그를 지옥에 보내고 했을 거라고 ― 그것도 얼른 ― 생각하지만 예수는 그러지 않았다는 데 뭐라도 걸겠다. 우리의 차일즈는 나의 문제가 교회에 가거나 하지 않는 거라고 말했다. 그 점은 옳다, 어떤 면에서는. 나는 교회에 가지 않는다. 우선, 우리 부모는 종교가 서로 다르고 우리 가족의 아이들은 모두 무신론자다. 솔직히 말해서 나는 성직자들을 견딜 수조차 없다. 내가 다닌 모든 학교에 있던 성직자들, 그들은 모두 설교를 시작할 때면 독실한 신자 목소리를 냈다. 맙소사, 정말 싫었다. 도대체 왜 자기 타고난 목소리로 말을 하지 못하는 건지 알 수가 없다. 그들이 말을 할 때면 너무 가식적으로 들린다.

어쨌든 침대에 들어가자 조금도 기도를 할 수가 없었다. 시작할 때마다 우리의 서니가 나를 별 볼 일 없는 쓰레기라고 부르는 모습이 떠올랐다. 마침내 나는 일어나 앉아 담배를 한 대 더 피웠다. 맛이 형편없었다. 펜시를 나온 후로 두 갑쯤은 피운 게 분명했다.

갑자기, 누워서 담배를 피우고 있는데, 누가 문을 두드렸다. 두드리고 있는 게 내 문이 아니기를 계속 바랐지만 사실 맞다는 걸 젠장 너무 잘 알고 있었다. 어떻게 알았는지는 모르지만 알고 있었다. 또 누군지도 알았다. 나는 초능력자다.

"누구세요?" 나는 몹시 두려웠다. 나는 이런 일에는 정말 쫄보다.

하지만 밖에서는 다시 두드리기만 했다. 더 크게.

마침내 나는 침대에서 나와 그냥 파자마 차림으로 문을 열었다. 방에 불을 켤 필요도 없었다. 이미 낮이었기 때문이다. 우리의 서니와 모리스, 그 여드름쟁이 엘리베이터 보이가 거기 서 있었다.

"무슨 일이에요? 여기는 왜 온 거예요?" 나는 말했다. 우아, 내 목소리는 겁나게 떨리고 있었다.

"별 거 아닙니다." 우리의 모리스가 말했다. "그냥 돈 다섯 장." 그가 둘을 대신해 모든 이야기를 하고 있었다. 우리의 서니는 입을 벌리고 그런 채로 그냥 그의 옆에 서 있었다.

"이미 줬는데요. 저 여자한테 다섯 장 줬어요. 물어보세요." 우아, 내 목소리는 떨리고 있었다.

"열 장이걸랑요, 대장님. 얘기했잖아. 한 번 하는 데 열 장, 정오까지는 열다섯 장. 그렇게 얘기 했잖아."

"그렇게 이야기 안 했는데요. 한 번 하는 데 다섯 장이라고 했죠. 정오까지는 열다섯 장이라고 했고, 그건 맞아요. 하지만 내가 듣기에 분명히……."

"열어요, 대장님."

"왜요?" 맙소사, 나의 가엾은 심장은 젠장 나보다 먼저 방에서 뛰쳐나갈 지경이었다. 적어도 옷이라도 입고 있었으면 좋으련만. 그런 일이 일어날 때 파자마만 입고 있다는 건 끔찍한 일이다.

"자, 자, 들어가자고요, 대장님." 우리의 모리스가 말했다. 그러더니 지저분한 손으로 나를 세게 밀었다. 나는 빌어먹을 화장실 위로 쓰러질 뻔했다 — 그는 엄청나게 큰 개자식이었다. 그다음에 내가 아는 거, 그 자식과 우리의 서니가 둘 다 방 안에 있었다. 그들은 젠장 그 장소를 소유한 것처럼 행동했다. 우리의 서니는 창틀에 앉았다. 우리의 모리스는 커다란 의자에 앉아 칼라를 풀고 그랬다 — 그는 이 엘리베이터 운전수 제복을 입고 있었다. 우아, 나는 신경이 곤두섰다.

"자, 대장님, 내놓죠. 나 다시 일하러 가야 돼."

"열 번이나 말했잖아요. 나는 1센트도 빚진 거 없다고, 저 여자한테 이미 다섯……."

"헛소리 그만하고, 응. 내놓으라니까."

"왜 내가 저 여자한테 다섯 장을 더 줘야 하는데요?" 내 목소리는 완전히 금이 가고 있었다. "나한테서 돈을 뜯어내려는 거네."

우리의 모리스는 제복 코트의 단추를 다 풀었다. 밑에 입은 것이라곤 가짜 셔츠 칼라뿐, 셔츠 같은 건 입지도 않았다. 잔뜩 나온 커다란 배에 털이 북슬북슬했다. "아무도 누구한테서 뭘 뜯어내지 않아. 내놓으라니까요, 대장님."

"싫어요."

그 말을 하자 그는 의자에서 일어나 내 쪽으로 걸어오고 그러기 시작했다. 아주 아주 피곤하거나 아주 아주 지루해 보였다. 맙소사, 정말 무서웠다. 나는 대충 팔짱을 좀 끼고 있었다, 내 기억에는. 그것도 그리 나쁘지는 않았을 거다, 내 생각에는, 그 빌어먹을 파자마만 입고 있지만 않았다면.

"내놔, 대장." 그는 내가 서 있는 곳까지 바짝 다가왔다. 그가 할 줄 아는 말은 그것뿐이었다. "내놔, 대장." 진짜 멍청이였다.

"싫어."

"어이 대장, 내가 어쩔 수 없이 대장을 좀 패게 만드네. 나도 그러고 싶진 않아. 하지만 그래야 할 거처럼 보여. 너는 우리한테 다섯 장을 줘야 돼."

"나는 두 사람한테 다섯 장 주지 않아도 돼. 만일 나를 패면 겁나게 소리를 지를 거야. 호텔의 모든 사람을 깨울 거야. 경찰이나 모두 다." 목소리가 미친 듯이 떨리고 있었다.

"해 봐. 빌어먹을 대가리가 떨어져 나가라 소리를 질러 봐. 좋아." 우리의 모리스가 말했다. "네가 창녀와 밤을 보냈다는 걸 네 부모가 알게 하고 싶어? 너 같은 상류층 꼬마가?" 그는 아주 예리했다, 지저분한 방식으로. 정말 그랬다.

"날 건드리지 마. 처음부터 열 장이라고 했으면 얘기가 다를 거야. 하지만 분명히……."

"우리한테 내놓겠어?" 그는 나를 빌어먹을 문까지 밀어붙였다. 거의 내 몸 위에 서 있었다, 그놈의 북슬북슬한 배하고 그런 걸 지저분하게 내밀고.

"건드리지 마. 내 방에서 꺼져." 나는 여전히 팔짱을 끼고 있었다. 맙소사, 나는 얼마나 얼간이인지.

그때 서니가 처음으로 입을 열었다. "저기, 모리스. 내가 저 아저씨 지갑 가져올까요? 바로 저기 머라 부르더라 거기 있는데."

"그래, 가져와."

"내 지갑 건드리지 마!"

"이미 가져왔는걸." 서니가 말했다. 그녀는 다섯 장을 나에게 흔들었다. "봤지? 내가 가져가는 건 딱 받아야 할 다섯 장이야. 난 사기꾼이 아니거든."

갑자기 나는 울기 시작했다. 그때 울지만 않을 수 있었다면 뭐라도 내주련만. 하지만 울었다. "아니, 당신네는 사기꾼들이 아니야. 그냥 다섯 장을 훔쳐……."

"입 닥쳐." 우리의 모리스가 말하더니 나를 확 밀었다.

"그냥 냅둬요, 네." 서니가 말했다. "어서, 네. 우리가 받아야 할 돈은 챙겼잖아. 가요. 어서요, 네."

"간다고." 우리의 모리스가 말했다. 하지만 가지 않았다.

"진짜야, 모리스, 네. 그 아저씨 그냥 냅둬."

"누가 누굴 해친다고 그래?" 그는 겁나게 순진한 척했다. 그러더니 그가 한 일, 그는 내 파자마에 대고 손가락을 아주 세게 튀겼다. 어디에 튀겼는지는 이야기하지 않겠지만 겁나게 아팠다. 나는 그가 빌어먹을 더러운 멍청이라고 말했다. "뭐라고?" 그가 말했다. 그는 손을 귀 뒤에 갖다 댔다, 귀머거리처럼. "뭐라 그랬어? 내가 뭐라고?"

나는 그때까지도 좀 울고 있었다. 젠장 몹시 화가 나고 초조하고 그랬다. "너는 더러운 멍청이야. 너는 멍청하고 돈이나 뜯어내는 멍청이야. 이 년쯤 있으면 길거리에서 행인한테 다가가 커피 사 먹게 다임[24] 하나만 달라고 하는 그 말라빠진 인간들처럼 될 거야. 네 더럽고 지저분한 외투는 온통 콧물 범벅일 거고 너는……."

그러자 그가 나를 갈겼다. 나는 심지어 피하거나 고개를 숙이거나 할 생각도 하지 못했다. 내가 느낀 것은 배로 들어온 그 끝내주는 주먹뿐이었다.

하지만 나는 완전히 뻗거나 그러지는 않았다. 바닥에서 그들 둘이 문밖으로 나가 문을 닫는 것을 쳐다본 기억이 나기 때문이다. 그런 뒤에도 바닥에 꽤 오래 있었다, 스트래들레이터 때 그랬던 것과 좀 비슷하게. 다만 이번에는 죽는구나 하는 생각이 들었다. 정말 그랬다. 익사하거나 그런다고 생각했다. 이때 문제, 나는 거의 숨을 쉴 수 없었다. 마침내 일어났을 때 나는 배를 움켜쥐고 몸을 반으로 접고 그런 채로 욕실까지 걸어가야 했다.

---

24) 10센트 주화.

하지만 나는 미쳤다. 하느님한테 맹세하는데 미쳤다. 욕실까지 반쯤 가다가 나는 배에 총을 좀 맞은 척하기 시작했다. 우리의 모리스가 나에게 총을 쏜 거였다. 지금 나는 버번을 쩐하게 한잔 들이키거나 해서 신경을 안정시키고 **진짜로** 행동에 나서기 위해 욕실로 가는 중이었다. 나는 빌어먹을 욕실에서 나오는 내 모습을 그려 보았다, 옷 같은 걸 다 입고, 자동 권총을 호주머니에 넣고, 약간 비틀거리면서. 그런 뒤에 나는 엘리베이터를 이용하는 대신 아래층으로 걸어 내려간다. 난간 같은 데 의지하는데 입꼬리에서는 피가 조금씩 똑똑 떨어진다. 그래서 내가 하는 일, 나는 몇 층을 걸어 내려가 — 배를 움켜쥔 채 사방에 피를 흘리며 — 엘리베이터 벨을 누른다. 우리의 모리스는 문을 열고 내가 권총을 손에 든 걸 보더니 나를 향해 비명을 지르기 시작한다, 그 아주 높은 쫄보의 목소리로, 자기를 건드리지 말라고. 하지만 상관없이 나는 총알을 먹인다. 그의 불룩 튀어나오고 털이 북슬북슬한 배에 여섯 발 모두. 그런 다음 자동 권총을 엘리베이터 통로 아래로 딘진다 — 지문이나 그런 걸 나 닦고 나서. 그런 다음 방으로 기어 돌아와 제인에게 전화를 하여 와서 배에 붕대를 감게 한다. 내가 피를 흘리고 그러면서 담배를 피울 수 있도록 그녀가 담배를 들고 있는 모습을 눈앞에 그려 보았다.

빌어먹을 영화들. 그게 사람을 망칠 수도 있다. 농담 아니다.

욕실에 한 시간쯤 있으면서 목욕도 하고 그랬다. 이윽고 침대로 돌아왔다. 잠이 드는 데 꽤 오래 걸렸지만 — 피곤하지도 않았다 — 마침내 잤다. 하지만 내가 정말로 하고 싶은 건 자살하는 거였다. 창문 밖으로 뛰어내리고 싶었다. 내가 땅에 떨어지는 즉시 누가 나를 덮어 줄 거라는 확신만 있었다면 아마 그랬을 거다. 내가 완전 피투성이일 때 멍청한 인간들 무리가 목을 길게 빼고 나를 구경하는 건 원치 않았다.

15

 너무 오래 자지는 않았다. 잠을 깼을 때 10시쯤 되었던 것 같다. 담배를 피우자마자 몹시 배가 고팠다. 마지막으로 내가 먹은 건 브로사드, 애클리와 에이저스타운에 영화를 보러 갔을 때 먹은 그 햄버거 두 개였다. 오래전이었다. 오십 년쯤 된 것 같았다. 전화기는 바로 내 옆에 있었고, 나는 전화를 때려 아침을 좀 올려 보내게 하려다가 우리의 모리스를 시켜 올려 보낼지도 몰라 걱정이 좀 됐다. 혹시 내가 그 자식이 다시 보고 싶어 죽을 지경이라고 생각한다면 미쳤다고 말해 주겠다. 그래서 그냥 침대에서 한동안 빈둥거리며 다시 담배를 피웠다. 우리의 제인에게 전화를 때려 이제 집에 왔는지 그런 걸 확인할까 생각했지만 그럴 기분은 아니었다.

 그래서 내가 한 일, 나는 우리의 샐리 헤이스에게 전화를 때렸다. 그녀는 메리 A. 우드러프에 다니고, 나는 그 애한테서 두 주 전에 편지를 받았기 때문에 그 애가 집에 있다는 걸 알고 있었다. 내가 그 애가 좋아서 환장하는 것은 아니었지만 오랫동안 아는 사이이기는 했다. 나는 그 애가 아주 똑똑하다고 생각하곤 했다, 내가 어리석었기 때문에. 내가 그렇게 생각한 건 그 애가 극장, 연극, 문학 그런 것들에 관해 아주 많이 알았기 때문이다. 누가 그런 것들에 관해 아주 많이 알면 그 사람이 진짜로 멍청한지 아닌지 알아내는 데 시간이 꽤 걸린다. 나는 그걸 알아내는 데 몇 년이 걸렸다, 우리 샐리의 경우에. 우리가 그렇게 젠장 많이 비벼 대지 않았다면 훨씬 빨리 알아냈을 거라는 생각이 든다. 여기서 나의 큰 문제, 늘 내가 비벼 대는 사람은 누구든 아주 똑똑한 사람이라고 생각을 좀 한다는 거다. 이게 그거하고는 젠장 아무런 관계가 없지만 어쨌든 나는 계속 그렇게 생각한다.

어쨌든 나는 그 애한테 전화를 때렸다. 처음에 가정부가 받았다 그다음에는 아버지. 그다음에 그 애가 나왔다. "샐리?" 내가 말했다.

"네 ─ 누구세요?" 그녀가 말했다. 그 애는 꽤나 가식적이었다. 나는 이미 그 애 아버지한테 내가 누구라고 말했거든.

"홀든 콜필드야. 어떻게 지내?"

"홀든! 잘 지내지! 너는 어때?"

"아주 좋지. 야. 그런데 너는 어떤데? 내 말은 학교가 어떠냐고?"

"좋아. 그러니까, 알잖아."

"아주 좋네. 어, 야. 오늘 네가 바쁜지 궁금해하고 있었어. 일요일이지만 일요일에도 늘 낮 공연이 한두 개는 있잖아. 자선이나 그런 걸로. 가고 싶어?"

"가고 싶어. 근사해."

근사하다. 내가 싫어하는 말이 하나 있다면 그건 근사하다는 거다. 완전 가식이다. 순간적으로 낮 공연 이야기는 없던 일로 하자고 말하고 싶은 유혹을 느꼈다. 그러나 우리는 한동안 이빨을 깠다. 즉 그 애가 이빨을 깠다는 거다. 그럴 때는 한 마디도 끼어들 수가 없다. 처음에는 어떤 하버드 아이에 관해 말했다 — 아마도 신입생이겠지만 그 애는 말하지 않았다, 당연히 — 그 애한테 겁나게 추근대는 녀석이었다. 밤낮으로 전화를 걸고. 밤낮으로 — 그 말이 죽여주었다. 그러더니 또 다른 아이 이야기를 했다. 어떤 웨스트포인트 간부 후보생. 그 녀석도 그 애한테 목을 매달았다. 대단했다. 나는 2시에 빌트모어 시계 밑에서 만나자고, 쇼는 아마 2시 30분에 시작할 테니까 늦지 말라고 했다. 그 애는 늘 늦었기 때문이다. 그런 다음 전화를 끊었다. 그 애는 내 엉덩이를 찌르는 가시 같았지만 아주 잘생기기도 했다.

우리의 샐리와 데이트를 잡은 뒤 침대에서 나와 옷을 입고 가방을 쌌다. 방을 나서기 전에 그 모든 변태들이 잘 있는지 보려고 창밖을 내다보았다. 그러나 모두 블라인드를 내리고 있었다. 그들은 아침에는 얌전이 최고조에 달했다. 이윽고 나는 엘리베이터를 타고 내려와 체크아웃을 했다. 우리의 모리스는 어디에도 보이지 않았다. 물론 목이 부러져라 그를 찾지는 않았다, 그 나쁜 놈.

호텔 밖에서 택시를 잡았지만 어디로 갈지 젠장 아무 생각이 없었다. 갈 곳이 없었다. 이제 겨우 일요일인데 나는 수요일이나 되어야 집에 갈 수 있었다 — 아무리 빨라도 화요일에. 물론 나는 다른 호텔에 가서 머리를 쥐어짤 생각은 없었다. 그래서 내가 한 일, 나는 기사에게 그랜드센트럴역에 데려다 달라고 했다. 나중에 샐리를 만날 볼티모어 바로 근처였다. 그리고 내가 해야겠다고 생각한 일, 열쇠를 주는 금고에 가방을 맡기고 아침을 먹는다. 배가 좀 고팠다. 택시를 타고 가는 동안 지갑을 꺼내 돈을 좀 세어 보았다. 얼마나 남아 있었는지는 정확히 기억나지 않지만 큰 돈이나 그런 건 아니었다. 나는 엉망이던 두 주 정도에 왕의 몸값이라 해도 좋을 만한 돈을 썼다. 정말 그랬다. 나는 속으로는 빌어먹을 낭비벽이 있는 사람이다. 쓰지 않는 건 또 잃어버린다. 식당이나 나이트클럽이나 그런데서 반은 잔돈을 받는 걸 좀 잊어버리기조차 한다. 부모는 그것 때문에 돌아 버리려 한다. 그들을 탓할 수는 없다. 하지만 아버지는 아주 부자다. 얼마나 버는지는 모르지만 — 나하고 그런 이야기는 한 적이 없다 — 꽤 많은 거로 짐작한다. 아버지는 법인 변호사다. 그쪽 사람들은 정말이지 돈을 긁어모은다. 아버지가 아주 부자라는 걸 내가 아는 또 한 가지 이유는 아버지가 늘 브로드웨이 쇼에 돈을 투자하기 때문이다. 하지만 공연은 늘 실패하고 그래서 아버지가 투자하면 어머니는 돌아 버린다. 어머니는 동생 알리가 죽은 이후로는 건강이 별로 좋지 않았다. 신경이 아주 예민했다. 그것이 내가 잘렸다는 사실을 어머니가 아는 걸 내가 겁나게 싫어하는 또 하나의 이유다.

역의 금고에 가방을 넣어둔 뒤 샌드위치 바에 들어가 아침을 먹었다. 아주 푸짐한 아침을 먹었다, 나로서는 — 오렌지 주스, 베이컨과 달걀, 토스트와 커피. 보통은 오렌지 주스만 조금 마신다. 나는 아주 가볍게 먹는 사람이다. 진짜 그렇다. 그래서 젠장 이렇게 말랐다. 몸무게가 늘고 그러려면 탄수화물 같은 쓰레기를 많이 먹는 그런 식사를 해야 하는데 나는 그런 적이 없었다. 어디 밖에 있을 때는 일반적으로 스위스 치즈 샌드위치와 맥아 우유[25]를 먹는다. 양은 많지 않지만 맥아 우유에서 비타민을 아주 많이 얻을 수 있다. H. V. 콜필드. 홀든 비타민 콜필드.

달걀을 먹고 있는데 여행 가방이나 그런 걸 든 수녀 둘 — 다른 수녀원으로 옮기느라 기차를 기다리는 것 같았다 — 이 들어와 내 옆 카운터 자리에 앉았다. 그들이 여행 가방을 도대체 어떻게 감당해야 할지 모르는 것 같아 손을 좀 빌려주었다. 아주 값싸 보이는 여행 가방이었다 — 진짜 가죽이나 그런 게 아닌 가방. 그건 중요하지 않다, 나도 안다. 하지만 누가 싸구려 여행 가방을 갖고 있으면 그게 싫다. 이렇게 말하면 끔찍하게 들리겠지만 누가 싸구려 여행 가방을 갖고 있으면 그냥 그들을 보는 것만으로도 그 사람이 싫어질 수도 있다. 한번은 이런 일이 일어났다. 내가 엘크턴 힐스에 한동안

_____

25) 맥아 가루에 분유를 탄 것.

있을 때 나는 이 아이, 딕 슬레이글하고 방을 함께 썼는데, 이 아이는 여행 가방이 아주 싼 거였다. 그 아이는 선반이 아니라 침대 밑에 가방을 보관했다. 그게 내 가방 옆에 있는 걸 아무도 보지 못 하게 하려는 거였다. 그것 때문에 나는 정말 겁나게 우울해져서 줄곧 내 걸 내다버리거나 그러든지 아니면 그 아이 것과 바꾸든지 하고 싶은 마음이었다. 내 건 마크 크로스에서 산 거고 진짜 소가죽이나 그런 쓰레기 같은 것이었는데, 내 짐작에는 돈깨나 꼴아 박았을 거다. 하지만 웃기는 일이었다. 일은 이렇게 되었다. 내가 한 일, 나는 마침내 내 여행 가방을 선반이 아니라 내 침대 밑에 넣었다. 우리의 슬레이글이 그거 때문에 빌어먹을 열등감 콤플렉스에 걸리지 않게 하려는 거였다. 하지만 녀석은 이렇게 했다. 내가 내 걸 침대 밑에 넣은 날 녀석은 그걸 꺼내서 다시 선반에 올려놓았다. 녀석이 그렇게 한 이유, 그걸 알아내는 데 시간이 좀 걸렸는데, 그것은 애들이 내 가방이 녀석 거라고 생각하기를 바랐기 때문이다. 진짜 그랬다. 아주 웃기는 녀석이다, 그런 쪽으로. 예를 들어 녀석은 늘 그걸 두고, 내 여행 가방을 두고 오만한 소리를 지껄이곤 했다. 너무 새 거고 부르주아적인 거라고 계속 떠들었다. 그게 녀석이 빌어먹을 가장 좋아하는 단어였다. 어딘가에서 그걸 읽었거나 들었겠지. 내가 가진 모든 건 겁나 부르주아적이었다. 심지어 내 만년필도 부르주아적이었다. 늘 빌려 쓰면서도 어쨌든 그건 부르주아적이었다. 우리는 겨우 두 달 정도만 방을 함께 썼다. 그런 뒤에 둘 다 옮겨 달라고 요청했다. 웃기는 거, 옮긴 뒤에 녀석이 좀 보고 싶었다는 거다. 녀석의 유머 감각은 겁나게 멋졌고 우리는 가끔 아주 재미있었기 때문이다. 녀석도 나를 보고 싶어 한다 해도 나는 놀라지 않을 거다. 처음에 녀석이 내 물건을 부르주아적이라고 부를 때는 농담을 했던 거였고 나는 젠장 전혀 상관하지 않았다 — 사실 좀 재미있었다. 그러다 얼마 지나자 녀석이 더는 농담을 하는 게 아니란 걸 알 수 있었다. 여기서 문제, 훨씬 못한 여행 가방을 갖고 있는 애들하고는 룸메를 하기가 정말 어렵다 — 내 게 정말 좋은 거고 상대방 게 그렇지 않으면. 녀석이, 그러니까 룸메가 똑똑하거나 그렇고 또 유머 감각도 멋지면 누구 여행 가방이 낫든 젠장 상관하지 않을 거라고 생각하겠지만, 상관한다. 진짜 그런다. 그것이 내가 스트래들레이터 같은 멍청한 놈하고 한 방을 쓴 이유이기도 하다. 적어도 녀석의 여행 가방은 내 거만큼 좋았으니까.

어쨌든 이 두 수녀는 내 옆에 앉아 있었고 우리는 대화를 좀 트게 되었다. 바로 내 옆에 있는 수녀가 갖고 있는 바구니는 크리스마스 무렵 돈을 모으는 수녀와 구세군 아가씨들이 들고 있는 그런 밀짚 바구니였다. 길모퉁이에, 특히 5번가, 커다란 백화점 그런 거 앞에 그런 사람들이 서 있는 걸 볼 수 있다. 어쨌든 내 옆에 있는 수녀가 바구니를 바닥에 떨어뜨렸고 나는 팔을 아래로 뻗어 그걸 집어 주었다. 나는 수녀에게 자선이나 그런 걸 위해 밖에 나가 모금을 하느냐고 물었다. 수녀는 아니라고 말했다. 짐을 쌀 때 여행 가방에 들어가지 않아 그냥 들고 다닌다는 거였다. 수녀는 대화 상대를 볼 때 아주 예쁘고 멋진 미소를 지었다. 큰 코에 별로 매력적이라고 할 수 없는 무슨 철테 안경을 쓰고 있었지만 겁나게 친절한 얼굴이었다. "곧 모금을 시작하시는 줄 알았어요." 내가 수녀에게 말했다. "나도 기부를 좀 할 수 있거든요. 실제로 모금을 하실 때를 대비해 내 돈을 갖고 계셔도 돼요."

"어머, 정말 착하군요." 수녀가 말했고, 다른 수녀, 그 수녀의 친구가 나를 건너다보았다. 그 수녀는 커피를 마시면서 작고 검은 책을 읽고 있었다. 성경처럼 보였지만 그렇다고 하기에는 너무 빈약해 보였다. 하지만 성경 유형의 책이었다. 그들 둘이 아침으로 먹고 있는 건 토스트와 커피뿐이었다. 그걸 보니 우울했다. 나는 베이컨과 달걀이나 그런 걸 먹고 있는데 다른 사람은 토스트와 커피만 먹고 있는 건 싫다.

그들은 내가 기부금으로 열 장을 내게 해 주었다. 나한테 그럴 여유가 있는지 어떤지 계속 물었다. 나는 돈이 꽤 많다고 말해 주었지만 내 말을 믿지 않는 눈치였다. 하지만 결국은 받았다. 두 수녀 모두 계속 아주 고맙다고 하는 바람에 창피했다. 나는 대화의 방향을 일반적인 주제로 돌려 어디로 가고 있느냐고 물었다. 그들은 학교 선생님인데 막 시카고에서 왔고 168번가인지 186번가인지 어쨌든 겁나 북쪽에 있는 거리의 어떤 수녀원에서 가르치게 될 거라고 말했다. 내 옆에 있는 수녀, 철테 안경 수녀가 자기는 영어를 가르치고 친구는 역사와 미국 정치를 가르친다고 말했다. 그 말을 듣고 나는 내 옆에 있는 수녀, 영어를 가르치는 수녀는 수녀이고 그런데 영어 시간에 어떤 책을 읽을 때 무슨 생각을 할지 미친 듯이 궁금해지기 시작했다. 반드시 안에 섹스 이야기가 많이 나오는 게

아니라 해도 연인들이나 그런 게 나오는 책들. 토머스 하디의
『토박이의 귀환』에 나오는 우리의 유스타시아 바이를 보자.
그 여자는 그렇게 섹스 쪽으로 발달하거나 한 건 아니지만 그
렇다 해도 수녀가 우리의 유스타시아에 관해 읽으면 무슨 생
각을 할지 궁금해지지 않을 수 없다. 하지만 물론 아무 말도
하지 않았다. 그저 영어가 내가 제일 좋아하는 과목이라고만
했다.

"어머, 정말? 오, 정말 반갑네!" 안경 수녀, 영어를 가르치는
수녀가 말했다. "올해는 뭘 읽었어요? 정말 알고 싶어요." 수녀
는 정말 착했다.

"음, 대부분은 앵글로색슨 쪽이에요.『베오울프』,『우리의 그
렌들』,『로드 랜돌 나의 아들』 다 그런 거예요. 하지만 가끔 추
가로 점수를 따려면 다른 것도 읽어야 했어요. 제가 읽은 건
토머스 하디의『토박이의 귀환』하고『로미오와 줄리엣』하고
『줄리어스』……."

"어머,『로미오와 줄리엣』! 멋져라! 그거 정말 사랑스럽지
않아요?" 정말이지 수녀가 하는 말 같지 않았다.

"네. 그랬어요. 아주 마음에 들었어요. 마음에 들지 않는 게
몇 가지 있었지만 그래도 아주 감동적이었어요, 전체적으로."

"뭐가 마음에 들지 않았어요? 기억나요?" 솔직히 말해서 수
녀와『로미오와 줄리엣』이야기를 한다는 게 좀 창피했다, 어
떤 면에서는. 그러니까 그 희곡은 어떤 부분에서는 섹스 쪽이
아주 강해지고 이 사람은 수녀이고 그렇다는 거다. 하지만 수
녀는 나에게 질문을 했고 그래서 한참 수녀와 그 이야기를 했

다. "음, 나는 『로미오와 줄리엣』이 그렇게 환장할 듯이 좋지는 않아요. 그러니까 마음에 들기는 해요. 하지만 — 모르겠어요. 가끔 아주 짜증이 나요. 그러니까 로미오와 줄리엣이 죽을 때보다 우리의 머큐쇼가 살해당할 때 훨씬 안타깝다는 느낌이었거든요. 그러니까 내 생각, 머큐쇼가 찔려 죽은 다음부터는 로미오가 별로 마음에 들지 않았어요. 다른 사람이 죽이잖아요 — 줄리엣의 사촌 — 이름이 뭐더라?"

"티볼트."

"맞아요. 티볼트." 나는 말했다 — 나는 그 사람 이름을 늘 잊어버린다. "그건 로미오 잘못이에요. 내 말은 내가 그 사람을 그 희곡에서 제일 좋아한다는 거예요, 우리의 머큐쇼를. 모르겠어요. 그 모든 몬터규 사람들과 캐풀릿 사람들, 그 사람들은 괜찮아요 — 특히 줄리엣은 — 하지만 머큐쇼, 그 사람은 — 설명하기가 어렵네요. 그 사람은 아주 똑똑하고 재미있고 그랬어요. 문제는, 누가 죽게 되면 돌아 버릴 것 같다는 거예요 — 특히 아주 똑똑하고 재미있고 그런 사람이 — 그리고 그게 다른 누군가의 잘못이라면. 로미오와 줄리엣, 적어도 그건 그들 자신의 잘못이에요."

"어느 학교에 다녀요?" 수녀가 물었다. 아마 『로미오와 줄리엣』 이야기에서 벗어나고 싶은 것 같았다.

나는 펜시라고 대답했고 수녀는 그 이름을 들어 본 적이 있었다. 수녀는 그곳이 아주 좋은 학교라고 말했다. 하지만 나는 그냥 듣고 말았다. 그러자 다른 수녀, 역사와 정치를 가르치는 수녀가 이제 가는 게 좋겠다고 말했다. 내가 그들의 계산서를 집어 들었지만 그들은 내가 내는 것을 허락하지 않았다. 안경 수녀는 나에게서 계산서를 도로 받아냈다.

"이미 아주 너그러운 일을 했어요." 수녀가 말했다. "정말 착한 사람이로군요." 수녀는 정말이지 좋은 사람이었다. 수녀가 우리의 어니스트 모로의 어머니, 내가 기차에서 만난 부인과 약간 비슷하다는 느낌이 들었다. 주로 부인이 미소를 지을 때. "정말 즐겁게 이야기를 나누었어요." 수녀가 말했다.

나도 이야기를 나누는 게 무척 즐거웠다고 말했다. 그것은 진심이기도 했다. 하지만 생각해 보니, 이야기를 나누는 동안 수녀들이 갑자기 내가 가톨릭인지 알아내려고 하지나 않을까 하는 걱정만 내내 좀 하지 않았다면 훨씬 즐거웠을 거다. 가톨릭은 늘 상대가 가톨릭인지 알아내려 한다. 그런 일이 나에게는 자주 일어난다. 나도 안다. 한편으로는 내 성이 아일랜드 계이고 아일랜드계 사람들은 대부분 가톨릭이기 때문이다. 사실 아버지는 한때 가톨릭이었다. 하지만 어머니하고 결혼하면서 그만두었다. 그러나 가톨릭은 상대의 성을 알지 못해도 늘 상대가 가톨릭인지 알아내려 한다. 우튼 스쿨에 다닐 때 이 가톨릭 아이, 루이스 셰이니를 알게 되었다. 내가 거기서 처음 만난 아이였다. 녀석과 나는 개학한 날 빌어먹을 양호실 바깥의 첫 두 의자에 앉아 신체검사를 기다리고 있었고, 그러다 대충 테니스로 대화를 트게 되었다. 녀석은 테니스에 무척 관심이 많았고, 그건 나도 마찬가지였다. 녀석은 매년 여름 포레스트 힐스에서 열리는 전국 대회를 보러 간다고 말했고 나는 나도 그런다고 말했으며, 우리는 한참 동안 어떤 거물급 테니스 선수들 이야기를 했다. 녀석은 테니스에 관해 아주 많이 알았다, 그 나이 꼬마치고는. 정말 그랬다. 그러다 한참 뒤, 빌어먹을 대화가 한창일 때 녀석이 나한테 물었다. "그런데 혹시 이 근처에 가톨릭 성당이 어디 있는지 본 적 있어?" 이때 문제, 나한테 물어보는 투로 보아 나는 녀석이 내가 가톨릭인지 알아내려 한다는 것을 알 수 있었다. 녀석은 정말 그랬다. 그렇다고 편견이 있다거나 그랬던 건 아니고 그냥 알고 싶어 했다. 녀석은 테니스에 관한 대화 같은 걸 즐기고 있었지만 내가 가톨릭이나 그런 거였으면 더 즐겼을 거라는 걸 알 수 있었다. 그런 일이 나를 돌아 버리게 한다. 그게 우리 대화를 망쳤다거나 그런 건 아니지만 — 망치지 않았다 — 아무런 도움이 되지 않았다는 건 겁나 분명하다. 그래서 그 두 수녀가 나한테 가톨릭이냐고 묻지 않은 게 기뻤던 거다. 물어봤다 해도 대화를 망치지는 않았겠지만 다르긴 했을 거다, 아마도. 가톨릭을 비난한다는 건 아니다. 그건 아니다. 내가 가톨릭이라면 나도 똑같을 거다, 아마도. 내가 말하던 그 여행 가방과 똑같다, 어떤 면에서는. 내가 말하고자 하는 건 오로지 그게 좋은 대화에 도움이 되지 않는다는 거다. 그게 내가 말하고자 하는 전부다.

그들이, 두 수녀가 가려고 일어섰을 때 나는 아주 멍청하고 창피스러운 짓을 했다. 나는 담배를 피우고 있었는데 작별 인사를 하려고 일어서다 실수로 그들의 얼굴에 연기를 좀 뿜고 말았다. 고의는 아니었지만 어쨌든 그랬다. 나는 미치광이처럼 사과했고 그들은 아주 예의 바르고 친절하게 받아들여 주었지만 어쨌든 아주 창피했다.

그들이 떠난 뒤 그들의 모금에 열 장만 낸 것이 미안해지기 시작했다. 하지만 여기서 문제, 우리의 샐리 헤이스와 낮 공연에 가기로 약속을 잡았기 때문에 표나 그런 거에 들어갈 돈을 좀 남겨둘 필요가 있었다. 하지만 그래도 미안했다. 빌어먹을 돈. 그건 늘 사람을 겁나 우울하게 만들고야 만다.

16

아침을 먹고 나자 겨우 정오쯤이었고 우리의 샐리는 2시나 되어서야 만날 예정이었기 때문에 오랜 산책을 시작했다. 그 두 수녀 생각을 멈출 수가 없었다. 그들이 학교에서 가르치지 않을 때 돈을 모으며 들고 돌아다닐 그 낡은 밀짚 바구니가 머리에서 떠나지 않았다. 나의 어머니나 누군가, 나의 이모, 또는 샐리 헤이스의 미친 어머니가 어떤 백화점 바깥에서 낡은 밀짚 바구니를 들고 돈을 모으는 모습을 계속 그려 보려 했다. 그려 보기가 힘들었다. 어머니도 그렇지만 다른 둘도. 이모는 자선을 많이 베푸는 사람이다 — 적십자 일 같은 것도 많이 한다 — 하지만 옷을 잘 차려입고 그렇게 한다. 자선 사업을 할 때 늘 아주 잘 차려입고 립스틱을 바르는 등 그 모든 쓰레기 짓을 한다. 만일 자선 일을 하는 동안 검은 옷만 입고 립스틱을 바르지 않아야 한다면 이모가 그런 일을 조금이라도 하려고 할까? 그런 모습은 전혀 그려지지 않았다. 그리고 우리의 샐리 헤이스의 어머니. 맙소사. 그 사람이 바구니를 들고 돈을 모으며 돌아다니게 할 유일한 방법은 기부금을 낼 때마다 모두가 그 사람 엉덩이에 입을 맞추듯 아첨을 하는 것뿐일 거다. 만일 그냥 바구니에 돈만 던지고 그 사람에게는 아무 말 하지 않고 가버리는 식으로 무시하거나 그러면 그 사람은 한 시간 정도면 그 일을 그만둘 거다. 따분해할 거다. 바구니를 내놓고 호사스러운 데로 점심을 먹으러 갈 거다. 그게 내가 그 수녀들에게서 좋아하는 거다. 우선 그들이 호사스러운 데로 점심 먹으러 가는 일은 절대 없다는 걸 알 수 있다. 그 생각을 하니, 그들이 점심이나 그런 걸 먹으러 호사스러운 데 절대 가지 않는다는 생각을 하니 젠장 아주 슬펐다. 그게 그렇게 중요한 게 아니라는 건 알지만 그래도 어쨌든 슬펐다.

브로드웨이 쪽으로 걷기 시작했다, 그냥 겁나게 그러고 싶어서. 오랫동안 그쪽에는 가 본 적이 없기 때문이었다. 게다가 일요일에도 여는 레코드 가게를 찾고 싶었다. 피비한테 주고 싶은 그 레코드, 「리틀 셜리 빈스」라는 레코드가 있었다. 구하기가 몹시 힘든 레코드였다. 앞니 두 개가 빠져서 그게 너무 부끄러운 나머지 집 밖으로 나가지 않으려 하는 꼬마 이야기였다. 나는 그걸 펜시에서 들었다. 위층에 사는 아이 하나가 그걸 갖고 있었는데 우리의 피비가 그거에 빽 갈 거란 걸 알았기 때문에 그 아이에게서 사려 했지만 팔지 않겠다고 했다. 그건 이 젊은 유색인 여가수 에스텔 플레처가 이십 년 전쯤에 만든 아주 오래된 끝내주는 레코드였다. 이 가수는 그것을 딕시랜드와 매음굴 풍이 강하게 느껴지게 부르는데 전혀 감상적으로 들리지 않는다. 만일 백인 여자애가 부르면 겁나 귀엽게 들리게 만들 거다. 하지만 우리의 에스텔 플레처는 자기가 도대체 뭘 하고 있는 건지 알았으며, 그것은 내가 들어 본 최고의 레코드로 꼽을 만했다. 나는 그걸 일요일에 문을 연 가게에서 사서 공원에 들고 갈 생각이었다. 이날은 일요일이었고, 피비는 일요일이면 공원에 롤러스케이트를 타러 가는 일이 아주 많다. 나는 그 애가 어디서 주로 노는지 알고 있었다.

전날만큼 춥지는 않았지만 해는 아직 나오지 않아 걷기에 썩 좋지는 않았다. 하지만 한 가지 좋은 게 있었다. 막 어떤 교회에서 나왔다는 걸 알 수 있는 이 가족이 바로 앞에서 걷고 있었다 — 아버지, 어머니, 여섯 살쯤 되어 보이는 꼬마. 그들은 좀 가난해 보였다. 아버지는 가난한 남자들이 유행을 잘 따라가는 것처럼 보이려고 할 때 많이 쓰는 그 진줏빛 회색 모자를 쓰고 있었다. 그와 그의 부인은 그냥 걸어가며 이야기를 나누고 있었고 자기네 꼬마에게는 아무런 관심을 기울이지 않았다. 꼬마는 아주 멋졌다. 보도가 아니라 도로를 걷고 있었는데 갓돌 바로 옆을 걸었다. 꼬마들이 흔히 그러듯이 똑바로 직선으로 걷는 척하고 있었고 내내 계속 노래와 콧노래를 부르고 있었다. 무슨 노래를 부르는지 들어 보려고 가까이 다가갔다. 그 노래, 「사람이 호밀밭을 헤치고 가다 사람을 붙잡으면」²⁶⁾이라는 노래를 부르고 있었다. 목소리도 아주 작고 귀여웠다. 그냥 겁나 부르고 싶어 부르고 있을 뿐이었다, 보면 알 수 있었다. 차들이 쌩쌩 소리를 내며 지나가고 사방에서 브레이크가 끼익 하는 소리가 들리고 부모는 꼬마에게 아무런 관심도 기울이지 않고 꼬마는 계속 갓돌 옆을 걸으며 「사람이 호밀밭을 헤치고 가다 사람을 붙잡으면」이라는 노래를 부르고 있었다. 그러자 기분이 나아졌다. 그 덕분에 이제는 그렇게 우울하지 않았다.

브로드웨이는 사람이 우글거렸고 지저분했다. 일요일이었고 겨우 12시쯤이었지만 그래도 사람들이 우글거렸다. 모두 영화관에 가고 있었다 ── 패러마운트나 애스토어나 스트랜드나 캐피틀이나 그 미친 곳들. 일요일이라 모두 차려입고 있었기 때문에 더욱 나빴다. 하지만 최악은 그들 모두 영화관에 가고 싶어 한다는 것을 알 수 있었다는 것이다. 도저히 그들을 보는 걸 견딜 수가 없었다. 달리 할 일이 없어 영화관에 가는 건 이해할 수 있지만 누가 정말로 가고 싶어 하면, 심지어 더 빨리 닿기 위해 빨리 걸어가면 겁나게 우울해진다. 특히 좌석을 잡기 위해 수백만 명이 블록 저 아래까지 그 길고 끔찍한 줄을 서서 그 끝내주는 인내심으로 기다리고 그러는 걸 보면. 우아, 그 빌어먹을 브로드웨이에서 얼른 벗어나고 싶은 마음이 간절했다. 운이 좋았다. 내가 들어간 첫 번째 레코

---

26) 원래 로버트 번스(Robert Burns)의 시인데, 원시에서는 붙잡으면(catch)이 아니라 만나면(meet)이다.

드 가게에 「리틀 셜리 빈스」가 있었다. 그들은 구하기 아주 힘든 거라는 이유로 돈 다섯 장을 불렀고 나는 상관하지 않았다. 우아, 갑자기 그것 때문에 아주 행복해졌다. 우리의 피비가 있는지 보러 공원에 얼른 가고 싶어 안달이 났다. 아이에게 그걸 주려는 거였다.

레코드 가게에서 나와 드러그스토어를 지나다 안으로 들어갔다. 어쩌면 우리의 제인에게 전화를 때려 이제 방학을 보내러 집에 와 있는지 확인해 볼 수도 있겠다고 생각했기 때문이다. 그래서 전화 부스에 들어가 전화를 걸었다. 여기서 유일한 문제, 그 애의 어머니가 전화를 받았다. 나는 전화를 끊었다. 그 애 어머니하고 긴 대화나 그런 것에 말려들고 싶지 않았다. 어차피 나는 여자애들 어머니와 전화로 이야기하고 싶어 환장하지 않는다. 그래도 제인이 집에 있는지는 물어봤어야 하는 건데. 그런다고 죽는 것도 아닌데. 하지만 그러고 싶지 않았다. 그런 걸 하려면 정말이지 딱 그것에 맞는 기분이어야 한다.

아직도 그 빌어먹을 연극 표를 구해야 했으며, 그래서 신문을 사서 무슨 연극을 하고 있는지 찾아보았다. 일요일이었기 때문에 공연은 세 개쯤밖에 없었다. 그래서 내가 한 일, 가서 「알아요 내 사랑」의 무대 앞 좌석을 두 개 샀다. 자선 공연 그런 거였다. 보고 싶은 마음은 별로 없었지만 나한테 그 표가 있다고 말해주면 우리의 샐리, 가식적 인간들의 여왕께서 침을 질질 흘리기 시작할 것임을 알고 있었다. 런트 부부[27]도 나

---

27) 미국 연극계의 배우 부부 앨프리드 런트와 린 폰탠.

오고 그러니까. 그녀는 아주 세련되고 건조하고 그렇다고 여겨지는, 런트 부부나 그런 사람들이 나오는 연극을 좋아했다. 나는 아니다. 나는 어떤 쇼든 별로 좋아하지 않는다, 솔직히 말해서. 영화만큼 나쁘지는 않지만 열광해서 입에 거품 물고 이야기할 건 당연히 아니다. 애초에 나는 배우를 싫어한다. 그들은 절대 사람들처럼 행동하지 않는다. 그냥 자기가 그렇게 행동한다고 생각할 뿐이다. 좋은 배우 몇 명은 한다, 아주 조금은. 하지만 보기에 재미있는 방식으로 하지는 않는다. 그리고 만일 어떤 배우가 정말 잘하면 그 배우 스스로 자신이 잘한다는 것을 안다는 사실이 눈에 보이고, 그게 다 망쳐 버린다. 예를 들어 로렌스 올리비에 경을 보자. 나는 그를 「햄릿」에서 보았다. 작년에 D.B.가 피비와 나를 데리고 보러 갔다. D.B.는 먼저 우리에게 점심을 사 준 다음에 극장으로 데려갔다. D.B.는 이미 보았고, 점심을 먹으며 형이 그 이야기를 하는 걸 듣고 나도 보고 싶다는 마음이 겁나 간절해졌다. 하지만 별로 재미는 없었다. 로렌스 올리비에 경이 뭐가 그렇게 굉장하다는 건지 정말 알 수가 없다. 더 할 말 없다. 목소리는 끝내주고 겁나게 잘생긴 남자고 걷거나 결투를 하거나 그럴 때 보고 있으면 아주 멋지지만 D.B.가 말해주는 햄릿과는 전혀 닮지 않았다. 젠장 너무 장군 같았다, 슬프고 망가진 유형의 남자가 아니라. 영화 전체에서 가장 좋은 부분은 우리 오필리어의 오빠 — 마지막에 햄릿과 결투를 벌이는 사람 — 가 떠나고 그의 아버지가 많은 조언을 해 줄 때였다. 아버지는 그에게 계속 많은 조언을 해 주고, 우리의 오필리어는 오빠와 장난을 좀 치면서 칼 집에서 단검을 뽑아 들고 오빠를 놀리고, 그러는 동안에도 오빠는 아버지가 쏘고 있는 황소에 관심을 가진 것처럼 보이려고 노력하고 있었다. 그건 멋있었다. 그걸 보고 꽤 짜릿했다. 하지만 그런 건 자주 보지 못한다. 우리의 피비가 좋아한 것은 오직 햄릿이 이 개의 머리를 토닥일 때뿐이었다. 그 애는 그게 재미있고 멋있다고 생각했고, 사실상 그랬다. 앞으로 내가 해야 할 일, 나는 그 희곡을 읽어야 한다. 여기서 나의 문제, 나는 늘 그런 걸 혼자 읽어야만 한다. 배우가 그걸 연기로 하면 나는 귀를 기울이지 않는다. 매 순간 배우가 뭔가 가식적인 짓을 할까 안 할까만 계속 걱정한다.

나는 런트 부부의 쇼 표를 산 뒤 공원으로 가는 택시를 탔다. 돈이 좀 바닥을 보이고 있었기 때문에 지하철이나 그런 걸 탔어야 했지만 그 빌어먹을 브로드웨이에서 가능한 한 빨리 벗어나고 싶었다.

공원은 지저분했다. 별로 춥지는 않았지만 해는 아직 나오지 않았고, 공원에는 개똥이며 침이며 노인들이 버린 시가 꽁초를 제외하면 아무것도 없는 것 같았다. 벤치는 죄다 앉으면 엉덩이가 젖을 것처럼 보였다. 그걸 보자 우울해졌다. 가끔, 아무런 이유 없이, 걷다가 닭살이 돋았다. 크리스마스가 곧 올 것 같은 느낌은 전혀 없었다. 아무것도 올 것 같지 않았다. 하지만 어쨌든 몰까지는 계속 걸었다. 그곳이 피비가 공원에 오면 보통 가는 곳이기 때문이다. 그 아이는 야외음악당 옆에서 스케이트 타는 것을 좋아한다. 웃긴다. 나도 어렸을 때 그곳에서 스케이트 타는 것을 좋아했기 때문이다.

하지만 거기 도착했을 때 그 애는 어디에도 보이지 않았다. 몇 명이 스케이트를 타고 그러고 있었고 남자애 두 명은 소프트볼을 가지고 플라이스업을 하며 놀고 있었지만 피비는 없었다. 하지만 그 애 나이 또래의 꼬마가 혼자 벤치에 앉아 스케이트 끈을 묶고 있는 모습이 보였다. 어쩌면 그 애가 피비를 알아서 피비가 어디 있다거나 그런 걸 말해 줄 수 있을지도 모른다는 생각이 들어 그 애한테 다가가 옆에 앉아 물었다.

"혹시 피비 콜필드 알아?"

"누구요?" 그 애는 아래는 청바지만 입고 위에는 스웨터를 스무 개쯤 입었다. 아이 어머니가 짜 준 것임을 알 수 있었다. 겁나게 볼품이 없었기 때문이다.

"피비 콜필드. 세븐티퍼스트 스트리트에 살아. 4학년이고, 저기……."

"피비를 알아요?"

"그럼, 내가 오빠거든. 어디 있는지 알아?"

"캘런 선생님 반이에요, 그렇죠?" 아이가 말했다.

"모르겠는데. 그래, 그런 것 같아."

"그럼 그 애는 아마 박물관에 있을걸요. 우리는 지난 토요일에 갔어요." 아이가 말했다.

"어느 박물관?"

아이는 어깨를 좀 으쓱했다. "모르겠어요. 그 박물관이요?"

"그래. 하지만 그림이 있는 박물관이야, 아니면 인디언이 있는 박물관이야?"

"인디언이 있는 박물관요."

"정말 고마워." 나는 일어나서 그쪽으로 가려 했지만 갑자기 오늘이 일요일이라는 게 기억났다. "오늘은 일요일인데." 나는 아이에게 말했다.

아이는 나를 쳐다보았다. "오. 그럼 거기 안 간 거네요."

아이는 스케이트 끈을 묶는 데 겁나 많은 시간을 쓰고 있었다. 장갑이나 그런 걸 끼고 있지 않아 손이 온통 빨갛고 차가웠다. 나는 아이가 끈 묶는 걸 도와주었다. 우아, 스케이트 끈 거는 고리를 손으로 만져본 게 몇 년 만인지 몰랐다. 하지만 재미있다는 느낌은 들지 않았다. 앞으로 오십 년 뒤에, 깜깜한 어둠 속에서 내 손에 스케이트 고리를 쥐여 준다 해도 그때도 나는 그게 뭔지 알 거다. 아이는 내가 끈을 묶어 주자 고맙다거나 그런 말을 했다. 아주 착하고 예의 바른 꼬마였다. 맙소사, 스케이트 끈을 묶어 주고 그럴 때 꼬마가 착하고 예의 바르면 정말 좋다. 꼬마들은 대부분 그렇다. 정말 그렇다. 그 아이한테 핫초콜릿이나 그런 걸 함께 먹겠냐고 물었지만 아이는 고맙지만 됐다고 말했다. 친구를 만나야 한다고 했다. 꼬마들은 늘 자기 친구를 만나야 한다. 끝내준다.

일요일이라 피비가 자기 반이나 그런 애들하고 거기 오지 않을 거고 바깥은 아주 습하고 지저분했지만 그래도 공원을 완전히 통과하여 자연사 박물관까지 갔다. 나는 그곳이 스케이트 고리를 가진 아이가 말하는 박물관임을 알았다. 나는 박물관이 매일매일 어떻게 돌아가는지 책을 보듯이 다 알고 있었다. 피비는 내가 어릴 때 다니던 학교를 다니고 있었는데 우리는 늘 그 박물관에 갔다. 우리한테는 그 선생님, 미스 에이글틴저가 있었는데, 젠장 거의 토요일마다 우리를 데리고 거기에 갔다. 가끔은 동물을 보았고 가끔은 인디언이 옛날에 만든 물건을 보았다. 도기나 짚 바구니나 그런 모든 것. 그 생각을 하면 아주 행복해진다. 지금도. 그 모든 인디언 물건을 본 뒤에 보통 그 커다란 강당으로 영화를 보러 간 기억이 난다. 콜럼버스. 거기서는 늘 콜럼버스가 아메리카를 발견하는 걸 보여 주었다. 우리의 페르디난드와 이사벨라에게 배를 살 돈을 빌려달라고 설득하느라 겁나게 고생을 하고, 선원들이 그에게 맞서 폭동을 일으키고 그러는 영화. 아무도 우리의 콜럼버스에 관해서는 별 관심이 없었지만 아이들은 늘 캔디나 껌이나 그런 걸 많이 가지고 왔기 때문에 그 강당 안에서는 아주 좋은 냄새가 났다. 실제로는 아니라 해도 늘 밖에서 비가 오는 것 같은 냄새가 났고, 우리는 세상에서 유일하게 편하고 건조하고 아늑한 곳에 있었다. 나는 그 빌어먹을 박물관을 사랑했다. 강당에 가려면 인디언실을 통과해야 했다는 게 기억난다. 길고 긴 방이었으며 소곤거리는 소리 이상으로 목소리를 높이지 말아야 했다. 선생님이 먼저 가고 반 아이들이 뒤따랐다. 두 줄로 늘어선 꼬마들. 그렇게 하면 짝이 생겼다. 내 짝은 대개 거트루드 레빈이라는 이름의 이 여자애였다. 그 아이는 늘 손을 잡고 싶어 했는데 그 애 손은 늘 끈적하거나 땀이 나거나 그랬다. 바닥은 완전히 돌이었다. 손에 공깃돌을 쥐고 있다 떨어뜨리면 바닥 사방으로 미치광이처럼 튀며 겁나게 시끄러운 소리를 냈다. 그러면 선생님은 반 아이들을 세우고 뒤로 가서 도대체 무슨 일이 있는지 알아보았다. 하지만 절대 열을 내지 않았다, 미스 에이글턴저는. 그다음에는 그 길고 긴 전쟁용 인디언 카누를 지나가는데, 그것은 젠장 거의 캐딜락 석 대를 줄 세워 둔 것과 같은 길이였으며 안에는 인디언이 스무 명가량 타고 있었다. 그들 몇 명은 노를 젓고 몇 명은 그냥 센 척하는 모습으로 서 있었다. 얼굴에는 온통 물감으로 줄이 그어져 있었다. 카누 뒤쪽에는 아주 무시무시한 사람이 마스크를 쓰고 있었다. 그는 주술사였다. 그를 보면 섬뜩했지만 그래도 마음에 들었다. 또 한 가지, 지나가다 노 같은 걸 건드리면 경비원이 "아무것도 건드리면 안 돼, 얘들아." 하고 말하곤 했는데, 빌어먹을 경찰관이나 그런 것과는 달리 늘 친절한 목소리로 말했다. 그다음에는 그 큰 유리 상자를 지나가는데 그 안의 인디언들은 불을 피우기 위해 작대기를 함께 비비고 인디언 여자는 담요를 짜고 있었다. 담요를 짜고 있는 여자는 허리를 좀 굽히고 있어 그 여자의 가슴이나 그런 걸 다 볼 수 있었다. 우리 모두 몰래 그걸 열심히 보곤 했다. 여자애들도. 여자애들이지만 꼬마일 뿐이라서 가슴이 우리와 다를 바 없었기 때문이다. 그다음에는 강당 안으로 들어가기 직전, 문 바로 옆에서 이 에스키모를 지나갔다. 그는 이 얼음 호수의 구멍에 앉아 구멍을 통해 낚시를 하고 있었다. 구멍 바로 옆에 이미 잡은 물고기가 두 마리 정도 있었다. 우아, 그 박물관은 그런 유리 상자로 꽉 차 있었다. 위층에 가면 훨씬 많았는데 유리 안에서 사슴이 물구덩이의 물을 마시기도 하고 새가 겨울에 남쪽으로 날아가기도 했다. 가장 가까이에 있는 새들은 완전히 박제를 해서 철사에 매어 놓았고 뒤쪽에 있는 새들은 벽에 그림으로 그려 놓았지만, 모두 진짜로 남쪽으로 날아가고 있는 것처럼 보였다. 머리를 아래로 숙이고 그들을 좀 거꾸로 보면 훨씬 급하게 남쪽으로 날아가는 것처럼 보였다. 하지만 박물관에서 가장 좋은 것은 모든 게 늘 바로 그 자리에 머물러 있다는 것이었다. 아무도 움직이지 않았다. 십만 번을 가도 그 에스키모는 여전히 그 물고기 두 마리를 막 잡은 뒤고, 새들은 여전히 남쪽으로 가고 있을 거고, 사슴은 여전히 예쁜 뿔과 예쁘고 가느다란 다리를 그대로 유지한 채 그 물웅덩이의 물을 마시고 있을 거고, 가슴이 드러난 그 인디언 여자는 여전히 똑같은 담요를 짜고 있을 거다. 아무도 달라지지 않을 거다. 유일하게 달라지는 건 우리다. 그렇다고 우리가 훨씬 나이가 들거나 그러지는 않는다. 딱히 그런 건 아닐 거다. 그냥 달라질 거다, 그뿐이다. 이번에는 외투를 입고 있을 거다. 아니면 줄에서 짝이었던 아이가 성홍열에 걸려 새 짝이 생길 거다. 아니면 미스 에이글틴저 대신 반을 맡는 선생님과 있을 거다. 아니면 어머니와 아버지가 욕실에서 무시무시한 싸움을 벌이는 소리를 들을 거다. 아니면 그냥 거리에서 휘발유 무지개가 걸린 웅덩이를 지날 거다. 내 말은 우리가 어떤 식으로든 다를 거란 뜻이다 — 내가 하려는 말을 설명할 수가 없다. 설명할 수 있다 해도 그러고 싶은지도 모르겠다.

걷는 동안 호주머니에서 그놈의 사냥 모자를 꺼내 썼다. 나를 아는 사람은 만나지 않을 것임을 알고 있었고 바깥은 아주 습했다. 걷고 또 걸으며 우리의 피비가 내가 그러던 것처럼 토요일에 박물관에 가는 것을 계속 생각했다. 내가 보던 것을 그 애는 어떻게 볼까, 그것을 볼 때마다 그 애는 어떻게 달라져 있을까 생각했다. 그 생각을 한다고 딱히 우울해지지는 않았지만 그렇다고 겁나게 즐거워지지도 않았다. 어떤 것들은 있는 그대로 늘 있어야 한다. 그 커다란 유리 상자에 갖다 두고 그냥 내버려 둘 수 있어야 한다. 그게 불가능하다는 건 알지만 그래도 그건 너무 안 좋다. 어쨌든 걸으면서 나는 계속 그 모든 생각을 하고 있었다.

나는 이 놀이터를 지나다 발을 멈추고 시소를 타는 아주 작은 꼬마 둘을 지켜보았다. 한 아이는 좀 뚱뚱했기 때문에 내가 마른 아이 쪽에 손을 얹어 무게를 좀 맞추어 주었지만 꼬마들은 내가 있는 걸 원치 않는다는 걸 알 수 있었기 때문에 그냥 내버려 두었다.

그때 웃기는 일이 벌어졌다. 막상 박물관에 도착하자 갑자기 돈 백만 장을 준다 해도 안에 들어가고 싶지가 않았다. 그냥 마음이 끌리지 않았다 — 여기까지 그 빌어먹을 공원 전체를 가로질러 걸어오면서 그걸 고대하고 그랬는데도. 만일 피비가 거기 있었다면 아마 들어갔겠지만 그 애는 없었다. 그래서 박물관 앞에서 내가 한 일은 택시를 잡아 볼티모어까지 내려간 것이다. 거기에 별로 가고 싶지는 않았다. 하지만 이미 샐리와 빌어먹을 그 데이트 약속을 해 놓았다.

17

거기에 아주 일찍 도착했기 때문에 로비의 시계 바로 옆에 있는 가죽 소파들 가운데 하나에 그냥 앉아 여자애들을 살펴보고 있었다. 많은 학교가 이미 방학을 했고, 그곳에는 백만 명쯤 되는 여자애들이 데이트 상대가 나타나기를 기다리며 앉아 있거나 서 있었다. 다리를 꼬고 있는 아이, 다리를 꼬지 않은 아이, 다리가 끝내주는 아이, 다리가 엉망인 아이, 아주 멋진 여자애처럼 보이는 아이, 알고 나면 못된 년일 것처럼 보이는 아이. 정말로 멋진 구경이었다, 내가 무슨 말을 하고 싶은지 안다면. 어떤 면에서는 또 좀 우울하기도 했다. 계속 그들 모두에게 도대체 무슨 일이 일어날지 궁금했기 때문이다. 그러니까 그 애들이 학교와 대학을 나오면. 그 아이들 대부분은 아마 멍청한 녀석들하고 결혼할 거라는 생각이 들었다. 자신

의 빌어먹을 차에 1갤런을 넣으면 몇 마일을 가는지나 늘 이
야기하는 녀석들. 골프에서 이기거나, 심지어 탁구 같은 멍청
한 게임에서 이기기만 해도 열을 내고 유치해지는 녀석들. 아
주 비열한 녀석들. 절대 책을 읽지 않는 녀석들. 아주 따분한
녀석들 — 하지만 이건 조심해야 한다. 그러니까 그런 녀석들
을 따분하다고 부르는 건. 나는 따분한 녀석들을 이해하지 못
한다. 정말 그렇다. 엘크턴 힐스에 다닐 때 나는 이 아이, 해리
스 매클린하고 두 달 정도 방을 같이 썼다. 녀석은 아주 똑똑
하고 그랬지만 내가 만난 가장 따분한 아이로 꼽을 만했다.
아주 쉰 목소리의 소유자였는데 말을 절대 멈추지 않았다, 사
실상. 말을 멈춘 적이 없었는데, 여기서 끔찍한 거, 녀석은 처
음부터 상대가 듣고 싶은 이야기는 전혀 하지 않았다. 녀석은
한 가지는 할 수 있었다. 그 개자식은 내가 들어 본 그 누구
보다 휘파람을 잘 불었다. 침대를 정리하거나 옷장에 뭘 걸거
나 — 녀석은 늘 옷장에 뭘 걸었고 나는 그것 때문에 환장할
것 같았다 — 할 때면 그 일을 하면서 휘파람을 불곤 했다, 그
쉰 목소리로 이야기를 하고 있을 때가 아니라면. 녀석은 심지
어 클래식도 휘파람으로 불 수 있었는데 대개는 그냥 재즈만
불었다. 아주 진한 재즈, 예를 들어 「함석지붕 블루스」 같은
걸 불 수 있었는데 아주 멋지고 편안하게 불어 — 옷장에 뭘
걸거나 하면서 — 듣는 사람들 넋을 뺏었다. 물론 나는 녀석
에게 휘파람을 멋지게 분다고 이야기해 준 적이 없었다. 그러
니까 누군가에게 가서 "너 휘파람 멋지게 불어." 하고 말하지는
않지 않느냐는 거다. 하지만 녀석이 너무 따분해 반쯤 돌아 버

렸음에도 불구하고 내가 두 달씩이나 녀석과 함께 방을 쓴 것은 단지 녀석이 그렇게 휘파람을 잘 불었기 때문이고, 내가 들어 본 최고였기 때문이다. 그래서 따분한 게 뭔지 잘 모르겠다. 어쩌면 어떤 아주 멋진 여자애가 녀석들과 결혼하는 걸 봐도 그리 안타깝다고 느끼지 말아야 할지도 모른다. 그들은 누구에게도 피해를 주지 않으니까, 대개는. 게다가 혹시 은밀히 그들 모두 휘파람을 끝내주게 불거나 그럴지도 모르니까. 대체 누가 알까? 나는 모른다.

마침내 우리의 샐리가 층계를 올라오기 시작했고, 나는 그 애를 맞이하러 내려가기 시작했다. 그 애는 끝내주었다. 정말 그랬다. 이 검은 코트에 검은 베레 같은 모자 차림이었다. 그 애는 모자를 잘 쓰지 않았는데 그 베레는 잘 어울렸다. 이때 웃기는 거, 그 애를 보는 순간 결혼하고 싶어졌다. 나는 미쳤다. 나는 그 애를 별로 좋아하지도 않는데 갑자기 그 애를 사랑하고 있는 느낌이 들어 결혼하고 싶었다. 하느님에게 맹세코 나는 미쳤다. 인정한다.

"홀든!" 그 애가 말했다. "이렇게 보다니 굉장해! 정말 오랜만이야." 어디서 만날 때 그 애는 이런 아주 크고 창피스러운 목소리를 냈다. 그러고도 탈이 없는 건 젠장 아주 잘생겼기 때문이지만 그게 나에게는 늘 엉덩이를 찌르는 가시 같았다.

"널 보니 아주 좋네." 나는 말했다. 진심이기도 했다. "그런데 어떻게 지내?"

"물론 굉장히 잘 지내지. 내가 늦게 왔나?"

나는 아니라고 말했지만 십 분쯤 늦었다, 사실은. 하지만 젠장 전혀 상관없었다. 《새터데이 이브닝 포스트》의 만화나 그런 쓰레기 같은 거에는 거리 모퉁이에서 데이트 상대가 지각하기 때문에 완전히 열받은 표정의 사내들을 보여 준다 — 그건 헛소리다. 여자애가 나를 만날 때 아주 멋져 보이면 늦는다고 누가 상관하겠나? 아무도. "서두르는 게 좋겠어." 내가 말했다. "쇼가 2시 40분에 시작이야." 우리는 택시가 있는 곳까지 층계를 내려가기 시작했다.

"뭘 볼 건데?"

"모르겠어. 런트 부부가 나오는 거. 그 표밖에 구할 수가 없었어."

"런트 부부! 오, 굉장해!" 런트 부부가 나온다는 이야기만 들으면 이 애가 미칠 거란 이야기는 이미 했다.

우리는 극장으로 가는 길에 택시에서 약간 장난을 쳤다. 처음에 그 애는 립스틱이나 그런 것 때문에 원치 않았지만 내가 겁나 유혹적으로 나가자 그 애도 달리 선택의 여지가 없었다. 두 번이나, 빌어먹을 택시가 차들 때문에 갑자기 멈추는 바람에 나는 빌어먹을 좌석에서 떨어질 뻔했다. 그 빌어먹을 운전자들은 자기가 어디로 가는지 절대 보지도 않는다, 맹세컨대 그런다. 그때, 내가 얼마나 미쳤는지 딱 보여 주기 위해 하는 말인데, 그렇게 세게 끌어안다가 몸이 떨어졌을 때, 나는 그 애한테 사랑한다거나 그런 말을 했다. 물론 거짓말이었지만 이때 문제, 그 말을 할 때는 진심이었다. 나는 미쳤다. 하느님에게 맹세하는데 그렇다.

"오, 자기, 나도 사랑해." 그 애가 말했다. 그러더니 바로 그 말이 나오는 빌어먹을 숨에 다음 말이 붙어 나왔다. "머리 기른다고 약속해 줘. 짧은 머리는 이제 촌스러워지고 있어. 게다가 네 머리카락은 아주 어여쁘잖아."

어여쁘긴, 웃기고 있네.

쇼는 내가 봤던 어떤 것들만큼 나쁘지는 않았다. 그래도 쓰레기 쪽이었다. 한 늙은 부부의 인생 가운데 오십만 년에 관한 것이었다. 그들이 젊고 그럴 때부터 시작하는데 여자애의 부모는 여자애가 남자애와 결혼하는 걸 원치 않지만 여자애는 그냥 결혼해 버린다. 그런 뒤에 둘은 계속 자꾸 나이가 들어간다. 남편은 전쟁에 나가고 부인에게는 술꾼인 그 오빠가 있다. 나는 별 흥미를 느낄 수가 없었다. 내 말은 이 가족의 누가 죽거나 그런다고 해도 별 관심이 안 생겼다는 거다. 그냥 모두 한 무리의 배우일 뿐이었다. 남편과 부인은 아주 멋진 노부부였지만 — 아주 재치 있고 그랬다 — 그들에게도 별 관심이 생기지 않았다. 우선 그들은 연극 내내 차나 뭐 그런 빌어먹을 걸 계속 마셔 댔다. 그들이 보일 때마다 어떤 집사가 그들 앞에 차를 갖다 놓거나 부인이 누군가에게 그걸 따라 주었다. 그리고 죄다 계속 들락거렸다 — 사람들이 앉았다 일어섰다 하는 걸 지켜보니 어지러웠다. 앨프리드 런트와 린 폰탠이 늙은 부부였고 아주 훌륭했지만, 그들도 별로 마음에 들지 않았다. 하지만 다르긴 달랐다, 그건 말해 둬야겠다. 그들은 사람들처럼 연기하지 않았고 배우들처럼 연기하지 않았다. 설명하기 어렵다. 그들은 자기들이 유명 인사나 그런 거라고 알고 있는 사람처럼 연기했다. 내 말은 그들이 잘했지만 너무 잘했다는 거다. 그들 가운데 하나가 말을 마치면 다른 사람이 바로 그 뒤에 아주 빠르게 말을 했다. 사람들이 진짜로 말을 하고 서로 말을 끊고 그러는 것처럼 보여야 하는 거였다. 여기서 문제, 그건 사람들이 말을 하고 서로 말을 끊는 거하고 너무 비슷했다. 그들은 저 아래 빌리지에서 우리의 어니가 피아노를 치는 거하고 약간 비슷하게 연기했다. 어떤 걸 너무 잘하면, 좀 시간이 지나다 보면, 조심하지 않을 경우, 과시하게 된다. 그럼 그때는 전만큼 잘하지 못하게 된다. 하지만 어쨌든, 이 쇼에서 그래도 진짜 뇌가 있는 것처럼 보이는 사람은 그들 — 그러니까 런트 부부 — 뿐이었다. 그건 인정할 수밖에 없다.

1막이 끝났을 때 우리는 다른 모든 얼간이와 함께 담배를 피우러 나갔다. 얼마나 대단하던지. 평생 그렇게 많은 가식남녀는 본 적이 없었다. 모두 담배를 피우며 귀가 떨어져 나가라 자기가 얼마나 날카로운지 알아봐 달라며 모두 들으라고 연극 이야기를 하고 있었다. 어떤 멍청한 영화배우가 우리 근처에 서서 담배를 피우고 있었다. 이름은 모르지만 전쟁 영화에서 공격에 나설 시간이 되기 직전에 쫄보가 되는 사내 역을 하는 배우다. 어떤 화려한 금발과 함께 왔는데 두 사람은 마치 사람들이 자기를 보고 있다는 걸 알지도 못하는 것처럼 아주 심드 렁하고 그런 척하려고 애를 쓰고 있었다. 겁나 겸손하기도 하지. 그걸 보자 정말 엄청나게 짜릿했다. 우리의 샐리는 그냥 런트 부부에 열광할 뿐 별말이 없었다. 여기저기 두리번거리며 매력적으로 돋보이느라 바빴기 때문이다. 그러다 갑자기 로비 건너편에서 어떤 아는 얼간이를 보았다. 그 아주 진한 회색 플란넬 정장에 그 체크무늬 조끼를 입은 녀석이었다. 딱 아이비리그였다. 대단도 하지. 녀석은 벽 옆에 서서 혼자 죽어라 담배를 피우며 겁나 지루한 표정이었다. 우리의 샐리는 같은 말을 계속 되풀이했다. "저 애 어딘가에서 봐서 아는데." 그 애는 어디를 데려가든 늘 누군가를 알았다, 또는 안다고 생각했다. 그 애는 내가 겁나 지겨워질 때까지 계속 그 이야기를 했고, 그래서 내가 말했다. "저 애를 안다면 가서 세게 영혼의 키스를 해 주지 그래. 아주 좋아할 텐데." 내가 그 말을 하자 그 애는 열을 받았다. 하지만 그 얼간이가 마침내 그 애를 알아보고 다가와 인사를 했다. 그 둘이서 인사를 하는 모습을 봤어야 하는데. 둘이 이십 년 만에 만나는 사람들이라고 생각했을 거다. 어렸을 때 같은 욕조에서 목욕을 하거나 그랬을 거라고 생각했을 거다. 오래된 짝꿍들. 구역질 났다. 여기서 웃기는 거, 그들은 아마도 딱 한 번밖에 안 만났을 거다, 어떤 가식남녀들의 파티에서. 마침내 둘이서 한참 수다를 떠는 게 끝나자 우리의 샐리는 우리를 소개해 주었다. 녀석의 이름은 조지 뭔가였고 — 기억도 나지 않는다 — 앤도버에 다녔다. 대단, 대단하기도 하지. 우리의 샐리가 그 애한테 연극이 어땠냐고 물었을 때 녀석을 봤어야 하는데. 녀석은 누군가의 질문에 답할 때 스스로 뽐낼 공간을 확보하는 그런 종류의 가식남이었다. 그래서 뒤로 물러나다 어떤 부인의 발을 밟았다. 아마 그녀 몸의 모든 발가락을 부러뜨렸을 거다. 녀석은 연극 자체는 걸작은 아니지만 런트 부부는 물론 완전히 천사라고 말했다. 천사. 참 나. 천사라니. 죽여주는 말이었다. 이윽고 녀석과 우리의 샐리는 둘이 함께 아는 많은 사람 이야기를 하기 시작했다. 평생 들어 본 가장 가식적인 대화였다. 그들 둘 다 가능한 한 빨리 장소를 계속 생각해 냈고, 이어 거기 사는 사람을 생각해 낸 다음 그들의 이름을 언급하곤 했다. 다시 들어가 앉아야 할 시간이 왔을 때 나는 토하기 직전이었다. 정말 그랬다. 그러다 다음 막이 끝나자 그들은 빌어먹을 그 따분한 대화를 이어갔다. 계속 더 많은 장소와 거기 살았던 더 많은 사람의 이름을 생각했다. 여기서 최악이었던 거, 그 얼간이는 아주 가식적인 아이비리그 목소리, 그 아주 지겹고 속물 같은 목소리의 소유 자였다. 꼭 여자애 같은 목소리였다. 녀석은 망설임 없이 나의 데이트에 끼어들었다, 그 나쁜 놈. 나는 심지어 쇼가 끝나면 녀석이 우리와 함께 택시를 탈 거라는 생각까지 잠시 했다. 녀 석이 우리와 함께 두 블록 정도를 걸었기 때문이다. 하지만 가 식남녀 한 패거리를 만나 칵테일을 마셔야 한다, 녀석이 말했 다. 나는 그들이 모두 빌어먹을 체크무늬 조끼를 입고 어떤 바 에 둘러앉아 그 지겹고 속물 같은 목소리로 쇼며 책이며 여자 를 비판하는 광경을 그려 볼 수 있었다. 죽여주는 녀석들이다.

그 가식적인 앤도버 녀석 이야기를 한 열 시간 듣다가 택시 에 타니 우리의 샐리가 좀 싫어졌다. 그 애를 집에 데려다주거 나 그럴 마음이었지만 — 정말 그랬다 — 그 애가 말했다. "굉장 한 생각이 떠올랐어!" 그 애는 늘 굉장한 생각이 떠오른다. "잘 들어 봐. 저녁 먹으러 몇 시에 집에 들어가야 해? 그러니까 아 주 급하거나 그런 거냐고? 집에 갈 시간을 특별히 정해 놨어?"

"나? 아니. 특별히 정해 놓은 시간은 없어." 이보다 진실한 말은 해 본 적이 없었다, 우아. "왜?"

"라디오시티로 스케이트 타러 가자!"

그건 그 애한테 늘 떠오르는 생각이었다.

"라디오시티에서 스케이트를 타자고? 지금 말이야?"

"딱 한 시간 정도만. 그러고 싶지 않아? 원하지 않으면……."

"원하지 않는다는 말은 하지 않았어. 물론 가지. 네가 원하면."

"진심이야? 진심이 아니면 그렇게 말하지 마. 내 말은 나는 뭐 상관하지 않는단 말이야, 어느 쪽이든."

상관하지 않기는.

"그 귀여운 작은 스케이트 스커트를 빌릴 수 있거든." 우리의 샐리가 말했다. "지넷 컬츠가 지난주에 그랬어."

그래서 그렇게 가고 싶어 한 거였다. 딱 엉덩이를 덮을 정도만 내려오는 그런 짧은 스커트를 입은 자기 모습을 보고 싶은 거였다.

그래서 우리는 갔고, 거기서 스케이트를 받은 뒤 샐리는 이 엉덩이를 씰룩거리게 하는 작고 파란 드레스도 받았다. 그걸 입으니 그 애는 젠장 정말 훌륭해 보였다. 그건 나도 인정할 수밖에 없다. 하지만 그 애가 그걸 몰랐다고 생각하지는 않는다. 그래서 자기 작은 엉덩이가 얼마나 귀여워 보이는지 내가 볼 수 있도록 계속 나를 앞서 걸어갔다. 정말로 귀여워 보이기도 했다. 그건 인정할 수밖에 없다.

하지만 여기에서 재미있는 부분, 우리는 그 빌어먹을 링크 안에서 스케이트를 제일 못 타는 사람들이었다. 그러니까 제일. 놀랄 만한 일도 좀 있었다. 우리 샐리의 발목은 거의 얼음에 닿을 때까지 계속 안으로 구부러졌다. 그건 겁나 멍청해 보였을 뿐 아니라 아마 겁나 아프기도 했을 거다. 내 발목이 아팠다는 건 분명히 안다. 내 발목도 죽음이었다. 우리는 꽤나 멋져 보였을 거다. 그것만으로는 모자랐는지, 달리 할 일이 없는 인간 적어도 이백 명이 그냥 둘러서서 사람들이 자기들끼리 엎어지고 하는 걸 목을 빼고 구경하고 있었다.

"안에 테이블에 가서 뭐 좀 마시고 싶어?" 내가 마침내 그 애한테 말했다.

"네가 오늘 온종일 한 말 가운데 최고로 굉장한 거네." 그 애가 말했다. 그녀에게도 **죽음**이었다. 잔인했다. 정말이지 그 애가 안쓰러웠다.

우리는 빌어먹을 스케이트를 벗고 바 안으로 들어갔다. 양말만 신고 뭘 마시며 스케이트 타는 사람들을 구경할 수 있는 곳이었다. 앉자마자 우리의 샐리는 장갑을 벗었고 나는 담배를 건네주었다. 별로 행복해 보이지 않았다. 웨이터가 다가왔고 나는 그 애한테는 코크를 — 그 애는 술을 마시지 않았다 — 나는 스카치 앤드 소다를 주문했지만 그 개자식이 술은 못 주겠다고 하는 바람에 나도 코크를 주문했다. 그런 뒤에 나는 성냥을 좀 켜기 시작했다. 나는 어떤 기분일 때는 그걸 굉장히 많이 한다. 더 쥐고 있지 못할 때까지 좀 타게 놔 두다가 재떨이에 던진다. 신경이 곤두섰을 때 나오는 습관이다.

그러다 느닷없이 맑고 파란 하늘의 날벼락처럼 우리의 샐리가 말했다. "야. 좀 알아야겠어. 크리스마스이브에 트리 장식하는 거 도와주러 올 거야 안 올 거야? 좀 알아야겠어." 그 애는 스케이트 탈 때 바빴던 발목 때문에 여전히 짜증을 내고 있었다.

"간다고 썼잖아. 벌써 스무 번쯤은 물어봤겠다. 물론 갈 거야."

"내 말은 내가 좀 알아야겠다고." 그 애는 빌어먹을 바를 두리번거리기 시작했다.

갑자기 나는 성냥으로 불을 켜는 것을 그만두고 테이블 너머로 그 애한테 가까이 몸을 좀 기울였다. 머릿속에 많은 화제가 떠오르고 있었다. "야, 샐리." 내가 말했다.

"왜?" 그 애는 맞은편의 어떤 여자애를 보고 있었다.

"너 질린 적 있어? 그러니까 네가 뭔가 하지 않으면 모든 게 엉망이 될 것 같아 겁이 난 적이 있느냐고? 그러니까 학교가, 그리고 그 모든 게 마음에 드냐는 거야."

"끝내주게 따분하지."

"그러니까 그걸 싫어해? 그게 끝내주게 따분하다는 건 아는데 네가 그걸 싫어하냐고, 그게 내가 묻는 거야."

"글쎄, 딱히 싫어하지는 않아. 너는 늘 꼭……."

"글쎄, 나는 싫어해. 우아, 정말 싫어한다고. 하지만 단지 그것만이 아니야. 전부 그래. 나는 뉴욕에 살고 그런 게 싫어. 택시, 또 매디슨 애비뉴 버스들, 운전사나 그런 사람들이 늘 뒷문으로 내리라고 고함을 지르고, 런트 부부를 천사라고 부르는 가식적인 녀석들 소개를 받고, 그냥 밖에 좀 나가고 싶을 뿐인데 엘리베이터를 타고 오르내리고, 늘 브룩스에서 가서 바지를 맞춰 입고, 사람들이 늘……."

"소리 지르지 마, 제발." 우리의 샐리가 말했다. 아주 웃기는 일이었다, 나는 소리 지른 일도 없는데.

"차를 봐." 나는 그 말을 그 아주 조용한 목소리로 했다. "대부분의 사람을 봐. 사람들은 차에 환장해. 차가 조금이라도 긁힐까 걱정하고 늘 1갤런으로 몇 마일이나 갔는지 이야기하고, 새 차를 뽑는 순간 이미 더 새로운 차로 바꿀 생각을 하고 있어. 나는 오래된 차도 좋아하지 않아. 그러니까 관심조차 없단 거야. 젠장 차라리 말을 갖겠어. 말은 적어도 인간적이잖아, 참 나. 말은 그래도……."

"네가 무슨 말을 하는지도 모르겠어." 우리의 샐리가 말했다. "이 말을 하다 갑자기……."

"너 그거 알아? 아마 내가 지금 뉴욕에 있는, 어디에든 있는 유일한 이유는 너일 거야. 네가 없다면 나는 아마 겁나 멀리 떨어진 곳에 있을 거야. 숲속이나 빌어먹을 어디 그런 데. 내가 여기 있는 유일한 이유는 너야, 사실상."

"다정하기도 하지." 그 애가 말했다. 하지만 그 애는 내가 빌어먹을 화제를 바꾸기를 바란다는 것을 알 수 있었다.

"언제 한번 남학교에 가 봐야 해. 언젠가 가 봐. 가식적인 인간으로 가득해. 하는 거라곤 언젠가 빌어먹을 캐딜락을 살 수 있을 만큼 영리해질 수 있도록 공부하는 것뿐이고, 풋볼 팀이 지나 안 지나 젠장 관심이 가는 척하는 시늉을 늘 해야 하고, 하는 짓이라고는 온종일 여자와 술과 섹스 이야기나 하는 거고, 또 모두 그 더럽고 조그만 빌어먹을 패거리로 똘똘 뭉쳐 있어. 농구부 애들끼리 똘똘 뭉쳐 있고 가톨릭끼리 똘똘 뭉쳐 있고 빌어먹을 지적인 애들끼리도 똘똘 뭉쳐 있고 브리지 하는 녀석들끼리 똘똘 뭉쳐 있어. 심지어 빌어먹을 '이 달의 책 클럽'에 속한 녀석들마저도 자기들끼리 똘똘 뭉쳐 있어. 좀 노력을 해서 조금이라도 말이 되는……."

"야, 잘 들어." 우리의 샐리가 말했다. "많은 남자애가 학교에서 그것보단 많은 걸 얻어."

"동의해! 그런다는 데 동의해, 걔들 가운데 일부는! 하지만 내가 거기서 얻는 건 그게 다야. 알아? 그게 내가 말하고 싶은 거야. 그게 바로 젠장 내 말의 핵심이라고. 나는 어떤 걸로부터도 어떤 것도 얻지를 못해. 나는 엉망이야. 개판이라고."

"분명히 그렇네."

그때 갑자기 그 생각이 떠올랐다.

"야. 생각이 하나 있어. 여기에서 확 떠나 버리는 거 어때? 내 생각은 이거야. 그리니치빌리지에 내가 아는 그 녀석이 있는데 두어 주 동안 차를 빌릴 수 있어. 나하고 같은 학교에 다니던 녀석인데 아직 나한테 빚이 열 장이 있거든. 그래서 지금 우리가 할 수 있는 거, 우리는 내일 아침에 매사추세츠와 버몬트, 그리고 그 주변 어디나 차를 몰고 올라갈 수 있어, 응. 저 위는 겁나 아름다워, 정말 그래." 나는 그 생각을 할수록 더 겁나게 흥분했고, 건너편으로 손을 좀 뻗어 우리 샐리의 빌어먹을 손을 잡았다. 내가 얼마나 빌어먹을 바보였던지. "농담 아냐. 나 은행에 돈이 백팔십 장쯤 있어. 아침에 은행 문을 열면 그걸 꺼낼 수 있고, 그런 다음 내려가 그 녀석 차를 얻을 수 있어. 농담 아냐. 그 오두막 캠프 같은 데서 돈이 떨어질 때까지 묵으면 돼. 그러다 돈이 떨어지면 내가 어딘가에서 일을 구할 수 있고 우리는 개울이 있고 그런 데서 살 수 있고 나중에 결혼하고 그럴 수 있어. 겨울이면 우리 쓸 장작을 내가 다 패고 그럴 수 있어. 하느님한테 솔직하게 말하는데 우리는 끝내주는 시간을 가질 수 있어! 어떻게 생각해? 어서! 말해 봐. 나하고 그렇게 할래? 제발!"

"그런 일을 그냥 그렇게 해 버릴 수는 없어." 우리의 샐리가 말했다. 겁나 열받은 목소리였다.

"왜 안 돼? 도대체 왜 안 돼?"

"나한테 소리 지르지 마, 제발." 헛소리였다. 나는 그 애한테 소리를 지르지도 않았는데.

"왜 못 해? 왜?"

"그냥 못하기 때문이야, 그게 다야. 일단 우리 둘 다 사실상은 애야. 그리고 돈이 떨어졌을 때 네가 일자리를 얻지 못하면 어떻게 할 건지 잠시라도 생각이나 해 봤어? 우리는 굶어 죽을 거야. 그 얘기 전체가 너무 공상적이고 심지어……."

"공상적이 아니야. 나는 일을 얻을 거야. 그건 걱정 마. 너는 그 걱정은 할 필요 없어. 왜 그래? 나하고 같이 가고 싶지 않아? 그렇다고 말해, 가고 싶지 않으면."

"그런 게 아니야. 절대 그런 게 아니야." 우리의 샐리는 말했다. 나는 그 애가 싫어지기 시작했다, 어떤 면에서는. "우리한텐 그런 일을 할 많은 시간이 있을 거야 ─ 그 모든 일을 할. 내 말은 대학에 가고 그런 뒤에, 그리고 우리가 혹시라도 결혼하고 그러면. 갈 수 있는 굉장한 곳이 많을 거야. 너는 그냥……."

"아니, 그렇지 않을 거야. 갈 수 있는 굉장한 곳이 절대 많지 않을 거야. 그건 완전히 다를 거야." 나는 다시 겁나 우울해지기 시작했다.

"뭐?" 그 애가 말했다. "안 들려. 조금 전까지만 해도 나한테 소리를 지르더니 이젠……."

"아니라고 했어. 내가 대학 가고 그런 뒤에 갈 수 있는 굉장한 곳이 있지 않을 거라고. 귀를 열고 잘 들어. 그건 완전히 다를 거야. 우리는 여행 가방이나 그런 걸 들고 엘리베이터를 타고 아래층으로 내려가야 할 거야. 모두에게 전화해서 작별 인사를 하고 호텔이나 그런 데서 그림엽서를 보내야 할 거야. 그리고 나는 어떤 사무실에서 일을 하면서 돈을 많이 벌 거고, 택시나 매디슨 애비뉴 버스를 타고 출근하고, 신문을 읽고, 늘 브리지를 하고, 영화관에 가서 멍청한 단편 영화와 예고편과 뉴스 영화를 많이 볼 거야. 맙소사. 뉴스에서는 늘 멍청한 경마가 나올 거고, 어떤 부인이 뱃전에서 샴페인 병을 터뜨릴 거고,[28] 어떤 침팬지는 바지를 입은 채 빌어먹을 자전거를 탈 거야. 전혀 똑같지 않을 거야. 너는 내가 무슨 말을 하는지 전혀 몰라."

"어쩌면 모르겠지! 하지만 어쩌면 너도 모를 수 있어." 우리의 샐리가 말했다. 그때쯤 우리는 서로 죽어라 싫어하고 있었다. 말이 되는 대화를 나누려 해도 전혀 의미가 없다는 것을 알 수 있었다. 애초에 시작한 게 겁나게 후회되었다.

---

28) 배의 진수식 장면을 말한다.

"어서, 여기서 나가자." 나는 말했다. "너는 정말 내 엉덩이에 박힌 엄청난 가시야, 솔직히 말해서."

우아, 내가 그 말을 하자 그 애는 머리가 천장에 닿을 듯이 길길이 뛰었다. 그런 말을 하지 말았어야 한다는 건 나도 알고, 아마 보통 때 같았으면 하지 않았겠지만 그 애 때문에 나는 겁나 우울해지고 있었다. 보통 나는 여자애들한테 그런 상스러운 말은 절대 하지 않는다. 우아, 그 애는 정말 길길이 뛰었다. 나는 미치광이처럼 사과했지만 그 애는 받아들이려 하지 않았다. 심지어 울고 있었다. 그걸 보자 좀 겁이 났다. 그 애가 집에 가서 자기 아버지한테 내가 그 애를 엉덩이에 박힌 가시라고 불렀다고 말할까 걱정이 되었기 때문이다. 그 애 아버지는 그 크고 말 없는 놈들 가운데 하나이며 어쨌거나 내가 좋아 환장하는 사람은 아니었다. 한번은 우리의 샐리에게 내가 젠장 너무 시끄럽다고 말한 적이 있었다.

"농담 아니야. 미안해." 나는 계속 말하고 있었다.

"미안하다. 미안하다. 정말 웃겨." 그 애는 아직도 좀 울고 있었고 갑자기 나는 그런 말을 한 게 정말로 좀 미안하게 느껴졌다.

"자, 집에 데려다줄게. 농담 아니야."

"고맙지만, 혼자 집에 갈 수 있어. 네가 나를 집에 데려다주게 할 거라고 생각한다면 넌 돈 거야. 내 평생 어떤 남자애도 나한테 그런 말을 한 적 없었어."

그 일 전체가 좀 웃겼다, 어떤 면에서는, 생각을 좀 해 본다면. 그래서 갑자기 나는 하지 말았어야 할 일을 했다. 웃음을 터뜨렸다. 그런데 나는 이 아주 시끄럽고 멍청한 웃음소리의 소유자였다. 그러니까 만일 내가 영화관이나 그런 데서 나 자신의 뒤에 앉아 있다면 아마 몸을 앞으로 기울이고 조용히 해 달라고 말할 거라는 뜻이다. 웃음 때문에 우리의 샐리는 그 어느 때보다 화가 났다.

나는 잠시 들러붙어 사과하고 용서를 받으려고 노력했지만 그 애는 용서하지 않았다. 계속 저리 가라고, 혼자 있게 해 달라고 말했다. 그래서 마침내 그렇게 했다. 나는 안으로 들어가 신발이나 그런 걸 챙겨 그 애 없이 떠났다. 그러지 말아야 했지만 그때쯤에는 젠장 아주 질려 있었기 때문이다.

솔직히 말하자면 내가 애초에 그 애한테 왜 그런 걸 시작했는지도 모르겠다. 그러니까 어딘가, 매사추세츠나 버몬트나 그런 데로 떠나자고. 아마 그 애가 나와 함께 가고 싶다고 해도 데려가지 않았을 텐데. 다른 모든 사람은 몰라도 그 애하고는 가지 않았을 텐데. 하지만 끔찍한 부분은 내가 그 애한테 가자고 했을 때는 진심이었다는 거다. 그게 끔찍한 부분이다. 하느님에게 맹세하는데 나는 미치광이다.

18

스케이트 링크를 떠나자 배가 좀 고파서 그 드러그스토어에 들어가 스위스 치즈 샌드위치와 맥아 우유를 먹고, 그 뒤에 전화 부스에 들어갔다. 우리의 제인에게 다시 전화를 때려 그 애가 이제 집에 있는지 확인해 볼 수도 있겠다 싶었다. 그러니까 저녁 시간 전체가 비어 있었고, 그래서 그 애한테 전화를 때려 그 애가 이제 집에 있으면 어딘가에 데려가 춤을 추거나 그럴 수도 있다고 생각한 거다. 내가 그 애를 안 기간 내내 그 애하고 춤이나 그런 걸 춰 본 적은 없었다. 하지만 그 애가 춤을 추는 건 한 번 본 적이 있었다. 춤을 아주 잘 추는 것처럼 보였다. 클럽에서 열린 이 독립 기념일 댄스에서였다. 당시에는 그 애를 잘 몰랐고, 그 애의 데이트 상대를 밀어내고 내가 그 애와 함께 추어야겠다는 생각은 하지 않았다. 그 애는 그 끔찍한 녀석, 앨 파이크와 데이트를 하고 있었는데, 녀석은 초우트에 다녔다. 나는 녀석도 잘 몰랐는데, 녀석은 늘 수영장 주위에서 맴돌았다. 그 하얀 라스텍스 종류의 수영복을 입었고 늘 높은 데서 다이빙을 했다. 뒤돌아서 하는 그놈의 형편없는 하프 게이너[29]만 온종일 했다. 그게 녀석이 할 수 있는 유일한 다이빙이었는데 녀석은 자기가 화끈한 쪽으로 큰 매력이 있다고 생각했다. 죄다 근육뿐이고 뇌는 없으면서. 어쨌든 녀석이 그날 밤 제인의 데이트 상대였다. 나는 이해가 되지 않았다. 맹세코 되지 않았다. 우리가 어울리기 시작한 뒤에 나는 그 애한테 어떻게 앨 파이크 같은 자랑질이나 하는 놈하고 데이트를 할 수 있느냐고 물었다. 제인은 녀석이 자랑질을 하는 게 아니라고 말했다. 열등감 콤플렉스가 있다는 거였다. 마치 녀석이 안쓰럽기라도 한 것처럼 행동했는데, 그냥 꾸미거나 그런 게 아니었다. 진심이었다. 그게 여자애들한테 웃기는 점이다. 완전히 나쁜 놈인 녀석 — 아주 비열하거나 아니면 아주 자만심이 강하거나 그런 녀석 — 이야기를 할 때 그 점을 여자애한테 말하면 여자애는 꼭 그 녀석에게 열등감 콤플렉스가 있다고 말한다. 어쩌면 있을지도 모르지만, 그렇다고 해서 그게 녀석이 나쁜 놈인 걸 지워 주는 건 아니다, 내 의견으로는. 여자애들이란. 여자애들이 무슨 생각을 할지는 절대 알 수 없다. 한번은 그 로버타 월시의 룸메인 여자애를 내 친구와 연결해 주었다. 내 친구 이름은 밥 로빈슨이었는데 이 아이는

---

29) 뒤로 재주를 넘는 다이빙의 일종.

진짜로 열등감 콤플렉스가 있었다. 그 애가 자기 부모를 무척 창피해 하고 그런다는 걸 알 수 있었다. 부모가 문법이나 그런 거에 맞게 말을 할 줄 모르고 또 큰 부자가 아니었기 때문이다. 하지만 그 애가 나쁜 놈이나 그런 건 아니었다. 아주 착한 아이였다. 하지만 이 로버타 월시의 룸메는 그 애를 전혀 좋아하지 않았다. 로버타에게 그 애가 너무 자만심이 강하다고 말했다 — 로버타의 룸메가 그 애가 자만심이 강하다고 생각한 것은 우연히 자기가 토론 팀 회장이라고 말했기 때문이었다. 그런 사소한 거, 그거 때문에 그 애가 자만심이 강하다고 생각하다니! 여자애들의 문제, 남자애가 마음에 들면 아무리 나쁜 놈이라도 열등감 콤플렉스가 있다고 말하고, 마음에 들지 않으면 아무리 착해도, 또는 아무리 열등감 콤플렉스가 있어도 자만심이 강하다고 말한다. 똑똑한 여자애들도 그런다.

어쨌든 우리의 제인에게 다시 전화를 때렸지만 아무도 전화를 받지 않았고, 그래서 끊을 수밖에 없었다. 어쩔 수 없이 저녁에 누가 도대체 시간이 빌지 주소록을 훑어볼 수밖에 없었다. 하지만 여기서 문제, 내 주소록에는 딱 세 명 정도만 있다. 제인, 그리고 이 사람, 엘크턴 힐스 때 선생님인 미스터 안톨리니, 아버지의 회사 번호. 거기에 사람 이름 적는 걸 늘 잊곤 한다. 그래서 내가 마침내 한 일, 나는 우리의 칼 루스에게 전화를 때렸다. 녀석은 내가 나온 뒤에 우튼 스쿨을 졸업했다. 나보다 세 살 정도 위였고 나는 그 애를 별로 좋아하지 않았지만 그래도 이 아주 지적인 아이로 꼽을 만했으며 — 우튼의 남자애들 가운데 아이큐가 최고였다 — 녀석이 어딘가에서 나하고 저녁을 먹으며 약간 지적인 대화를 나누고 싶어 할지도 모른다는 생각이 들었다. 가끔 녀석은 큰 깨달음을 주었다. 그래서 나는 녀석에게 전화를 때렸다. 녀석은 지금 컬럼비아에 다니지만 65번가 언저리에 살았고 나는 녀석이 집에 있을 걸 알고 있었다. 녀석은 전화를 받더니 저녁때는 만날 수 없지만 10시에 54번가 워커 바에서 만나 한잔할 수 있다고 했다. 내가 건 전화를 받아 몹시 놀랐던 것 같다. 나는 한때 녀석을 뚱땡이 가식남이라고 불렀으니까.

10시까지라면 죽여야 할 시간이 많았기 때문에 내가 한 일, 나는 라디오시티로 영화를 보러 갔다. 그건 아마 내가 할 수 있었던 최악의 일이었겠지만 그곳이 가까웠고 달리 생각이 나는 게 없었다.

들어가자 빌어먹을 무대 쇼를 하고 있었다. 로케츠 무용단이 머리가 떨어져 나가라 발길질을 해 대고 있었다, 팔로 서로 허리를 끌어안고 줄을 맞추어 늘어서서 하는 발길질이었다. 관객은 미친 듯이 박수를 쳤고 내 뒤의 어떤 남자는 부인에게 말했다. "당신 저게 뭔지 알아? 저게 정확성이라는 거야." 죽여주는 말이었다. 그다음, 로케츠 뒤에는 턱시도를 입고 롤러스케이트를 탄 남자가 나와 작은 탁자들이 모인 곳 밑에서 스케이트를 타기 시작했는데, 그렇게 스케이트를 타면서 우스개를 했다. 스케이트는 정말 잘 타고 그랬지만 남자가 무대 위에서 그렇게 롤러스케이트를 타는 사람이 되려고 연습하는 모습이 계속 떠올라 즐길 수가 없었다. 너무 멍청해 보였다. 아마도 내가 즐기기에 적당한 기분이 아니었던 것 같다. 그다음, 그 남자 뒤에는, 매년 라디오시티에서 크리스마스 때마다 하는 그걸 보여 주었다. 그 모든 천사가 사방의 박스나 그런 데서 튀어나오고 남자들은 여기저기에서 십자가나 그런 걸 짊어지고 가고 그들 모두 — 수천 명이었다 — 가 「참 반가운 성도여!」를 미친 듯이 불렀다. 대단도 하지. 그것은 내가 알기에 겁나게 종교적인 것이어야 했고 또 아주 예쁘고 그래야 했다. 하지만, 맙소사, 한 무리의 배우가 무대 곳곳에서 십자가를 지고 다니는 것에서 종교적이나 예쁜 건 전혀 찾아볼 수 없었다. 다 끝내고 그들이 다시 박스로 나가기 시작했을 때 그들이 어서 담배를 피우거나 그러고 싶어 안달이라는 것을 알 수 있었다. 나는 그것을 그 전 해에 우리의 샐리 헤이스와 보았고 그 애는 그게, 의상이나 그런 게 얼마나 아름다운지 모르겠다고 계속 말했다. 나는 우리의 예수가 그걸 볼 수 있다면 토했을 거라고 말했다 — 그 모든 호화로운 의상이나 그런 것들이라니. 샐리는 내가 신성모독적인 무신론자라고 말했다. 아마 그런지도. 정말로 예수의 마음에 들만 할 게 있다면 그것은 오케스트라에서 케틀드럼을 치는 남자였다. 나는 여덟 살쯤부터 그 남자를 지켜보았다. 내 동생 알리와 나, 우리는 부모와 함께 있거나 그러면 자리를 옮겨 케틀드럼 남자를 보러 아래로 내려가곤 했다. 그는 내가 본 최고의 드러머다. 곡 전체에서 케틀드럼을 두드릴 기회는 두어 번밖에 없지만 치지 않을 때도 결코 지루해 보이지 않는다. 그러다가 드럼을 치게 되면 아주 멋지고 달콤하게 치는데 얼굴은 신경이 곤두선 표정이다. 한번은 우리가 아버지와 워싱턴에 갔을 때 알리가 그에게 그림엽서를 보냈지만 장담하는데 그걸 받지 못했을 거다. 주소를 어떻게 써야 할지 우리가 잘 몰랐기 때문이다.

크리스마스 쇼가 끝나자 빌어먹을 영화가 시작되었다. 너무 구역질이 나서 눈을 뗄 수가 없었다. 이 알렉인가 뭔가 하는 영국인 남자 이야기인데, 전쟁에 나갔다가 병원이나 그런 데서 기억을 잃는다. 병원에서 나와 지팡이를 짚고 도대체 자기가 누군지도 모른 채 사방을, 런던 전체를 절뚝이고 다닌다. 그는 사실 공작이지만 그걸 모른다. 그러다 버스를 타던 중 이 멋지고 편안하고 신실한 여자를 만난다. 여자의 빌어먹을 모자가 바람에 벗겨지는 순간 그가 그걸 잡고, 둘은 함께 이층으로 올라가 자리에 앉아 찰스 디킨스 이야기를 나누기 시작한다. 디킨스는 두 사람 모두에게 최애 작가 그런 거다. 그는 『올리버 트위스트』 한 권을 들고 다니고 여자도 마찬가지다. 거의 토가 나올 뻔했다. 어쨌든 그들은 둘 다 찰스 디킨스에 환장하고 그런다는 이유로 곧바로 사랑에 빠진다, 그는 여자가 출판사를 운영하는 것을 돕는다. 그 여자는 출판업자다. 다만 일이 별로 잘 되지는 않는 것이 오빠가 술꾼이라 돈을 다 써 버리기 때문이다. 그는 아주 신랄한 남자다, 여자의 오빠는. 전쟁에서 군의관이었는데 총에 맞아 신경이 망가지는 바람에 이젠 수술을 할 수 없기 때문이고, 그래서 내내 술만 마시는 거다. 하지만 아주 재치가 있고 그렇다. 어쨌든 우리의 알렉은 책을 쓰고 이 여자는 그걸 출판하고, 둘은 그걸로 모자 하나 가득 찰 만한 돈을 번다. 그래서 결혼 준비까지 다 하는데 이 다른 여자, 우리의 마샤가 나타난다. 마샤는 알렉이

기억을 잃기 전 약혼녀였는데 이제 책 사인회를 하던 서점에서 그를 알아본다. 그녀는 우리의 알렉에게 그가 사실은 공작이나 그런 거란 이야기를 하지만 그는 그 말을 믿지 않고 그녀와 함께 어머니를 방문하거나 그런 것도 원치 않는다. 그의 어머니는 박쥐처럼 앞이 안 보인다. 하지만 이 다른 여자, 편안한 여자가 억지로 그를 어머니에게 가게 한다. 그녀는 아주 고상하고 그렇다. 그래서 그는 간다. 하지만 아직도 기억은 돌아오지 않는다. 그의 커다란 데인[30]이 껑충껑충 뛰어오르고 어머니가 손으로 얼굴 여기저기를 만지다 그가 어렸을 때 끌어안고 침을 흘리며 돌아다니던 테디 베어를 가져다줘도 소용없다. 그러다가 어느 날 꼬마들 몇이 잔디에서 크리켓을 하다 크리켓 공이 날아가 그의 머리를 때린다. 그 순간 그의 빌어먹을 기억이 돌아오고 그는 안으로 들어가 어머니 이마에 키스하고 그런다. 그 뒤에 그는 다시 정식 공작이 되기 시작하고 출판사를 하는 편안한 애인은 까맣게 잊어 버린다. 나머지 이야기도 해 주겠지만 하면 토할지도 모르겠다. 줄거리를 다 말해서 흥을 깨려거나 그런 건 아니다. 깨고 말고 할 것도 없다, 참나. 어쨌든 영화는 알렉과 편안한 애인이 결혼하고, 술꾼이었던 오빠는 신경이 돌아와 알렉의 어머니가 다시 볼 수 있도록 수술을 해주고 술꾼 오빠와 우리의 마샤가 서로를 좋아하게 되는 걸로 끝난다. 모두가 그 긴 저녁 식탁에 앉아 커다란 데인이 강아지 한 무리를 끌고 들어오는 것을 보고 엉덩이가 떨

---

30) 덴마크종의 개.

어져 나가라 웃는 것으로 끝난다. 다들 그 개가 수컷이나 그런 빌어먹을 거라고 생각하고 있었다, 내가 보기에는. 여기에서 내가 할 수 있는 유일한 말, 싹 다 토해 버리고 싶지 않으면 보지 마라.

내가 뒤집어진 부분, 내 옆에 어떤 부인이 앉아 있었는데 빌어먹을 영화를 보는 내내 울었다. 영화가 점점 가식이 될수록 더 울었다. 마음이 겁나게 여려서 그런다고 생각할지 모르지만 내가 그 부인 바로 옆에 앉아 있어서 아는데 그녀는 그런 사람이 아니었다. 그녀는 이 어린 꼬마를 데려왔는데 꼬마가 겁나게 지겨워하며 화장실에 가야 한다고 했지만 데려가려 하지를 않았다. 그녀는 꼬마에게 얌전하게 가만히 앉아 있으라고 말했다. 빌어먹을 이리만큼 마음이 여린 사람이었다. 영화에서 가식적인 걸 보며 빌어먹을 눈알이 빠져라 우는 사람을 데려와 봐라, 열에 아홉은 속이 비열한 놈이다. 농담 아니다.

영화가 끝난 뒤 나는 우리의 칼 루스를 만나기로 한 위커 바를 향해 걷기 시작했고 걸어가는 동안 전쟁이나 그런 거 생각을 좀 했다. 그런 전쟁 영화를 보면 늘 그렇게 된다. 나는 전쟁에 나가야 하면 견디지 못할 거 같다. 정말 그렇다. 그냥 나를 어디 데리고 나가 쏴 버리거나 그러면 차라리 별로 괴롭지는 않을 거다. 하지만 군대에 가면 젠장 아주 오래 있어야 한다. 그게 문제의 핵심이다. 형 D.B.는 젠장 사 년 동안 군대에 있었다. 형은 참전도 했지만 ― 디데이나 그런 때 상륙했다 ― 사실 형은 전쟁보다 군대를 더 싫어했다고 생각한다. 그때 나는 애나 다름없었지만 형이 휴가나 그런 걸로 집에 오

면 하는 일이라곤 거의 침대에 누워 있는 것뿐이었다고 기억
한다. 심지어 거실에도 거의 들어오지 않았다. 나중에 해외로
가서 참전하고 그랬을 때 형은 부상당하거나 하지도 않고 누
구를 쏠 필요도 없었다. 형이 해야 했던 일은 어떤 카우보이
장군을 지휘관 차에 태우고 온종일 돌아다니는 것뿐이었다.
형은 한번은 알리하고 나한테 누군가를 쏴야 한다면 어느 쪽
을 겨냥해야 했을지 몰랐을 거라고 말한 적이 있다. 우리 군
대도 거의 나치만큼이나 나쁜 새끼로 꽉 차 있다고 말했다.
한번은 알리가 형은 작가이고 전쟁 덕분에 쓰고 할 게 많아
졌으니 참전한 게 좀 좋은 일 아니었나 하고 물었던 게 기억
난다. 형은 알리에게 가서 야구 글러브를 가져오라 하더니 아
이에게 누가 가장 훌륭한 전쟁 시인이냐, 루퍼트 브루크냐 에
밀리 디킨슨[31]이냐 물었다. 알리는 에밀리 디킨슨이라고 대답
했다. 나는 시를 많이 읽지 않아서 그런 건 잘 모르지만 만일
내가 군대에 있고 애클리와 스트래들레이터와 우리의 모리스
같은 녀석들 무리와 늘 함께 지내면서 행군도 하고 그래야 한
다면 돌아 버릴 거라는 건 잘 알고 있다. 나도 한번은 보이스
카우트였던 적이 있다, 일주일쯤. 그런데 내 앞에 있는 녀석의
목덜미를 보고 있는 것도 견딜 수가 없었다. 거기서는 계속 앞
에 있는 녀석의 목덜미를 보라고 시켰다. 만일 전쟁이 또 일어
난다면 그냥 나를 데리고 나가 총살대 앞에 세워 두는 게 나
을 거다. 이의 없다. 하지만 내가 D.B.에게서 뒤집어지는 건 형

---

31) 각각 영국 시인과 미국 시인.

이 전쟁을 그렇게 싫어하면서도 지난여름 나에게『무기여 잘 있어라』라는 이 책을 읽게 했다는 거다. 그게 아주 끝내준다고 했다. 내가 이해 못 하는 게 그거다. 거기에는 그 헨리 중위라는 남자가 나왔는데 멋진 사람이나 그런 걸로 되어 있었다. D.B.가 군대와 전쟁 그런 걸 그렇게나 싫어하면서도 어떻게 그런 가식적인 걸 동시에 좋아할 수 있는지 알 수가 없다. 내 말은, 예를 들어, 형이 그런 가식적인 책을 좋아하면서도 어떻게 링 라드너, 또는 형이 그렇게 환장하는 또 하나,『위대한 개츠비』를 동시에 좋아할 수 있는지 모르겠다는 거다. D.B.는 내가 그런 말을 하면 열을 받아 내가 너무 어리고 그래서 그걸 제대로 평가하지 못하는 거라고 하지만 나는 그렇게 생각하지 않는다. 나는 링 라드너와『위대한 개츠비』나 그런 걸 좋아한다고 형한테 말했다. 나도 진짜 좋아했다.『위대한 개츠비』에 환장했다. 우리의 개츠비. 어이 자네.[32] 그건 끝내줬다. 어쨌든, 나는 원자탄이 발명됐을 때 좀 반가웠다. 만일 다시 전쟁이 일어나면 그 위에 딱 앉을 거다. 자원할 거다, 하느님에게 맹세코 할 거다.

---

32) 개츠비가 즐겨 쓰는 말.

19

혹시 뉴욕에 살지 않을지 몰라 이야기해 주는데 위커 바는 그 좀 호사스러운 호텔, 시턴 호텔에 있다. 전에는 거기 자주 갔지만 이제는 안 간다. 서서히 끊었다. 거기는 아주 세련되고 그런 데로 꼽히는 곳으로 가식남녀가 과시하러 들락거린다. 전에는 두 프랑스 아가씨 티나와 자닌이 있었는데 매일 밤 대략 세 번쯤 나와 피아노를 치고 노래를 불렀다. 하나가 피아노를 치고 — 정말 솜씨가 엉망이었다 — 다른 하나가 노래를 했다. 노래는 대부분 아주 지저분하거나 프랑스어였다. 노래를 부르는 아가씨, 우리의 자닌은 늘 노래하기 전에 빌어먹을 마이크에 대고 소곤거렸다. 이런 식으로. "이이제 여러분에게 불리이 부 프랑세이(Voulez-vous Français?)³³⁾에 대한 우리이의 인상을 말해 주고 싶어요. 이이건 바로 뉴욕 같은 대도시이에 와서 브루클린 출신의 어리인 남자애와 사랑에 빠지이는 어리인 프랑스 소녀 이이야기예요. 여러분 마음에 드시이기이를 바라요."그러고 나서, 그렇게 소곤거리고 겁나 귀여운 척하는 걸 마치고 나서 멍청한 노래를 부르곤 했다. 반은 영어 반은 프랑스어였다. 그럼 그곳에 있는 모든 가식남녀가 좋아서 환장했다. 만일 거기 오래 앉아 그 모든 가식남녀가 박수 치고 하는 걸 들었다면 세상 모든 사람을 증오하게 되었을 거다, 맹세할 수 있다. 바텐더도 비열한 놈이었다. 대단한 속물이었다. 상대가 거물이나 저명인사나 그런 게 아니면 이야기도 나누지 않았다. 상대가 거물이나 저명인사나 그런 거면 훨씬 구역질나게 행동했다. 상대에게 가서 매력적으로 활짝 웃으며 마치 자기가 알고 보면 겁나 멋진 남자이기라도 한 것처럼 말하곤 했다. "그래! 코네티컷은 어때요?" 또는 "플로리다는 어때요?" 끔찍한 바였다, 농담 아니다. 나는 거기 가는 걸 완전히 끊었다, 점차로.

아주 일찍 거기 도착했다. 바에 앉아 — 아주 혼잡했다 — 우리의 루스가 나타나기도 전에 스카치 앤드 소다를 두 잔 마셨다. 주문할 때 내가 빌어먹을 미성년자라고 생각하지 못하도록 일어서서 얼마나 크고 그런지 보여 주었다. 그런 다음 한동안 가식남녀를 구경했다. 내 옆의 어떤 녀석은 함께 온 아가씨에게 겁나 작업 중이었다. 계속 여자가 귀족의 손을 갖고 있다고 말했다. 그 말이 죽여주었다. 바의 다른 쪽 끝은 호

---

33) '프랑스어를 좋아하나요'라는 뜻의 노래 제목.

모들이 한가득이었다. 별로 호모로 보이지는 않았지만 — 머리를 너무 길게 기르거나 그러지는 않았다는 거다 — 그래도 호모라는 것을 알 수 있었다. 마침내 우리의 루스가 나타났다.

우리의 루스. 얼마나 대단한 녀석이던지. 녀석은 우튼 시절 나의 '학생 상담사' 역할을 하기로 되어 있었다. 하지만 녀석이 한 유일한 일은 심야에 아이들이 그의 방에 한 무리 모여 있을 때 이 섹스 이야기나 그런 걸 해 준 것뿐이었다. 녀석은 섹스에 관해 많은 것을 알았다, 특히 변태나 그런 거에 관해서. 그래서 늘 우리한테 양과 그걸 하며 돌아다니는 섬뜩한 사람들, 모자 안감에 여자 팬티를 꿰매 넣고 돌아다니는 사람들이나 그런 이야기를 해 주곤 했다. 또 호모와 레즈비언 이야기도. 우리의 루스는 미합중국의 호모와 레즈비언을 죄다 알았다. 그냥 어떤 사람 — 아무나 — 이름만 대면 우리의 루스는 그가 호모인지 아닌지 말해 줄 거다. 때로는 믿기 어렵기도 했다, 녀석이 호모와 레즈비언이나 그런 거라고 말하는 사람들, 영화배우나 그런 사람들 이야기가. 녀석이 호모라고 말한 사람들 가운데 일부는 심지어 결혼을 하기도 했다, 참 나. 그래서 녀석을 보면 계속 말하게 된다. "그러니까 조 블로우가 호모라고? 조 블로우가? 늘 폭력배와 카우보이 연기를 하는 그 크고 센 사나이가?" 그러면 우리의 루스는 대답하곤 한다. "물론이지." 녀석은 늘 "물론이지." 하고 말했다. 녀석은 어떤 남자가 결혼을 했느냐 아니냐는 중요하지 않다고 했다. 세상의 결혼한 남자 반이 호모인데 스스로 그걸 모른다는 말이었다. 그 특질이나 그런 걸 다 갖고 있으면 거의 하룻밤 새에 호모가 될 수 있다고 했다. 녀석은 겁나 우리에게 겁을 주곤 했다. 나는 계속 호모나 그런 걸로 바뀌기를 기다리고 있었다. 우리 루스에게서 웃기는 것, 나는 녀석이야말로 좀 호모라고 생각하곤 했다, 어떤 면에서는. 녀석은 누가 복도를 걸어가고 있을 때 늘 "크기가 맞는지 한번 보자." 하고 말하고 겁나 똥침을 놓곤 했다. 그리고 세면장에 갈 때마다 누가 이를 닦고 있으면 늘 빌어먹을 변소 문을 열어 놓은 채로 그 아이와 이야기를 나누었다. 그건 좀 호모 같았다. 정말 그렇다. 나는 진짜 호모를 학교나 그런 데서 많이 알게 되었는데 그 애들은 늘 그런 짓을 했고, 그래서 내가 늘 우리의 루스에게 의문을 품었던 거다. 하지만 녀석은 아주 똑똑했다. 정말 그랬다.

녀석은 누굴 만날 때 인사나 그런 걸 절대 하지 않았다. 앉을 때 녀석이 한 첫 마디는 일이 분밖에 못 있는다는 거였다. 데이트가 있다고 했다. 그러더니 드라이 마티니를 시켰다. 바텐더에게 아주 드라이[34]하게 만들고 올리브는 넣지 말라고 했다.

"야, 널 위해 호모를 하나 준비해 뒀어." 내가 녀석에게 말했다. "바 끝 쪽에. 지금 보지 말고. 널 위해 아껴둔 거야."

"아주 재밌네. 변함없는 우리의 콜필드야. 언제 철이 들래?"

나는 녀석을 무척 따분하게 했다. 정말 그랬다. 하지만 녀석은 나를 재미있게 해 주었다. 녀석은 나를 꽤나 재미있게 해 주는 그런 녀석이었다.

---

34) 술에서는 쓰다는 뜻.

"성생활은 어때?" 내가 물었다. 녀석은 상대가 그런 걸 묻는 걸 싫어했다.

"진정해. 그냥 진정하고 앉아 있으라고, 참 나."

"진정하고 있어. 컬럼비아는 어때? 맘에 들어?"

"당연히 마음에 들지. 마음에 들지 않았으면 가지도 않았지." 녀석도 가끔 아주 따분할 수가 있었다.

"뭘 전공하는데?" 내가 물었다. "변태?" 나는 그저 장난을 치고 있을 뿐이었다.

"뭘 하려는 거야 — 웃기려는 거?"

"아니. 그냥 장난치는 거야. 잘 들어, 야, 루스. 너는 그 지적인 사람이잖아. 네 조언이 필요해. 나는 끝내주게……."

녀석은 나를 향해 이 커다란 신음을 토했다. "잘 들어, 콜필드. 여기 앉아서 조용히 평화롭게 술을 마시며 **조용히 평화롭게** 대화를 나누고 싶다면……."

"알았어, 알았어. 진정해." 녀석은 나하고 진지한 이야기는 전혀 하고 싶어 하지 않는다는 것을 알 수 있었다. 그게 이런 지적인 녀석들의 문제다. 그러고 싶은 마음이 들기 전에는 절대 진지한 이야기는 하고 싶어 하지 않는다. 그래서 내가 한일, 나는 녀석과 일반적인 이야기를 하기 시작했다. "농담 아니고, 성생활은 어때?" 내가 그에게 물었다. "우튼에서 사귀던 그 아가씨하고 계속 다녀? 그 왜 끝내주는……."

"맙소사, 아니지." 녀석이 말했다.

"왜? 그 아가씬 어떻게 됐어?"

"전혀 몰라. 물어봐서 하는 말인데, 내 생각으로는 아마 지금쯤은 '뉴햄프셔의 창녀'가 되어 있을걸."

"그건 좋지 않은 태도인데. 늘 섹스 쪽으로 원하는 대로 하게 해줄 만큼 착한 애한테 적어도 그런 식으로는 말하지 말아야지."

"오 맙소사!" 우리의 루스가 말했다. "이게 지금 전형적인 콜필드 대화가 되어 가는 거야? 당장 알아야겠어."

"아냐. 하지만 어쨌든 그건 좋지 않은 태도야. 그 애가 착하고 괜찮은 애라서 네가 마음대로……."

"우리가 꼭 이 끔찍한 사고 경향을 따라가야 할까?"

나는 아무 말 하지 않았다. 내가 입을 다물지 않으면 녀석이 일어서서 떠날 거라고 좀 걱정하고 있었다. 그래서 내가 한 일, 나는 술을 한 잔 더 시켰다. 엉망으로 취해 버리고 싶은 기분이었다.

"지금은 누구하고 어울려?" 내가 물었다. "말해 주고 싶은 기분이야?"

"네가 아는 사람이 아니야."

"그렇군. 그런데 누구? 내가 알지도 모르잖아."

"빌리지에 살아. 조각가야. 꼭 알아야겠다면."

"그래? 정말? 몇 살인데?"

"물어본 적 없어, 참 나."

"음, 몇 살쯤?"

"삼십 대 후반으로 짐작되는데." 우리의 루스가 말했다.

"삼십 대 후반? 그래? 그게 좋아?" 내가 물었다. "그렇게 나이 든 게 좋아?" 내가 묻고 있는 이유는 녀석이 정말로 섹스나 그런 걸 아주 잘 알고 있다는 것이었다. 녀석은 정말 그렇다고 내가 알고 있는 몇 명 가운데 하나였다. 녀석은 겨우 열네 살 때 동정을 잃었다, 낸터킷[35]에서. 정말 그랬다.

"나는 성숙한 사람이 좋아, 네가 말하는 게 그런 뜻이라면. 물론이지."

"그래? 왜? 농담 아니고, 섹스나 그런 게 나아?"

"잘 들어. 한 가지는 분명히 해 두자고. 오늘 밤에는 전형적인 콜필드 질문에는 답하지 않을 거야. 도대체 언제나 철이 들래?"

나는 한동안 아무 말도 하지 않았다. 그런 이야기는 잠시 그만두었다. 이윽고 우리의 루스는 마티니를 한 잔 더 주문하면서 바텐더에게 훨씬 드라이하게 만들어 달라고 말했다.

"야. 그 여자하고 어울린 지 얼마나 됐어, 그 조각이 애인하고?" 내가 물었다. 정말 관심이 생겼다. "우튼에 있을 때부터 알았어?"

"아니지. 그 여자는 몇 달 전에 이 나라에 왔을 뿐인걸."

"그래? 어디 출신인데."

"우연히도 상하이 출신이야."

"진짜야! 그 여자가 중국인이라고, 참 나?"

"물론이지."

"진짜야! 그게 좋아? 그 여자가 중국인인 게?"

"물론이지."

"왜? 흥미로워서 알고 싶어 — 정말로."

---

35) 매사추세츠주 앞바다의 섬.

"그냥 우연히도 동양 철학이 서양 철학보다 만족스럽다고 생각할 뿐이야. 물어봐서 하는 말이지만."

"그래? '철학'이란 게 무슨 뜻이야? 그러니까 섹스나 그런 거? 그러니까 그게 중국이 낫다는 뜻이야? 네 말이 그거야?"

"꼭 중국일 필요는 없지, 참 나. 나는 동양이라고 했어. 우리가 이런 무의미한 대화를 계속 이어가야 할까?"

"봐, 나는 진지해. 농담 아냐. 왜 동양이 나은 거야?"

"자세히 이야기하자면 복잡해, 참 나." 우리의 루스가 말했다. "그쪽에서는 그냥 우연히도 섹스를 신체적인 동시에 영적인 경험으로 봐. 만일 네 생각에 내가⋯⋯."

"나도 그래! 나도 그걸 네가 방금 말한 거 — 신체적이고 영적인 경험이나 그런 걸로 본다고. 정말 그래. 하지만 그건 내가 대체 누구와 그걸 하느냐에 달려 있어. 만일 그걸 하는 상대가 내가 심지어⋯⋯."

"그렇게 큰 소리로 말하지 좀 마, 제발, 콜필드. 목소리를 낮추지 못하겠다면 이 이야기 자체를 그만⋯⋯."

"알았어. 하지만 들어 봐." 나는 흥분하고 있었고 약간 지나치게 크게 말하고 있었다. 가끔 나는 흥분하면 목소리가 좀 커진다. "하지만 내가 말하는 건 이거야. 나도 그게 신체적이고 영적이고, 또 예술적이고 그래야 한다는 건 알아. 하지만 내 말은, 모두하고 — 비벼 대고 그러는 모든 여자애하고 — 그런 결과가 만들 수는 없지 않냐는 거야. 안 그래?"

"그만하자." 우리의 루스는 말했다. "괜찮지?"

"알았어, 하지만 들어 봐. 가령 너하고 그 중국 애인 예를 들어 보자고. 너희 둘에게 그렇게 좋은 게 뭐야?"

"그만하자고 했잖아."

나는 약간 지나치게 사적인 걸로 들어가고 있었다. 지금은 그걸 안다. 하지만 그게 루스의 짜증나는 한 가지였다. 우튼에 있을 때 녀석은 상대에게 일어난 가장 사적인 일을 묘사하게 해 놓고 나서 반대로 녀석에게 녀석 자신에 관해 질문을 하기 시작하면 열을 냈다. 이런 지적인 녀석들은 자기가 모든 걸 이끌지 않는 한 누구하고 지적인 대화를 나누고 싶어 하지 않는다. 늘 자기가 입을 다물면 상대도 입을 다물고, 자기가 방으로 돌아가면 상대도 방으로 돌아가기를 바란다. 우튼에 있을 때 우리의 루스는 자기 방에 모인 우리에게 섹스 이야기를 다하고 나서 우리가 흩어지지 않고 한참 더 이빨을 까고 있으면 그걸 싫어했다 — 그런다는 걸 정말 알 수 있었다. 그러니까 다른 애들하고 내가. 다른 애 방에서. 우리의 루스는 그걸 싫어했다. 녀석은 자기의 거물 노릇이 끝나면 모두 자기 방으로 돌아가 입을 다물기를 바랐다. 녀석이 두려워하는 것, 녀석은 누가 자기보다 똑똑한 말을 하는 걸 두려워했다. 녀석은 정말로 재미있었다.

"어쩌면 나 중국에 갈지도 몰라. 내 성생활은 형편없어." 내가 말했다.

"물론이지. 네 정신은 성숙하지 못했으니까."

"그래. 정말 그래. 나도 알아. 내 문제가 뭔지 알아? 별로 좋아하지 않는 여자애한테는 정말로 달아오르지 — 그러니까 정말로 달아오르지 — 않는다는 거야. 그러니까 여자애를 무척 좋아해야만 해. 아니면 그 애에 대한 빌어먹을 욕망 같은 걸 좀 잃어버려. 우아, 그게 정말이지 내 성생활을 끔찍하게 망쳐 버리거든. 내 성생활은 썩었어."

"물론 그렇고말고, 참 나. 지난번에 봤을 때 너한테 뭐가 필요한지 말했잖아."

"그러니까 정신 분석이나 그런 데 가 보라고 한 거?" 그게 녀석이 나더러 해야만 한다고 한 일이었다. 녀석의 아버지가 정신 분석가나 그런 거였다.

"너한테 달린 거야, 참 나. 네 인생을 네가 어떻게 하든 그건 빌어먹을 내 일이 아니라고."

나는 한동안 아무 말도 하지 않았다. 생각하고 있었다.

"네 아버지한테 가서 나를 정신 분석하거나 그러면 어떨까? 네 아버지는 나를 어떻게 할까? 그러니까 나를 어떻게 할 것 같냐고?"

"아버지는 너한테 젠장 뭘 하지 않아. 그냥 너하고 이야기만 할 거고, 너도 이야기를 할 거야, 참 나. 우선 아버지는 네가 네 마음의 패턴을 인식하도록 도와줄 거야."

"뭘 인식하는 걸 도와줘?"

"네 마음의 패턴. 네 마음은 — 야. 지금 너한테 정신 분석 기본 강의를 할 생각 없어. 관심 있으면 우리 아버지한테 연락해서 약속을 잡아. 없으면 말고. 나는 아무 상관 없어, 솔직히."

나는 손을 녀석의 어깨에 얹었다. 우아, 녀석은 재미있었다. "너는 정말 우정을 아는 놈이야. 너 그거 알아?"

녀석은 손목시계를 보았다. "찢어져야겠다." 녀석은 일어섰다. "봐서 반가웠어." 녀석은 바텐더를 불러 계산서를 달라고 했다.

"야." 나는 녀석이 떠나기 직전에 말했다. "네 아버지가 너를 정신 분석한 적 있어?"

"나를? 그건 왜 물어?"

"아무 이유 없어. 하지만 있어? 했어?"

"그렇지는 않아. 어느 정도 나 자신을 조절하도록 도와주긴 했지만 폭넓은 분석은 필요하지 않았어. 왜 묻는 건데?"

"아무 이유 없어. 그냥 궁금했어."

"그래. 잘 지내." 녀석은 팁하고 그런 걸 남겨두고 걸음을 옮기기 시작했다.

"딱 한 잔만 더 해. 제발. 겁나 외롭단 말이야. 농담 아냐."

하지만 녀석은 못 한다고 말했다. 이제 늦었다고 하더니 떠났다.

우리의 루스. 녀석은 정말이지 내 엉덩이에 박힌 가시 같았지만 확실히 어휘는 풍부했다. 내가 우튼에 있을 때 녀석은 어휘가 가장 풍부한 아이였다. 거기서 그런 시험을 봤다.

20

나는 계속 거기 앉아 취해 가며 우리의 타니와 자닌이 나와서 자기들 할 거를 하기를 기다렸지만 그들은 거기 없었다. 머리가 구불구불한 호모처럼 보이는 남자가 나와서 피아노를 쳤고, 그다음에는 발렌시아라는 새로운 아가씨가 나와서 노래를 불렀다. 전혀 잘한다고 할 수 없었지만 우리의 티나와 자닌보다는 나았다. 적어도 좋은 노래를 부르기는 했다. 피아노는 내가 앉아 있고 그런 바 바로 옆에 있었고, 따라서 우리의 발렌시아는 내 바로 옆에 있는 것이나 다름없었다. 나는 그 아가씨에게 좀 꼬셔 보려는 눈길을 던졌지만 그녀는 나를 본 체도 하지 않았다. 평소라면 그러지 않았겠지만 나는 겁나 취해 가고 있었다. 아가씨가 끝내고 너무 빨리 나가는 바람에 나는 합석해서 한잔하자고 초대할 기회도 얻지 못했고, 그래서 급사장을 불렀다. 우리의 발렌시아에게 나와 한잔할 생각이 없는지 물어봐 달라고 했다. 그는 그러마고 했지만 아마 내 메시지를 전하지도 않았을 거다. 사람들은 누구에게도 메시지를 전하는 법이 없다.

우아, 나는 그 빌어먹을 바에 1시 정도까지 앉아 있었고 개처럼 취했다. 앞이 똑바로 보이지 않았다. 하지만 내가 한 한 가지, 나는 떠들썩하거나 그렇게 행동하지 않으려고 조심했다. 누가 나를 주목하고 그러거나 몇 살이냐고 묻는 걸 원치 않았다. 하지만 우아, 앞이 똑바로 보이지가 않았다. 진짜로 취하자 나는 배에 총을 맞는 그 멍청한 짓을 다시 시작했다. 나는 바에서 배에 총을 맞은 유일한 사람이었다. 피가 사방으로 떨어지는 걸 막으려고 재킷 밑에, 배나 그런 데 계속 손을 얹고 있었다. 누구도 내가 다쳤다는 것조차 알지 않기를 바랐다. 내가 상처 입은 개자식이라는 사실을 감추고 있었다. 마침내 내가 하고 싶은 것, 나는 우리의 제인에게 전화를 때려 이제 집에 있는지 알고 싶었다. 그래서 계산서나 그런 걸 처리했다. 그런 다음 바에서 나와 전화기가 있는 곳으로 갔다. 피가 떨어지지 않게 계속 재킷 밑에 손을 대고 있었다. 우아, 얼마나 취했던지.

하지만 막상 전화 부스 안에 들어가자 우리의 제인에게 전화를 때릴 기분이 아니었다. 너무 취했다, 아마도. 그래서 내가 한 일, 나는 우리의 샐리 헤이스에게 전화를 때렸다.

번호를 스무 개쯤 돌리고 나서야 제대로 걸었다. 우아, 완전히 장님이었다.

"여보세요." 누가 빌어먹을 전화를 받자 내가 말했다. 소리를 좀 지르고 있었다, 너무 취해서.

"누구시죠?" 그 아주 차가운 부인의 목소리가 말했다.

"납니다. 홀든 콜필드. 샐리 점 바꿔 주세요."

"샐리는 자요, 나는 샐리 할머니예요. 왜 이 시간에 전화하는 거죠, 홀든? 지금 몇 시인 줄 알아요?"

"그럼요. 샐리하고 얘기 점 하고 싶어요. 아주 중요함. 점 바꿔 주세요."

"샐리는 자요, 젊은이. 내일 전화해요. 잘 자요."

"깨어저요! 보세요, 깨우라고요. 그렇지."

이윽고 다른 목소리가 나왔다. "홀든, 나야." 우리의 샐리였다. "무슨 좋은 생각이 있어서?"

"샐리? 너구나?"

"응 ― 소리 그만 지르고. 취했어?"

"그럼. 잘 들어. 잘 들으라고, 야. 나 크리스마스이브에 갈 거야. 알았지. 빌어먹을 트리 장식할 거야. 댔지? 그럼 댔지, 야, 샐리?"

"그래. 취했구나. 이제 자. 어디야? 누구하고 있어?"

"샐리? 나 가서 트리 장식할 거라고, 알았어? 알았지, 야?"

"그래. 이제 자. 어디야? 누구하고 있어?"

"아무하고도. 나하고, 나 자신과 나." 우아, 얼마나 취했던지! 심지어 그때까지도 배를 움켜쥐고 있었다. "당했어. 로키 패거리한테 당했어. 그거 알아? 샐리, 그거 알아?"

"안 들려. 이제 자. 끊어야 해. 내일 연락해."

"야, 샐리! 내가 트리 장식하기 바라? 내가 그러기 바라? 응?"

"응. 잘 자. 집에 가서 자."

그 애는 전화를 끊었다.

"자. 잘 자, 샐리 자기. 샐리 귀엽고 착한 내 자기." 내가 얼마나 취했는지 상상할 수 있는가? 이윽고 나도 끊었다. 그 애는 아마 막 데이트를 끝내고 집에 왔을 거란 생각이 들었다. 그 애가 런트 부부 쇼나 그런 데를 죄다 쏘다니고, 그것도 앤도버 얼간이하고 쏘다니는 모습을 그려 보았다. 그들 모두 빌어먹을 찻주전자 안에서 헤엄을 치면서 서로 세련된 이야기를 하고 매력적으로 돋보이려 하고 가식적으로 굴고. 그 애한테 전화한 걸 없던 일로 해 주기를 하느님에게 빌고 싶은 마음이었다. 술이 취하면 나는 미치광이다.

빌어먹을 전화 부스에 한참을 있었다. 계속 전화기를 붙들고 있었다. 뭐랄까, 그래야 정신을 잃지 않을 것 같아서. 기분이 굉장하다고는 할 수 없었다, 솔직히 말해서. 하지만 마침내 거기서 나와 화장실에 들어가 멍청이처럼 비틀거리며 돌아다니다 세면대에 찬물을 가득 받았다. 귀까지 머리를 푹 담갔다가 꺼냈다. 구태여 말리거나 하지도 않았다. 그 개자식이 물을 뚝뚝 떨어뜨리도록 내버려 두었다. 이윽고 창가의 라디에이터로 걸어가 그 위에 앉았다. 아주 따뜻했다. 개처럼 떨고 있었기 때문에 기분이 좋았다. 웃긴다, 나는 술에 취했을 때 늘 겁나게 몸이 떨린다.

달리 할 일이 없었기 때문에 계속 라디에이터에 앉아 바닥의 이 작고 하얀 사각형을 셌다. 몸이 점점 젖어 들고 있었다. 목에서 1갤런 정도 되는 물이 뚝뚝 떨어지며 옷깃과 타이나 그런 걸 다 적시고 있었지만 나는 젠장 관심 없었다. 젠장 관심을 가지기에는 너무 취했다. 그런데, 얼마 지나지 않아 우리의 발렌시아를 위해 피아노를 치던 남자, 머리가 아주 심하게 구불구불하고 호모처럼 생긴 남자가 황금빛 머리를 빗으러 들어왔다. 그가 머리를 빗는 동안 우리는 대화를 좀 텄다. 다만 그는 젠장 친근하게 굴지는 않았다.

"이봐요. 당신 지금 술집으로 돌아가면 그 발렌시아 아가씨를 보게 되는 겁니까?" 내가 그에게 물었다.

"그럴 가능성이 크지." 재치 있는 척하는 놈. 내가 만나는 놈들은 죄다 재치 있는 척하는 놈들이다.

"들어 봐요. 내가 칭찬하더라고 해 주세요. 그 빌어먹을 웨이터가 내 메시지를 전달했냐고 물어봐 주세요, 네?"

"집에 가는 게 어때, 맥? 그런데 몇 살이지?"

"여든여섯입니다. 들어 봐요. 내 칭찬 전해 달라고요. 알았죠?"

"집에 가는 게 어때, 맥?"

"안 가. 우아, 당신 그 빌어먹을 피아노 좀 칠 줄 알던데." 나는 그에게 말했다. 그냥 아첨을 하고 있었다. 그는 피아노를 더럽게 못 쳤다, 솔직히 말해서. "라디오에 출연해야지. 당신처럼 잘생긴 사람은. 그 빌어먹을 황금 머리카락까지. 매니저 필요해?"

"집에 가, 맥. 착한 사람처럼, 가서 침대에 처박히라고."

"갈 집이 없어. 농담 아니고 — 매니저 필요해?"

그는 대답하지 않았다. 그냥 나갔다. 머리를 다 빗고 토닥이고 그렇게까지 했으니 떠난 거다. 스트래들레이터처럼. 이 잘생긴 남자들은 똑같다. 빌어먹을 머리를 다 빗으면 자리를 떠

버린다.

마침내 라디에이터에서 내려와 모자 보관소에 갔을 때 나는 울고 그러고 있었다. 이유는 모르겠지만 그러고 있었다. 빌어먹을 너무 우울하고 외로워서 그랬던 것 같다. 그때, 보관소에 갔을 때 나는 빌어먹을 보관증을 찾을 수 없었다. 하지만 보관소 아가씨는 아주 착했다. 그냥 내 코트를 주었다. 그리고 「리틀 셜리 빈스」 레코드도 — 나는 아직도 그걸 들고 돌아다니고 그러고 있었다. 아가씨가 그렇게 착하고 해서 돈을 한 장 주었지만 받으려 하지 않았다. 계속 집에 가서 자라고만 했다. 아가씨가 일이 다 끝나면 데이트를 좀 해 보려고 했는데 아가씨는 그러려고 하지 않았다. 자기는 내 어머니나 그런 게 될 만큼 나이가 많다고 했다. 나는 그녀에게 내 빌어먹을 새치를 보여 주며 나는 마흔둘이라고 했다 — 물론 장난을 치고 있을 뿐이었다. 하지만 그녀는 착했다. 나는 그녀에게 내 빌어먹을 빨간 사냥 모자를 보여 주었고 그녀는 그게 마음에 든다고 했다. 그녀는 내가 나가기 전에 그걸 쓰게 했다. 머리가 아직 상당히 젖어 있었기 때문이다. 그녀는 괜찮은 사람이었다.

밖으로 나오자 이제 별로 취한 느낌은 아니었지만 날씨가 다시 몹시 추워지고 있어 이가 겁나게 부딪히며 다닥거리는 소리를 내기 시작했다. 멈출 수가 없었다. 매디슨 애비뉴로 걸어가 버스를 기다리기 시작했다. 돈이 거의 남지 않아 택시나 그런 데서 절약을 해야 했기 때문이다. 하지만 빌어먹을 버스를 타고 싶은 기분이 아니었다. 게다가 어디로 가야 할지도 몰랐다. 그래서 내가 한 일, 나는 공원 쪽으로 걷기 시작했다. 그 조그만 호숫가로 가서 오리들이 도대체 무엇을 하고 있는지 봐야겠다는, 있는지 없는지 봐야겠다는 생각을 했다. 아직도 오리들이 거기 있는지 없는지 모르고 있었다. 공원까지 멀지는 않았고 달리 특별히 갈 곳도 없었기 때문에 ── 아직 어디로 자러 갈지도 알지 못했다 ── 그냥 갔다. 피곤하거나 그렇지는 않았다. 그냥 겁나게 우울할 뿐이었다.

그런데 공원에 들어갔을 때 끔찍한 일이 벌어졌다. 우리의 피비에게 줄 레코드를 떨어뜨린 것이다. 레코드는 쉰 조각이 났다. 커다란 봉투나 그런 데 들어 있었지만 어쨌든 깨졌다. 젠장 울 뻔했다. 너무 기분이 나빴다. 하지만 내가 한 일, 나는 봉투에서 조각들을 꺼내 코트 호주머니에 넣었다. 아무짝에도 쓸모가 없었지만 그냥 버리고 싶지 않았다. 그런 다음 공원으로 들어갔다. 우아, 어찌나 어둡던지.

나는 평생 뉴욕에 살아 센트럴 파크를 내 손등처럼 안다. 어렸을 때 늘 그곳에서 롤러스케이트를 타고 자전거를 탔기 때문이다. 하지만 그날 밤 그 작은 호수를 찾느라 몹시 고생하고 있었다. 그게 어디 있는지는 정확히 알았지만 ── 센트럴 파크 사우스나 그런 데 바로 옆에 있었다 ── 그런데도 못 찾고 있었다. 생각보다 취했던 게 분명하다. 계속 걷고 또 걸었고 날은 점점 어두워지고 어두워졌다. 공원에 들어가 있는 내내 한 사람도 보지 못했다. 하지만 그만큼 기분도 좋았다. 아마 점프를 했다면 1마일쯤 했을 것이다. 그러다 마침내 찾았다. 그것이 어땠느냐, 호수는 언 데도 있고 얼지 않은 데도 있었다. 하지만 오리는 보이지 않았다. 빌어먹을 호수 전체를 뺑 돌았지만 — 사실 한 번은 젠장 거의 빠질 뻔했다 — 오리는 한 마리도 보지 못했다. 만일 있다면 아마도 물가 근처, 풀이나 그런 거 근처에서 자고 있거나 그럴 수도 있다는 생각이 들었다. 그러다 빠질 뻔한 거다. 하지만 한 마리도 찾을 수가 없었다.

마침내 나는 이 벤치에 앉았는데 그곳은 젠장 그렇게 어둡지 않았다. 우아, 나는 아직도 개처럼 떨고 있었고 사냥 모자를 썼는데도 뒤통수 머리카락에는 고드름이 좀 가득 달려 있었다. 걱정이 됐다. 이러다 폐렴에 걸려 죽을 거라는 생각이 들었다. 얼간이 백만 명이 내 장례식이나 그런 데 오는 그림이 그려지기 시작했다. 함께 빌어먹을 버스를 타면 거리 번호를 계속 외치는 디트로이트에 사는 할아버지, 그리고 아주머니들 — 나는 아주머니가 쉰 명쯤 있다 — 그리고 내 모든 엉망인 사촌들. 얼마나 대단한 패거리가 거기 모일까. 알리가 죽었을 때 그들이 모두 왔다, 빌어먹을 멍청한 무리 전체가. 입 냄새가 심한 어떤 멍청한 아주머니는 계속 그 애가 거기 누워 아주 평화로워 보인다고 말했다. D.B.가 해준 말이다. 나는 거기 없었다. 아직 병원에 있었다. 손을 다친 뒤로 병원이나 그런 데 다녀야 했다. 어쨌든 머리의 그 모든 얼음 조각 때문에 폐렴에 걸리고, 그래서 죽는 게 아닌가 계속 걱정이 됐다. 어머니와 아버지한테 겁나게 미안했다. 특히 어머니한테. 어머니는 아직 내 동생 알리에게서 헤어 나오지 못하고 있기 때문에. 어머니가 내 모든 정장과 운동 장비와 그런 걸 어떻게 해야 할지 모르고 헤매는 모습이 계속 그려졌다. 유일하게 좋은 일, 나는 어머니가 막아서 우리의 피비는 내 빌어먹을 장례식에 오지 못할 것임을 알았다. 그 애는 어린 꼬마에 불과하니까. 그게 유일하게 좋은 부분이었다. 그러다가 그들 무리 전체가 나를 빌어먹을 공동묘지나 그런 데 처박고 이 묘비나 그런 데 내 이름이 쓰여 있는 광경을 생각했다. 죽은 자들에게 둘러싸여 있는 광경. 우아, 죽으면 정말이지 이것저것 잘 챙겨준다. 하지만 내가 진짜로 죽으면 누군가 좀 양식이 있어 그냥 강이나 그런 데 던져주면 겁나 좋겠다. 빌어먹을 공동묘지에 처박아 두는 것만은 제발. 일요일에 사람들이 와서 꽃다발을 배위에 올려놓는 등 그 모든 헛짓거리를 하는 것만은 제발. 죽었는데 누가 꽃을 원하겠는가? 아무도 원치 않는다.

날씨가 좋으면 우리 부모는 자주 밖에 나가 우리의 알리의 무덤에 꽃다발을 꽂아 둔다. 나도 두어 번 함께 갔지만 그만두었다. 물론 애초에 그 애가 그 미친 묘지에 있는 걸 보는 게 즐겁지 않다. 죽은 자들과 묘비와 그런 거에 둘러싸인 광경. 해라도 나와 있으면 그렇게 나쁘지는 않으련만 두 번 — 두 번이나 — 우리가 거기 있을 때 비가 내리기 시작했다. 끔찍했다. 그 애의 엉망인 묘비에 비가 오고 그 애의 배 위에 있는 풀에 비가 왔다. 사방에 비가 왔다. 묘지를 찾아온 모든 방문객이 자기 차로 겁나게 뛰기 시작했다, 그것을 보고 나는 돌아 버릴 뻔했다. 모든 방문객이 자기 차에 타서 라디오나 그런 걸 켜고 어디 멋진 곳으로 저녁을 먹으러 갈 수 있었다 — 알리만 빼고 모두가. 그걸 견딜 수가 없었다. 묘지에 있는 건 그 애의 몸과 그런 것뿐이고 영혼은 천국에 있다는 둥 그 모든 헛소리를 잘 알지만 어쨌든 견딜 수가 없었다. 그냥 그 애가 거기 있지 않기를 바란다. 사람들은 그 애를 몰랐다. 그 애를 알았다면 내가 무슨 말을 하는지 알 거다. 해가 나와 있으면 그렇게 나쁘지는 않으련만 해는 자기가 나오고 싶을 때만 나온다.

한참 뒤 마음에서 폐렴이나 그런 걸 떨쳐 버리기 위해 돈을 꺼내 가로등의 형편없는 빛 속에서 세어 보려 했다. 내가 가진 건 싱글 셋에 쿼터 다섯에 니클 하나[36]가 전부였다 — 우아, 펜시를 떠난 후로 거금을 쓴 거다. 그래서 내가 한 일, 나는 작은 호수 근처로 내려가 얼지 않은 곳에서 쿼터와 니클로 물수제비를 좀 떴다. 왜 그랬는지는 모르지만 그렇게 했다. 폐렴과 죽는 걸 마음에서 떨쳐 버리겠다고 생각했던 것 같다. 하지만 떨칠 수 없었다.

내가 폐렴에 걸려 죽는다면 우리의 피비는 어떤 기분일까 생각하기 시작했다. 유치한 생각이기는 했지만 멈출 수가 없었다. 그 비슷한 일이 벌어지면 그 애는 무척 마음이 상할 거다. 그 애는 나를 무척 좋아한다. 그러니까 나에 대한 애정이 크다는 거다. 정말 그렇다. 어쨌든 그걸 마음에서 떨쳐 버릴 수가 없어 마침내 내가 하겠다고 생각한 것, 나는 몰래 집에 들어가 그 애를 보는 게 낫겠다고 생각했다, 내가 죽거나 그런 거에 대비해서. 집 열쇠나 그런 건 갖고 있으니까, 이제 어떻게 해야 할지 궁리했다. 아파트로 몰래 들어간다, 아주 조용하게 그렇게. 그리고 그 애하고 잠시 이빨을 좀 깐다. 걱정이 되는 유

---

36) 각각 1달러 짜리 지폐, 25센트와 5센트 주화.

일한 거는 우리 앞문이다. 그건 개처럼 삐걱거린다. 아주 오래된 아파트 건물이고 관리인이 게으른 놈이라 모든 게 삐걱거리고 끽끽거린다. 내가 몰래 들어가는 소리를 우리 부모가 듣지나 않을까 걱정이었다. 하지만 어쨌든 해 보자고 결정을 내렸다.

그래서 공원에서 겁나게 빠져나가 집으로 갔다. 내내 걸어갔다. 별로 멀지 않았고, 이제는 피곤하지도 않고 심지어 술기운도 없었다. 그냥 몹시 추웠고 주위 어디에도 사람이 없을 뿐이었다.

21

몇 년간 나의 최고의 행운, 내가 집에 갔을 때 야간 엘리베이터 보이인 피트가 타고 있지 않았다. 본 적이 없는 새로운 사람이 타고 있었고, 따라서 우리 부모와 정면으로 딱 마주치거나 그러지만 않으면 우리의 피비에게 인사를 하고 빠져나올 수 있고 내가 왔다 갔다는 건 아무도 모를 것 같았다. 정말 멋진 행운이었다. 더욱더 좋았던 것은 새 엘리베이터 보이가 좀 멍청한 쪽이었다는 거다. 나는 그에게 아주 허물없는 말투로 딕스타인 집에 간다고 했다. 딕스타인은 우리 층의 다른 아파트에 사는 사람들이었다. 나는 수상쩍어 보이거나 그러지 않으려고 이미 사냥 모자를 벗고 있었다. 나는 아주 바쁜 것처럼 엘리베이터에 탔다.

그는 엘리베이터 문을 완전히 닫고 그러면서 나를 태워 줄 준비를 다 마치더니, 그제야 나를 돌아보며 말했다. "그분들은 안 계시는데요. 14층 파티에 가 계십니다."

"괜찮아요. 기다리기로 했어요. 나는 조카예요."

그는 좀 멍청하고 수상쩍어하는 표정으로 나를 보았다. "로비에서 기다리는 게 좋겠는데요, 손님."

"나도 그러고 싶어요 — 정말 그러고 싶어. 하지만 내가 다리가 아파요. 이 다리를 어떤 일정한 자세로 유지해야만 해요. 그집 문밖에 있는 의자에 앉아 있는 게 좋을 것 같아요."

그는 내가 도대체 무슨 소리를 하는지 몰랐기 때문에 그냥 "오." 하고 말하기만 하고 나를 태워 주었다. 나쁘지 않았다, 우아. 재미있었다. 누군가에게 아무도 이해 못 할 소리를 하기만 하면 해 주기를 바라는 모든 일을 해 준다.

나는 우리 층에서 내려 — 개처럼 절뚝이며 — 딕스타인네 쪽으로 걸어가기 시작했다. 이윽고 엘리베이터 문이 닫히는 소리가 들리자 방향을 틀어 우리 집 쪽으로 갔다. 기분은 괜찮았다. 이제 술기운도 느껴지지 않았다. 나는 열쇠를 꺼내 우리 문을 겁나 조용하게 열었다. 그런 다음 아주, 아주 조심스럽게 그렇게 안으로 들어가 문을 닫았다. 나는 정말이지 사기꾼이 되었어야 하는 건데.

현관은 당연히 겁나게 어두웠고, 당연히 나는 불을 전혀 켤 수가 없었다. 뭔가에 부딪혀 소동이 벌어지지 않도록 조심해야 했다. 하지만 물론 나는 집에 와 있다는 것을 알았다. 우리 현관에서는 다른 어떤 곳에서도 나지 않는 웃기는 냄새가 난다. 도대체 그게 무슨 냄새인지 모르겠다. 콜리플라워도 아니고 향수도 아니지만 — 도대체 뭔지 모르겠다 — 언제나 집에 왔다는 것을 알려 준다. 나는 코트를 벗어 현관 옷장에 걸려다가 그 옷장에는 문을 열면 미치광이처럼 달가닥거리는 옷걸이가 가득하여 그냥 입고 있기로 했다. 이윽고 아주, 아주 천천히 우리 피비의 방을 향해 뒤쪽으로 걸어갔다. 가정부는 고막이 하나뿐이라 내 소리를 듣지 못할 것임을 알고 있었다. 가정부한테는 오빠가 있었는데 그 오빠가 어렸을 때 그녀의 귀에 짚을 꽂았다, 그렇게 그녀가 말해 준 적이 있었다. 거의 귀가 멀거나 그런 셈이었다. 하지만 우리 부모, 특히 어머니는 귀가 빌어먹을 블러드하운드 같다. 그래서 부모 방의 문을 지나갈 때는 아주, 아주 살살 지나갔다. 심지어 숨도 죽였다, 참나. 아버지는 의자로 머리를 때려도 일어나지 않겠지만 어머니, 시베리아 어딘가에서 기침만 해도 어머니는 그 소리를 들을 거다. 신경이 겁나게 예민하다. 이틀에 하루는 밤새 자지 않고 담배를 피운다.

마침내 한 시간쯤 뒤 나는 우리의 피비 방에 이르렀다. 하지만 피비는 거기 없었다. 그걸 잊고 있었다. D.B.가 할리우드나 어디 갔을 때 그 애는 늘 D.B.의 방에서 자는 걸 잊었다. 거기가 집에서 제일 큰 방이라 좋아한다. 또 D.B.가 필라델피아의 어떤 여자 알코올중독자에게서 사들인 그 미치광이처럼 크고 낡은 책상이 있고 또 가로 10마일 세로 10마일은 되는 그 커다란 거인 침대도 있기 때문이다. 형이 어디서 그 침대를 샀는지는 모르겠다. 어쨌든 우리의 피비는 D.B.가 집에 없을 때는 그 방에서 자기 좋아하고 형도 그러라 한다. 그 애가 그 미친 책상에서 숙제나 그런 걸 하는 모습을 봐야 하는데. 책상은 거의 침대만큼이나 크다. 숙제를 할 때는 그 애가 거의 보이지도 않는다. 하지만 그런 게 그 애가 좋아하는 거다. 자기 방은 너무 작아서 좋아하지 않는다, 그렇게 그 애는 말한다. 몸을 쫙 펼치는 걸 좋아한다. 그건 거의 죽음이었다. 우리의 피비한테 쫙 펼칠 게 뭐가 있다고? 없다.

어쨌든 나는 겁나 조용하게 D.B.의 방으로 들어가 책상의 램프를 켰다. 우리의 피비는 잠을 깨지도 않았다. 불이 켜지고 그랬을 때 나는 아이를 잠시 좀 바라보았다. 얼굴을 베개의 좀 옆면에 대고 자고 있었다. 입은 활짝 벌리고 있었다. 재미있었다. 어른을 보자, 어른은 자면서 입을 활짝 벌리고 있으면 형편없어 보인다. 하지만 꼬마들은 다르다. 꼬마들은 괜찮아 보인다. 심지어 베개를 침 범벅으로 만들어도 여전히 괜찮아 보인다.

방을 아주 조용하고 그렇게 돌아다니며 잠시 물건을 살폈다. 기분이 아주 좋았다, 조금 전과 달리. 이제 폐렴이나 그런 것에 걸릴 것 같은 느낌도 들지 않았다. 그냥 좋았다, 조금 전과 달리. 우리 피비의 옷은 침대 바로 옆 의자에 놓여 있었다. 그 애는 아주 깔끔했다, 아이치고는. 그러니까 어떤 꼬마들처럼 물건을 그냥 아무 데나 던지고 그러지는 않는다는 뜻이다. 이 아이는 게으름뱅이가 아니다. 어머니가 캐나다에서 사준 이 황갈색 정장의 재킷을 의자 등받이에 걸쳐 두었다. 블라우스나 그런 건 앉는 자리에 있었다. 신발과 양말은 바닥에, 의자 바로 밑에 나란히 있었다. 처음 보는 신발이었다. 새 거였다. 짙은 갈색 로퍼로, 내가 신는 거하고 좀 비슷했으며 어머니가 캐나다에서 사준 그 정장과 아주 잘 어울렸다. 어머니는 이 아이를 멋지게 입힌다. 정말 그렇다. 어머니는 어떤 것들에는 취향이 끝내준다. 스케이트나 그런 걸 사는 데는 별로지만 옷, 이건 완벽하다. 그러니까 피비는 늘 보는 사람이 숨이 넘어가게 할 수 있는 어떤 옷을 입는다는 거다. 대부분의 어린 꼬마를 보자. 부모가 부자고 그렇다고 해도 대개는 끔찍한 옷을 입는다. 어머니가 캐나다에서 사준 그 정장을 입은 우리의 피비를 한번 보면 좋을 텐데. 농담 아니다.

나는 우리의 D.B.의 책상에 앉아 거기 있는 물건을 보았다. 주로 피비의 물건, 학교나 그런 데서 쓰는 거였다. 대부분은 책. 맨 위에 놓인 책은 『산수는 즐거워!』였다. 앞 페이지를 좀 펼치고 살펴보았다. 우리의 피비는 거기에 이렇게 써 놓았다.

피비 웨더필드 콜필드

4B-1

그건 거의 죽음이었다. 이 아이의 가운데 이름은 조세핀이었다, 참 나, 웨더필드가 아니고. 하지만 아이는 그걸 좋아하지 않는다. 그래서 아이를 볼 때마다 가운데 이름이 바뀌어 있다.

산수 밑에 있는 책은 지리였고 지리 밑은 철자법이었다. 이 아이는 철자를 아주 잘 안다. 모든 과목을 아주 잘하지만 철자가 최고다. 그다음, 철자 책 밑에는 공책이 한 묶음 있었다. 이애한테는 공책이 오천 권쯤 있다. 그렇게 공책이 많은 아이는 본 적이 없을 거다. 나는 맨 위에 있는 걸 펼치고 첫 페이지를 보았다. 거기에는 이렇게 적혀 있었다.

버니스 쉬는 시간에 만나 너한테 해 줄
아주 아주 중요한 이야기가 있어.

그 페이지에는 그것뿐이었다. 다음 페이지에는 이렇게 적혀 있었다.

왜 알래스카 남동쪽에는 통조림 공장이 그렇게 많을까?
연어가 아주 많기 때문이다
왜 거기에는 귀중한 숲이 있을까?
기후가 적당하기 때문이다
우리 정부는 알래스카 에스키모의 삶을
편하게 해 주려고 무슨 일을 했을까?
내일 찾아 보자!!!
피비 웨더필드 콜필드
피비 웨더필드 콜필드
피비 웨더필드 콜필드
피비 W. 콜필드님
피비 웨더필드 콜필드
셜리에게 좀 전해 줘!!!!

셜리 너는 네가 궁소자리[37]라고 했는데

너는 황소자리일 뿐이야 우리 집에

올 때 네 스케이트 가져와

나는 거기 D.B.의 책상에 앉아 공책을 다 읽었다. 오래 걸리지 않았다. 나는 그런 종류의 글, 피비의 거든 누구 거든 꼬마의 공책이라면 온종일 또 밤새도록 읽을 수 있다. 꼬마의 공책은 거의 죽음이었다. 이윽고 나는 담배에 다시 불을 붙였다 ― 마지막 한 대였다. 그날 세 갑은 피웠던 것 같다. 그러다, 마침내, 아이를 깨웠다. 그러니까 그 책상에 평생 앉아 있을 수는 없었다는 거다. 게다가 갑자기 우리 부모가 들이닥칠지도 모른다고 걱정하고 있었기 때문에 그 전에 적어도 아이한테 인사는 하고 싶었다. 그래서 아이를 깨웠다.

이 아이는 아주 쉽게 잠을 깬다. 그러니까 소리를 지르거나 그럴 필요가 없다는 거다. 해야 할 일은, 사실상, 침대에 앉아 "일어나, 피브." 하고 말하는 것뿐이고, 그럼 짠, 아이는 깬다.

"홀든!" 아이가 곧바로 말했다. 내 목을 얼싸안고 그랬다. 아주 다정하다. 그러니까 아이치고는 아주 다정하다는 거다. 가끔 너무 다정하기도 하다. 나는 아이한테 키스를 좀 해 주었고 아이는 말했다. "집에 언제 왔어?" 아이는 나를 보고 겁나게 반가워했다. 알 수 있었다.

"너무 큰 소리 내지 마. 방금. 그런데 어때?"

---

37) 궁수자리를 잘못 쓴 것.

"좋아. 내 편지 받았어? 다섯 페이지짜리……."

"그래—너무 큰 소리 내지 말고. 고마워."

아이는 나에게 이 편지를 보냈다. 하지만 답장을 쓸 기회가 없었다. 편지는 온통 아이가 학교에서 하는 이 연극 이야기였다. 그걸 보러 올 수 있도록 금요일에는 데이트나 그런 약속을 잡지 말라고 했다.

"연극은 어때?" 내가 물었다. "제목이 뭐라고 했더라?"

"'미국인을 위한 크리스마스 가장 행렬'. 썩었어. 하지만 나는 베네딕트 아널드야. 사실상 가장 큰 역이야." 우아, 이렇게 완전히 잠이 깨다니. 아이는 그런 걸 이야기할 때 무척 흥분한다. "내가 죽어 가는 데서 시작해. 이 유령이 크리스마스이브에 나타나서 나한테 창피하냐 그런 걸 묻는 거야. 알잖아. 내 조국을 배신하거나 그런 것 때문에. 무슨 말인지 알지?" 아이는 침대에서 겁나게 꼿꼿이 앉아 있고 그랬다. "내가 편지로 다 썼잖아. 무슨 말인지 알지?"

"물론 알지. 당연히 알지."

"아빠는 오지 못해. 캘리포니아에 가야 해." 우아, 이렇게 완전히 잠이 깨다니. 완전히 잠을 깨는 데 약 이 초밖에 걸리지 않는다. 아이는 침대에 아주 꼿꼿이 앉아—무릎을 좀 꿇고—내 빌어먹을 손을 잡고 있었다. "들어 봐. 어머니는 오빠가 수요일에 집에 온다고 했어. 수요일이라고 했다고."

"일찍 나왔어. 너무 큰 소리 내지 말고. 그러다 다 깨우겠다."

"지금 몇 시야? 집에 아주 늦게 올 거다, 어머니가 그랬는데. 코네티컷의 노워크에서 열린 파티에 가셨어." 우리의 피비가 말했다. "내가 오늘 오후에 뭐 했게? 내가 무슨 영화를 봤게. 맞혀 봐!"

"모르겠는데 — 야. 몇 시에 돌아오신다고 말……."

"「의사」." 우리의 피비가 말했다. "리스터 재단에서 틀어 준 특별 영화야. 딱 하루만 상영이지 — 오늘이 그 날이었어. 켄터키나 그런 데 있는 이 의사 이야기인데 장애가 있어서 걷지 못하는 이 아이의 얼굴에 담요를 덮었어. 그러자 의사를 감옥에 보내고 그랬어. 훌륭했어."

"잠깐 들어 봐. 두 분이 언제 돌아오신……."

"그걸 안타까워하는 거야, 의사가. 그래서 얼굴에 담요를 덮고 해서 질식시키는 거야. 그러자 무기징역으로 감옥에 보내지만 의사가 머리에 담요를 덮은 이 여자아이는 늘 면회를 와서 그렇게 해 줘서 고맙다고 해. 의사는 안락사를 시키는 사람이었어. 다만 의사가 하느님으로부터 하느님이 할 일을 훔치면 안 되니까 감옥에 가 마땅하다는 걸 자기도 알아. 우리 반의 이 애 어머니가 데려갔어. 앨리스 홈보그. 내 절친이야. 그애는 우리 전체에서 유일하게……."

"잠깐만, 응? 내가 묻고 있잖아. 몇 시에 돌아오신다는 얘기하셨어, 안 하셨어?"

"안 하셨어. 하지만 아주 늦게 오신다고 했어. 아빠가 차하고 그런 걸 다 갖고 갔으니까 돌아올 기차나 그런 걱정은 할 필요가 없을 거야. 이제 우리 차 안에 라디오 있다! 다만 어머니는 차가 움직이고 있을 때는 아무도 그걸 못 틀게 해."

나는 긴장을 풀기 시작했다, 말하자면. 마침내 집에 있는 걸 부모한테 들키든 말든 걱정하지 않게 됐다는 뜻이다. 젠장 될 대로 되라고 생각했다. 들키면 들키는 거다.

우리의 피비를 봤어야 하는데. 아이는 칼라에 빨간 코끼리가 있는 이 파란 파자마를 입고 있었다. 아이는 코끼리에 환장했다.

"그러니까 그건 좋은 영화였네, 응?" 내가 말했다.

"아주 멋졌어. 다만 앨리스가 감기에 걸려서 그 애 어머니가 계속 독감 같은 느낌이냐고 물은 것만 빼면. 그게 거슬렸어."

그때 레코드 이야기를 했다. "들어 봐, 너한테 주려고 레코드를 한 장 샀어. 그랬는데 집에 오는 길에 깨먹고 말았어." 나는 코트 호주머니에서 조각들을 꺼내 그 애한테 보여 주었다. "술에 떡이 됐거든."

"그 조각들 줘. 내가 보관할게." 아이는 그걸 내 손에서 받아 들더니 침대 옆 탁자의 서랍에 넣었다. 이 아이가 나는 너무나 좋다.

"D.B.가 크리스마스에 와?" 아이한테 물었다.

"올 수도 있고 오지 않을 수도 있다, 어머니가 그랬어. 두고 봐야 해. 어쩌면 할리우드에 붙어 앉아서 아나폴리스[38] 영화를 써야 할지도 몰라."

"아나폴리스라니, 참 나!"

"러브스토리나 그런 거야. 거기 누가 나올지 알아맞혀 봐! 어떤 스타가. 맞혀 봐!"

_____

38) 해군사관학교가 있다.

"나는 관심 없어. 아나폴리스라니, 참 나. D.B.가 아나폴리스에 관해 뭘 알아, 참 나? 그게 자기가 쓰는 그런 이야기들하고 무슨 관계가 있어?" 우아, 그런 일은 나를 돌아 버리게 한다. 그 빌어먹을 할리우드. "팔은 어떻게 된 거야?" 아이에게 물었다. 팔꿈치에 이 커다란 반창고를 붙이고 있는 게 눈에 띄었기 때문이다. 그게 눈에 띈 이유는 파자마에 소매가 없었기 때문이다.

"그 아이, 커티스 웨인트로브, 우리반 앤데 내가 공원에서 계단을 내려가고 있을 때 그 애가 밀었어. 볼래?" 아이는 팔에서 그 미친 반창고를 떼기 시작했다.

"내버려 둬. 그 애가 너를 계단에서 왜 민 거야?"

"모르겠어. 나를 싫어하나 봐." 우리의 피비가 말했다. "이 다른 여자애하고 내가, 셀마 애터베리하고 내가 잉크나 그런 걸 그 애 바람막이에 쏟았거든."

"그건 잘한 게 아니네. 너 뭐야 — 아직 아이잖아, 참 나?"

"잘한 건 아니지. 하지만 공원에 갈 때마다 그 애가 어디든 쫓아온단 말이야. 늘 나를 따라다녀. 거슬려."

"아마 너를 좋아하는 거겠지. 그렇다고 해서 잉크나 그런 걸……"

"그 애가 나를 좋아하는 걸 원치 않아." 그러더니 아이는 재미있는 표정으로 나를 보기 시작했다. "홀든, 왜 수요일에 집에 오지 않은 거야?"

"뭐?"

우아, 이 애는 매분 지켜봐야만 한다. 미치지 않았으면 이애가 똑똑하다고 생각할 수밖에 없다.

"왜 수요일에 집에 오지 않은 거냐고?" 아이가 물었다. "쫓겨나거나 그런 거 아니지, 그렇지?"

"말했잖아. 일찍 내보내 줬다고. 애들 전부를……."

"쫓겨났구나! 쫓겨났어!" 우리의 피비가 말했다. 그러더니 주먹으로 내 다리를 때렸다. 이 아이는 그러려고만 하면 주먹을 제대로 쓸 수 있다. "쫓겨났어! 오, 홀든!" 아이는 손으로 입을 막고 그랬다. 이 아이는 아주 감정적이 될 수 있다, 하느님에게 맹세코.

"내가 쫓겨났다고 누가 그래? 아무도 내가……."

"쫓겨났어. 쫓겨났어." 그러더니 다시 주먹으로 나를 때렸다. 아프지 않을 거라고 생각한다면 제정신이 아닌 거다. "아빠가 오빠를 죽일 거야!" 그러더니 아이는 침대에서 몸을 뒤집어 엎드린 다음 빌어먹을 베개로 머리를 감쌌다. 아이는 자주 그런다. 가끔 진짜 미치광이 같다.

"이제 그만해." 내가 말했다. "아무도 나를 죽이지 않아. 아무도 심지어 — 왜 그래, 피브, 그 빌어먹을 걸 머리에서 걷어. 아무도 나를 죽이지 않아."

하지만 아이는 베개를 떼어 내려 하지 않았다. 이 아이가 하고 싶지 않으면 어떤 일도 시킬 수가 없다. 아이는 계속 "아빠가 오빠를 죽일 거야!"라는 말만 했다. 빌어먹을 베개를 머리에 뒤집어쓰고 있어 말을 알아들을 수도 없었다.

"아무도 나 안 죽여. 머리를 좀 써 봐. 첫째로 나는 떠날 거야. 내가 할지도 모르는 일, 나는 목장이나 그런 데서 한동안 일을 할지도 몰라. 콜로라도에 할아버지가 목장을 갖고 있는 그런 사람을 알고 있어. 거기서 일자리를 얻을 수도 있어. 가서 계속 연락하고 그럴게, 간다면. 자 어서. 그것 좀 걷어. 어서, 야, 피브. 제발. 제발, 응?"

하지만 아이는 그것을 떼어 내려 하지 않았다. 내가 잡아떼 내려 했으나 아이는 겁나게 힘이 셌다. 이 아이와 싸우면 지친다. 우아, 이 애는 베개를 머리에 계속 뒤집어쓰는 걸 원하면 계속 그런다. "피비, 제발. 거기서 좀 나와." 나는 계속 말하고 있었다. "자, 야…… 야, 웨더필드. 나오라고."

하지만 아이는 나오지 않았다. 때로는 심지어 논리적으로 설득할 수도 없다. 결국 나는 일어서서 거실로 나가 테이블의 상자에서 담배를 몇 대 집어 호주머니에 집어넣었다. 담배가 바닥났기 때문이다.

22

돌아갔을 때 아이는 이제 머리에서 베개를 떼어 냈지만 — 그럴 줄 알았다 — 여전히 나를 보려 하지 않았다, 이제 똑바로 누워 있고 그랬음에도. 침대 옆으로 돌아가 다시 앉자 미친 듯한 얼굴을 반대 방향으로 돌려 버렸다. 나를 겁나게 외면하고 있었다. 그 빌어먹을 펜싱 검을 지하철에 다 두고 내렸을 때 펜시 펜싱 팀이 그랬던 것처럼.

"우리의 헤이즐 웨더필드는 몇 살이야?" 내가 물었다. "그 아이의 새 이야기는 안 써? 네가 보내준 건 여행 가방 안에 있어. 가방은 지금 역에 있어. 아주 좋던데."

"아빠가 오빠를 죽일 거야!"

우아, 이 아이는 뭔가 마음에 두면 정말 제대로 둔다.

"아니, 안 그래. 아빠가 나한테 할 수 있는 가장 심한 일, 아빠는 다시 나를 겁나게 야단치고 그 빌어먹을 군대식 사립학교에 보낼 거야. 그게 아빠가 나에게 할 수 있는 일 전부야. 그런데 애초에 나는 여기 있지도 않을 거야. 떠나 있을 거야. 나는 ─ 나는 아마 콜로라도의 이 목장에 있을 거야."

"웃기지 마. 오빠는 말도 못 타잖아."

"누가 못 타? 당연히 탈 줄 알지. 물론 탈 수 있어. 한 이 분이면 배울 수 있어." 내가 말했다. "그거 뜯지 마." 아이는 팔의 반창고를 뜯고 있었다. "머리는 누가 잘라 줬어?" 내가 물었다. 누군가 멍청하게 머리를 자른 것이 막 눈에 띄었기 때문이다. 너무 짧았다.

"오빠가 알 바 아냐." 아이가 말했다. 이 아이는 가끔 아주 오만해질 수 있다. 정말 오만해질 수 있다. "또 모든 과목에서 낙제를 했겠지." 아이가 말했다 ─ 아주 오만하게. 그것은 좀 재미있기도 했다, 어떤 면에서는. 이 아이는 가끔 빌어먹을 학교 선생처럼 말한다, 어린아이에 불과한데.

"아니, 그렇지 않은데." 내가 말했다. "영어는 통과했어." 그 순간, 그냥 겁나게 그러고 싶어서 아이 엉덩이를 꼬집었다. 아이가 모로 누워 있었기 때문에 엉덩이가 허공으로 튀어나와 있었다. 사실 아이에게는 엉덩이랄 것도 거의 없었다. 심하게 꼬집지는 않았는데 아이는 그래도 내 손을 치려 했다. 그러나 맞지 않았다.

갑자기 아이가 말했다. "오, 왜 그런 거야?" 왜 다시 잘렸냐는 뜻이었다. 그 말을 듣자 좀 슬펐다, 아이의 말투 때문에.

"오, 맙소사, 피비, 묻지 마. 나한테 그걸 묻는 모든 사람에게 짜증이 나. 이유야 백만 가지지. 거기는 내가 다녀본 최악의 학교였어. 가식적인 녀석들로 가득했어. 그리고 비열한 녀석들. 평생 그렇게 비열한 녀석을 많이 본 적이 없어. 예를 들어 누군가의 방에서 시끄러운 토론이 벌어졌는데 누가 들어오고 싶어 하는데 그게 멍청하고 여드름 난 아이면 들어오지 못 하게 해. 누가 들어오고 싶어 하면 모두 늘 문을 잠가. 그리고 그 빌어먹을 비밀 친목회가 있는데 나는 너무 쫄보라서 가입하지 않을 수 없었어. 그런데 이 여드름이 나고 따분한 녀석, 로버트 애클리라는 녀석이 있었는데 거기 가입하고 싶어 했거든. 계속 가입하려 했는데 받아주지를 않는 거야. 따분하고 여드름이 났다는 이유 하나로. 그 이야기는 하고 싶지도 않아. 썩어빠진 학교야. 정말로."

우리의 피비는 아무 말 하지 않았지만 듣고는 있었다. 아이 목덜미를 보고 듣고 있다는 걸 알 수 있었다. 누가 무슨 이야기를 하면 이 아이는 늘 귀를 기울인다. 그리고 재미있는 건 상대가 도대체 무슨 이야기를 하는지 반은 안다는 거다. 정말 안다. 나는 계속 우리의 펜시 이야기를 했다. 좀 그러고 싶었다.

"선생님들 가운데 좋은 사람 두어 명, 그들조차 가식적이야. 이 나이든 미스터 스펜서라고 있었어. 부인은 늘 핫초콜릿이나 그런 걸 줬고, 둘 다 정말이지 아주 친절했어. 하지만 교장, 우리의 서머가 역사 시간에 들어와 교실 뒤에 앉았을 때 그 선생님을 봤어야 해. 교장은 늘 교실에 들어와 뒤에 삼십 분 정도 앉아 있곤 했거든. 자기가 익명이나 그런 거로 여겨지는 줄 알았나 봐. 교장이 거기 뒤에 한참 앉아 있다 우리의 스펜서의 말을 끊고 촌스러운 우스개를 잔뜩 풀어 놓기 시작하는 거야. 그러면 우리의 스펜서는 낄낄거리고 미소를 짓고 그러느라 숨이라도 넘어갈 것 같았어, 마치 서머가 무슨 빌어먹을 왕자라도 되는 것처럼."

"너무 욕 많이 하지 마."

"너라도 토가 나왔을 거야, 맹세하는데 그랬을 거야. 그러다가 동문의 날이 왔어. 그런 날, 동문의 날이라고 하는 게 있어. 1776년 무렵부터 펜시를 졸업한 모든 얼간이가 돌아와 사방을 돌아다니는 날이지. 부인이나 자식이나 그런 걸 다 데리고 와서. 한 쉰쯤 되어 보이는 이 늙은이를 봤어야 하는데. 그 인간이 한 짓, 그 사람은 우리 교실에 들어오더니 문에 노크를 하며 화장실 좀 써도 되겠느냐는 거야. 화장실은 복도 끝에 있었어 — 도대체 그 사람이 왜 그걸 우리한테 물어봤는지 모르겠어. 그 사람이 뭐랬는 줄 알아? 자기 이름 이니셜이 아직도 세면장 변소 문에 그대로 있는지 보고 싶다는 거야. 그 사람이 한 일, 구십 년쯤 전에 세면장 변소 문 한 곳에 그 빌어먹을 멍청하고 한심한 그놈의 이니셜을 새긴 뒤 이제 아직도 그게 거기 있는지 보고 싶어 했어. 그래서 내가 룸메하고 같이 그 사람을 화장실로 데려가고 그랬지. 그 사람이 이니셜을 찾는 동안 우리는 거기 서 있어야 했어. 그 사람은 내내 우리한테 이야기를 했어. 펜시에 다닐 때가 인생에서 제일 행복한 시절이었다고. 그러면서 우리한테 미래나 그런 것에 대한 조언을 많이 해줬어. 우아, 얼마나 우울해지던지! 그 사람이 나쁘다는 건 아니야 — 나쁜 사람은 아니었어. 하지만 꼭 나쁜 사람이라야 누굴 우울하게 하는 건 아냐 ─ 착한 사람이라도 그럴 수 있어. 누군가를 우울하게 하려면 어디 세면장 변소 문에서 자기 이름 이니셜을 찾으면서 가식적인 조언을 잔뜩 늘어놓기만 하면 돼 ─ 그러기만 하면 돼. 모르겠어. 아마 그 사람이 그렇게 숨을 헐떡거리지만 않았으면 그렇게까지 나쁘지는 않았을지도 몰라. 그 사람은 층계를 올라가는 것만으로도 숨을 헐떡였고, 자기 이름을 찾는 동안 내내 계속 가쁘게 숨을 쉬고 있었어. 콧구멍이 완전 웃기고 한심해지더라고. 그러면서 내내 스트래들레이터하고 나한테 펜시에서 얻을 수 있는 걸 다 얻으라고 했지. 맙소사, 피비! 설명할 수가 없어. 펜시에서 벌어지고 있는 모든 게 그냥 마음에 들지 않아. 설명할 수가 없다고.”

우리의 피비가 그때 무슨 말을 했지만 들을 수가 없었다. 입의 옆면을 베개에 붙이고 있어 알아들을 수가 없었다.

“뭐?” 내가 말했다. “입을 떼. 입을 그러고 있으니까 안 들리잖아.”

“오빠는 일어나는 모든 일이 마음에 들지 않는다고.”

아이가 그 말을 하자 훨씬 더 우울해졌다.

“아니 마음에 들어. 마음에 들어. 물론 마음에 들지. 그런 말 하지 마. 도대체 왜 그런 말을 하는 거야?”

“오빠는 아무것도 마음에 들지 않으니까. 어떤 학교도 마음에 안 들고. 백만 가지가 마음에 안 들고. 다 안 들잖아.”

“들어! 그게 네가 틀린 데야 ─ 바로 그게 네가 틀린 데라고! 도대체 왜 그런 말을 하는 건데?” 우아, 그 애가 나를 얼마나 우울하게 만드는지.

"오빠는 아무것도 마음에 들지 않으니까. 마음에 드는 거 한 가지만 대 봐."

"한 가지? 마음에 드는 거 한 가지? 알았어."

여기서 문제, 나는 잘 집중할 수가 없었다. 가끔 집중하는 건 어렵다.

"그러니까 내가 아주 마음에 드는 거 한 가지란 말이지?" 나는 아이한테 물었다.

하지만 아이는 대답하지 않았다. 아이는 침대 건너편에 겁나게 멀리 떨어져 삐딱하게 자리를 잡고 있었다. 천 마일 정도는 떨어져 있었다. "어서 대답해." 내가 말했다. "내가 아주 마음에 드는 한 가지, 아니면 내가 그냥 마음에 드는 한 가지?"

"아주 마음에 드는 거."

"좋아." 나는 말했다. 하지만 계속 문제, 나는 집중할 수가 없었다. 내가 생각할 수 있는 것이라고는 그 오래되고 낡아빠진 밀짚 바구니에 돈을 모으며 돌아다니는 수녀 두 명뿐이었다. 특히 철테 안경을 쓴 수녀. 그리고 엘크턴 힐스에 다닐 때 알던 아이. 엘크턴 힐스에는 이 아이, 제임스 캐슬이라는 아이가 있었는데, 그 애는 그 아주 거만한 아이 필 스태빌이라는 아이에 관해 한 말을 취소하려 하지 않았다. 제임스 캐슬은 그 녀석을 아주 거만한 녀석이라고 불렀고, 스태빌의 너저분한 친구 한 명이 가서 스태빌에게 그걸 꼰질렀다. 그러자 스태빌은 다른 더러운 놈 여섯 명 정도하고 제임스 캐슬의 방으로 가서 안으로 들어가 빌어먹을 문을 잠그고 그 애가 했던 말을 취소하게 하려 했지만 그 애는 취소하지 않았다. 그러자 녀석들은 그 애를 손보기 시작했다. 그 놈들이 그 애한테 무슨 짓을 했는지는 말도 하지 않겠지만 — 너무 역겹다 — 그래도 취소하지 않으려 했다, 우리의 제임스 캐슬은. 그 애를 한번 봤어야 하는데. 그는 바싹 마르고 작고 약해 보이는 아이로 손목은 연필 굵기였다. 마침내 그 애가 한 일, 그 애는 자기가 한 말을 취소하는 대신 창밖으로 뛰어내렸다. 나는 샤워를 하거나 그러고 있는데 심지어 나까지도 그가 바깥에서 땅에 떨어지는 소리를 들을 수 있었다. 하지만 나는 그냥 뭐가 창밖으로 떨어졌다고, 라디오나 책상이나 그런 게 떨어졌다고 생각했지 아이나 그런 게 떨어졌다고 생각하지는 않았다. 이어 모두 복도를 달려가 층계를 내려가는 소리가 들려 나도 목욕 가운을 걸치고 아래로 달려갔다. 우리의 제임스 캐슬은 바로 돌계단이나 그런 데 누워 있었다. 그 애는 죽었고 그의 이빨, 또 피가 사방에 흩어져 있었으며 아무도 가까이 가려고도 하지 못했다. 그 애는 내가 빌려준 터틀넥 스웨터를 입고 있었다. 그 애와 함께 그 방에 있던 녀석들이 당한 건 퇴학뿐이었다. 심지어 감옥에 가지도 않았다.

하지만 내가 생각할 수 있는 건 그거뿐이었다. 아침에 보았던 그 수녀 둘과 엘크턴 힐스에서 알았던 그 아이 제임스 캐슬. 여기서 웃기는 거, 나는 제임스 캐슬을 안다고 할 수도 없었다, 솔직히 말해서. 그 애는 아주 조용한 편에 속했다. 나하고 수학을 같이 들었지만 멀리 교실 반대편에 앉았으며 일어서서 발표를 하거나 칠판 앞에 나가거나 그런 일은 거의 하지 않았다. 학교에서 어떤 애들은 발표를 하거나 칠판 앞에 나가는 일이 거의 없다. 내가 그 애와 대화라도 나누어 본 유일한 때는 내가 입고 있던 그 터틀넥 스웨터를 빌릴 수 있겠느냐고 그 애가 물어봤을 때였다. 그 애가 물었을 때 나는 젠장 그 자리에 쓰러져 죽을 뻔했다, 너무 놀라고 그래서. 그 애가 물어봤을 때 나는 세면장에서 이를 닦고 있었던 걸로 기억한다. 그는 이 사촌이 자기를 데리고 드라이브하고 그러려고 찾아온다고 말했다. 나한테 터틀넥 스웨터가 있다는 걸 그 애가 안다는 것도 나는 모르고 있었다. 내가 그 아이에 관해 아는 것이라고는 출석부에서 늘 그 애의 이름을 내 바로 앞에 부른다는 것이었다. 케이블, R., 케이블, W., 캐슬, 콜필드[39] — 지금도 기억난다. 솔직히 말해서 나는 스웨터를 빌려주지 않을 뻔했다. 그냥 그 애를 아주 잘 안다고는 할 수 없었기 때문이다.

"뭐?" 나는 우리의 피비에게 말했다. 아이가 나한테 무슨 말을 하고 있었지만 듣지를 못했다.

"한 가지도 생각 못 하네."

"아니, 할 수 있어. 아니, 할 수 있다고."

"그래, 그럼 생각해 봐."

"나는 알리가 마음에 들어. 그리고 지금 하고 있는 걸 하는 게 마음에 들어. 여기 너하고 앉아서 이야기하고 이런 생각을 하고 또……."

"알리는 죽었어 — 오빠는 늘 그러더라! 누가 죽고 그래서 천국에 있으면 그건 사실……."

---

39) 알파벳 순서.

"나도 죽은 거 알아! 내가 그걸 모른다고 생각해? 그래도 나는 그 애를 좋아할 수 있어, 안 그래? 누가 죽었다고 해서 좋아하는 걸 그냥 멈추게 되는 게 아니란 말이야, 참 나 — 특히 지금 살아 있고 그렇다는 걸 우리가 아는 사람들보다 그 사람이 천 배쯤 착할 때는."

우리의 피비는 아무 말도 하지 않았다. 이 아이는 말할 게 생각나지 않으면 젠장 한마디도 하지 않는다.

"어쨌든, 나는 지금이 마음에 들어. 내 말은 바로 지금. 여기 너하고 앉아서 그냥 이빨을 까고 장난……."

"그건 사실 아무것도 아니야!"

"사실 엄청난 거야! 당연히 그렇지! 도대체 왜 아니라는 거야? 사람들은 절대 어떤 게 진짜로 어떤 거라고 생각하지를 않아. 나는 젠장 그게 짜증이 난다고."

"욕 그만해. 알았어, 다른 걸 대 봐. 되고 싶은 걸 말해 봐. 과학자라든가. 아니면 변호사나 그런 거라든가."

"나는 과학자가 될 수 없어. 과학을 못해."

"그럼 변호사 — 아빠나 그런 사람처럼."

"변호사는 괜찮아, 내 생각으로는 — 하지만 나한테는 그게 매력이 없어. 그러니까 늘 죄 없는 사람의 목숨이나 그런 걸 구해주고 돌아다니거나 그러면 괜찮겠지만 변호사가 되면 그런 일을 하는 게 아니야. 하는 일이라고는 돈을 많이 벌고 골프를 치고 브리지 게임을 하고 차를 사고 마티니를 마시고 거물처럼 보이는 거뿐이야. 또 게다가. 설사 실제로 사람들 목숨이나 그런 걸 구하며 돌아다닌다고 해도 자기가 정말로 사람들 목숨을 구하고 싶어서 그렇게 한 건지, 아니면 정말로 하고 싶은 건 끝내주는 변호사가 되어 빌어먹을 재판이 끝나면 법정에서 모두가, 기자와 모든 사람이 등을 두드리며 축하해 주는 게, 더러운 영화에서처럼 그렇게 해 주는 게 좋아서 그렇게 한 건지 어떻게 알겠어? 자기가 그러는 게 가식이 아니란 걸 어떻게 알겠어? 여기서 문제, 그걸 모른다는 거야."

내가 도대체 무슨 말을 하는지 우리의 피비가 알았을 거라고 자신할 수는 없다. 그러니까 이 애는 어린 애나 그런 거에 불과했다는 거다. 그래도 귀 기울여 듣고 있기는 했다. 누가 적어도 귀를 기울인다면 그건 그렇게 나쁜 게 아니다.

"아빠가 오빠를 죽일 거야. 아빠가 오빠를 죽일 거야." 아이가 말했다.

하지만 나는 듣고 있지 않았다. 다른 걸 생각하고 있었다 — 어떤 미친 거. "내가 뭐가 되고 싶은지 알아?" 내가 말했다. "내가 뭐가 되고 싶은지 알아? 그러니까 내가 빌어먹을 선택을 할 수 있다면?"

"뭔데? 욕은 그만하고."

"'사람이 호밀밭을 헤치고 가서 사람을 붙잡으면' 그런 노래 알아? 나는……."

"'사람이 호밀밭을 헤치고 가다 사람을 만나면'이야!" 우리의 피비가 말했다. "그건 시야. 로버트 번스의 시."

"나도 그게 로버트 번스의 시란 거 알아."

하지만 아이가 옳았다. 「사람이 호밀밭을 헤치고 가다 사람을 만나면」이다. 하지만 그때는 그걸 몰랐다.

"'사람이 호밀밭을 헤치고 가서 사람을 붙잡으면'인 줄 알았는데. 어쨌든 나는 그 모든 어린 꼬마들이 호밀밭이나 그런 커다란 밭에서 어떤 놀이를 하는 모습을 계속 그려 봐. 어린 꼬마 수천 명, 주위에 아무도 없고 — 그러니까 어른은 없고 — 나를 빼면. 그런데 나는 어떤 미친 절벽 가장자리에 서 있어. 만일 꼬마들이 절벽을 넘어가려 하면 내가 모두 붙잡아야 해 — 그러니까 꼬마들이 어디로 가는지 보지도 않고 마구 달리면 내가 어딘가에서 나가 꼬마를 붙잡는 거야. 그게 내가 온종일 하는 일이야. 나는 그냥 호밀밭의 파수꾼이나 그런 노릇을 하는 거지. 나도 그게 미쳤다는 거 알아. 하지만 그게 내가 진짜로 되고 싶은 유일한 거야. 나도 그게 미쳤다는 거 알아."

우리의 피비는 오랫동안 아무 말도 하지 않았다. 그러다 뭔가 말을 했을 때 그것은 "아빠가 오빠를 죽일 거야."뿐이었다.

"그런다 해도 젠장 상관없어." 나는 침대에서 일어났다. 내가 하고 싶은 것, 나는 엘크턴 힐스에서 나의 영어 선생님이었던 미스터 안톨리니에게 전화를 걸고 싶었다. 그는 지금 뉴욕에 살고 있었다. 엘크턴 힐스는 그만두었다. N.Y.U.에서 영어를 가르치는 일을 얻었다. "전화 좀 해야겠어." 나는 피비에게 말했다. "금방 올게. 자지 마." 내가 거실에 있는 동안 아이가 잠이 드는 걸 바라지 않았다. 그러지 않을 걸 알았지만 그래도 말을 해두었다, 그냥 확실히 해 두려고.

문으로 걸어가는데 우리의 피비가 말했다. "홀든!" 나는 돌아보았다.

아이는 침대에 똑바로 앉아 있었다. 아주 예뻐 보였다. "이 여자애, 필리스 마걸리스한테서 트림 레슨을 받고 있어. 들어 봐."

나는 귀를 기울였고 뭔가 들렸지만 별 건 아니었다. "좋은데." 나는 말하고 거실로 나가 나를 가르쳤던 이 선생님, 미스터 안톨리니에게 전화했다.

23

전화를 아주 짧게 했다. 전화를 하는 동안 우리 부모가 들이닥칠까 걱정이 되었기 때문이다. 하지만 그런 일은 없었다. 미스터 안톨리니는 아주 친절했다. 원하면 바로 와도 좋다고 말했다. 아마 내가 선생님 부부를 깨웠을 거다. 전화를 받는데 겁나게 오래 걸렸기 때문이다. 선생님이 제일 먼저 물은 것은 무슨 문제가 있느냐는 것이었고, 나는 아니라고 대답했다. 하지만 펜시에서 성적 때문에 잘렸다는 이야기는 했다. 말하는 게 낫다고 생각했다. 그 말을 하자 선생님은 "이럴 수가." 하고 말했다. 선생님은 유머 감각 같은 게 좋았다. 원한다면 바로 오라고 말했다.

그는 내가 만난 대략 가장 좋은 선생님이었다, 미스터 안톨리니는. 아주 젊은 남자로, 형 D.B.보다 별로 나이가 많지 않았는데, 그와는 허물없이 농담하면서도 존경심을 잃지 않을 수 있었다. 그는 내가 말했던 창문에서 뛰어내린 그 아이, 제임스 캐슬을 마지막에 안아 든 사람이었다. 우리의 미스터 안톨리니는 아이의 맥박을 확인하고 그랬으며 자기 코트를 벗어 제임스 캐슬을 덮은 다음 양호실까지 안고 갔다. 자기 코트가 온통 피범벅이 되는데도 전혀 상관하지 않았다.

D.B.의 방으로 돌아왔을 때 우리의 피비는 라디오를 켜 놓고 있었다. 댄스 음악이 흘러나오고 있었다. 하지만 가정부가 듣지 못하도록 소리를 낮추어 놓았다. 그 아이를 봤어야 하는데. 아이는 침대 한가운데, 이불 바깥에 요가하는 사람처럼 책상다리로 앉아 있었다. 음악을 듣고 있었다. 이 아이가 나는 너무 좋다.

"보자. 춤추고 싶어?" 나는 아이가 아주 어릴 때 춤추는 거나 그런 걸 가르쳐 주었다. 아이는 춤을 아주 잘 추었다. 그러니까 나는 그저 몇 가지만 가르쳐 주었다는 거다. 대부분은 혼자 배웠다. 진짜로 춤을 추는 법은 누구에게 가르쳐 줄 수 없는 법이다.

"신발을 신고 있으면서." 아이가 말했다.

"벗을 거야. 자."

아이는 침대에서 뛰어내리다시피 했고, 내가 신발을 벗기를 기다렸으며, 이윽고 나는 잠시 아이와 춤을 추었다. 아이는 젠장 정말 잘 췄다. 나는 어린 꼬마와 춤을 추는 사람들을 좋아하지 않는다. 대개 끔찍해 보이기 때문이다. 그러니까 어딘가 레스토랑에 갔다가 나이 든 남자가 자기 꼬마를 데리고 댄스 플로어에 나가는 걸 보게 될 때. 대개 그들은 실수로 꼬마의 드레스 뒷자락을 자꾸 홱 끌어 올리고 꼬마는 어차피 젠장 이렇다 할 춤을 추지도 못하고, 그래서 결국은 끔찍해 보인다. 하지만 나는 피비와 사람들 앞에 나가거나 그러지는 않는다. 그냥 집 안에서 장난을 칠 뿐이다. 그래도 이 아이하고는 다르다. 이 아이는 춤을 출 줄 알기 때문에. 상대가 하는 뭐든 따라 할 수 있다. 그러니까 내 다리가 훨씬 긴 게 문제가 되지 않도록 겁나게 바싹 당겨서 잡아 주기만 하면. 이 아이는 적당히 계속 따라온다. 가로질러 가도 촌스럽게 무릎을 좀 구부려도 지터버그를 좀 해도 아이는 계속 따라온다. 심지어 탱고도 출 수 있다, 참 나.

우리는 네 곡쯤 추었다. 곡 사이사이에 아이는 겁나게 웃겼다. 아이는 딱 자리를 잡고 움직이지 않는다. 심지어 말을 하거나 그러지도 않는다. 둘 다 딱 자리를 잡고 오케스트라가 다시 연주를 시작하기를 기다려야 한다. 그건 거의 죽음이다. 웃음을 터뜨리거나 그래도 안 된다.

어쨌든 우리는 네 곡쯤 추었고, 그런 뒤에 내가 라디오를 껐다. 우리의 피비는 다시 펄쩍 뛰어 침대로 돌아가 이불 밑으로 들어갔다. "나 좀 나아지고 있지, 그치?" 아이가 물었다.

"그렇고 말고." 나는 다시 아이 침대 옆에 앉았다. 숨이 좀 찼다. 담배를 젠장 너무 많이 피웠다. 숨이 남아 있지 않다. 아이는 숨을 헐떡이지도 않는다.

"내 이마 만져 봐." 아이가 갑자기 말했다.

"왜?"

"만져 봐. 그냥 한번 만져 봐."

나는 만져 보았다. 하지만 아무것도 느낄 수 없었다.

"열이 아주 심해?" 아이가 물었다.

"아니. 열이 심해야 돼?"

"응 — 지금 열을 올리는 중이야. 다시 만져 봐."

다시 만졌지만 여전히 아무것도 느낄 수가 없어서 말했다. "슬슬 뜨거워지는 것 같기도 하고." 나는 아이가 젠장 열등감 콤플렉스 따위를 갖는 걸 바라지 않았다.

아이는 고개를 끄덕였다. "체온개로 잴 수 없을 만큼 높일 수 있어."

"체온계. 누가 그래?"

"앨리스 홈보그가 방법을 알려 줬어. 다리를 꼬고 숨을 참고 아주 아주 뜨거운 걸 생각하는 거야. 라디에이터나 그런 거. 그럼 이마 전체가 아주 뜨거워져서 손을 델 수도 있어."

그게 나를 죽여줬다. 나는 끔찍한 위험에 처한 것처럼 아이 이마에서 얼른 손을 잡아뺐다. "말해 줘서 고마워."

"오, 오빠 손을 데게 하려는 건 아니야. 너무 뜨거워지기 전에 멈췄 — 쉬잇!" 그러더니 아이는 겁나 빠르게 겁나 똑바로 침대에 일어나 앉았다.

아이가 그러는 바람에 나는 젠장 겁을 먹었다.

"앞문!" 아이가 이 크지만 소곤거리는 소리로 말했다. "오셨어!"

나는 벌떡 일어나 책상으로 달려가 불을 껐다. 그다음에는 신발 위에 담배를 눌러 끄고 꽁초를 호주머니에 넣었다. 그리고 겁나게 부채질을 하여 담배 연기를 빼려 했다 — 담배를 피우지 말았어야 했는데, 참 나. 그런 다음 신발을 들고 옷장으로 들어가 문을 닫았다. 우아, 심장이 개처럼 뛰고 있었다.

어머니가 방 안으로 들어오는 소리가 들렸다.

"피비?" 어머니가 말했다. "자, 이제 그만. 불빛이 보였어요, 아가씨."

"오셨어요!" 우리의 피비가 말하는 소리가 들렸다. "잠이 안 왔어요. 잘 놀다 오셨어요?"

"굉장했지." 어머니는 말했지만 진심이 아니라는 것을 알 수 있었다. 어머니는 밖에 나가서 별로 즐겁게 시간을 보내지 못한다. "왜 깨어 있었어, 물어봐도 될까? 춥지는 않아?"

"안 추워요. 그냥 잠이 오지 않았어요."

"피비, 너 여기서 담배 피웠어? 솔직히 말해 줘요, 아가씨."

"네?" 우리의 피비가 말했다.

"들었잖아."

"한 대를 일 초 동안 피웠을 뿐이에요. 딱 한 모금만 빨았어요. 그런 다음에 창밖으로 던졌어요."

"왜, 물어봐도 될까?"

"잠이 오지 않아서요."

"그거 마음에 안 드는데, 피비. 전혀 마음에 안 들어." 어머니가 말했다. "담요 더 필요해?"

"아니요, 고맙습니다. 안녕히 주무세요!" 우리의 피비가 말했다. 아이는 어머니를 내보내려 하고 있었다. 금방 알 수 있었다.

"영화는 어땠어?" 어머니가 말했다.

"훌륭했어요. 앨리스 어머니만 빼면. 영화 보는 내내 계속 몸을 기울이고 앨리스한테 독감에 걸린 것 같으냐고 묻는 거예요. 집에 올 때는 함께 택시를 탔어요."

"이마 좀 만져 보자."

"아무것도 걸리지 않았어요. 앨리스 어머니는 아무것도 모르고 그러는 거였어요. 앨리스 어머니가 원래 그래요."

"그래. 이제 자라. 저녁은 어땠어?"

"엉망이었어요." 피비가 말했다.

"너 아버지가 그런 식으로 말하는 거에 관해 뭐라고 하시는지 들었지. 그게 엉망일 게 뭐야? 좋은 양갈비를 먹어 놓고. 나는 오직 그거 하나 때문에 저기 렉싱턴 애비뉴까지 걸어가서……."

"양갈비는 괜찮았는데 샬린이 뭘 내려놓을 때마다 늘 내 쪽으로 숨을 뿜는 거예요. 음식이나 그런 데다 다 숨을 뿜어요. 모든 거에 숨을 뿜어요."

"그래. 자라. 어머니한테 키스해 주고. 기도는 했지?"

"욕실에서 했어요. 안녕히 주무세요!"

"잘 자라. 이제 어서 자. 나는 두통 때문에 머리가 쪼개질 것 같구나." 어머니는 자주 두통을 앓는다. 정말 그런다.

"아스피린 좀 드세요." 우리의 피비가 말했다. "홀든은 수요일에 집에 오죠, 그죠?"

"내가 아는 한. 이제 이불 밑으로 들어가. 쑥 들어가."

어머니가 밖으로 나가며 문을 닫는 소리가 들렸다. 나는 이 분 정도 기다렸다가 옷장 밖으로 나왔다. 그러다 우리의 피비와 정면으로 부딪혔다. 너무 어두웠고 아이가 침대에서 나와 나에게 말을 하러 오는 중이었기 때문이다. "다쳤어?" 내가 말했다. 이제 소곤거려야 했다. 우리 부모가 둘 다 집에 있었기 때문이다. "움직여야겠다." 내가 말했다. 나는 어둠 속에서 침대 가장자리를 찾아 앉아서 신을 신기 시작했다. 신경이 바짝 곤두서 있었다. 그건 인정한다.

"지금 가지 마." 피비가 소곤거렸다. "주무실 때까지 기다려!"

"아니. 지금이야. 지금이 제일 좋아. 어머니는 욕실에 계실 거고 아버지는 뉴스나 그런 걸 켤 거야. 지금이 제일 좋아." 신발 끈을 묶을 수도 없었다. 그만큼 젠장 신경이 날카로웠다. 집에 있는 걸 들킨다고 해서 부모가 나를 죽이거나 그러지야 않겠지만 아주 불쾌한 일이 벌어지고 그럴 건 분명했다. "너 도대체 어디 있어?" 내가 우리의 피비에게 말했다. 너무 깜깜해서 보이지가 않았다.

"여기." 아이는 바로 내 옆에 서 있었다. 그래도 보이지 않았다.

"내 염병할 가방은 역에 있어." 내가 말했다. "잘 들어. 돈 좀 있어, 피비? 난 사실상 무일푼이라."

"크리스마스 용돈뿐이야. 선물이나 그런 거 살 돈. 아직 쇼핑을 전혀 안 했거든."

"아." 나는 아이의 크리스마스 용돈을 가져가고 싶지는 않았다. "좀 줄까?"

"네 크리스마스 용돈을 가져가고 싶지는 않아."

"좀 빌려줄 수 있어." 이윽고 아이가 D.B.의 책상으로 가서 백만 서랍을 열면서 손으로 더듬어 찾는 소리가 들렸다. 칠흑 같았다. 방 안은 정말 깜깜했다. "지금 가버리면 내가 연극에 나오는 거 못 보잖아." 그 말을 할 때 아이의 목소리가 이상하게 들렸다.

"아니, 볼 거야. 그 뒤에 떠날 거야. 내가 그 연극을 놓치고 싶어 할 것 같아? 이제 내가 할 일, 나는 미스터 안톨리니네 집에 아마 화요일 밤까지 있을 거야. 그러다 집에 올 거야. 기회가 생기면 전화할게."

"자." 우리의 피비가 말했다. 아이는 나한테 돈을 주려 했지만 내 손을 찾을 수가 없었다.

"어디야?"

아이가 돈을 내 손에 놓았다.

"야, 이거 다는 필요 없어. 그냥 두 장만 줘, 그거면 돼. 농담 아냐 — 자." 나는 돌려주려 했지만 아이는 받으려 하지 않았다.

"다 가져가도 돼. 갚으면 되잖아. 연극 볼 때 가져와."

"이게 얼마야, 참 나?"

"8달러 85센트. 65센트네. 내가 좀 썼어."

그 순간 나는 갑자기 울기 시작했다. 어쩔 수가 없었다. 아무도 듣지 못하게 울었지만 울기는 울었다. 내가 울기 시작하자 우리의 피비는 겁나 겁에 질렸고 나에게 다가와 울음을 그치게 하려고 했지만 일단 울기 시작하면 젠장 갑자기 그냥 멈출 수는 없는 거다. 나는 울 때도 여전히 침대 가장자리에 앉아 있었고 아이는 내 목을 팔로 끌어안았다. 나도 아이를 팔로 끌어안았다. 하지만 그러고도 오랫동안 멈출 수가 없었다. 이러다 숨 막혀 죽거나 그럴 거란 생각이 들었다. 우아, 나 때문에 가엾은 우리의 피비는 젠장 겁에 질렸다. 빌어먹을 창이 열려 있고 그래서 아이가 막 떨고 그러는 걸 느낄 수 있었다. 아이는 파자마만 입고 있었기 때문이다. 나는 아이를 다시 침대에 들어가게 하려고 애를 썼지만 아이는 들어가려 하지 않았다. 결국 울음을 그쳤다. 하지만 물론 오래, 오래 걸렸다. 이윽고 나는 코트나 그런 것의 단추를 마저 채웠다. 나는 아이에게 계속 연락하겠다고 말했다. 아이는 원한다면 자기하고 이 방에서 자도 된다고 했지만 나는 괜찮다고, 가는 게 좋겠다고, 미스터 안톨리니가 나를 기다리고 그런다고 말했다. 그러고 나서 코트 호주머니에서 사냥 모자를 꺼내 아이에게 주었다. 아이는 그런 종류의 미친 모자를 좋아한다. 아이는 받으려 하지 않았지만 억지로 떠안겼다. 장담하건대 그걸 쓰고 잤을 거다. 그 아이는 정말이지 그런 종류의 모자를 좋아한다. 나는 아이에게 다시 기회가 생기면 전화를 때리겠다고 하고 떠났다.

어떤 이유에서인지 집에 들어가는 것보다는 나오는 게 겁나 훨씬 쉬웠다. 우선 들키건 말건 젠장 이제는 별로 상관하지 않았다. 정말 그랬다. 들킬 거면 들켜라 하는 생각이었다. 들키기를 바랄 정도였다, 어떤 면에서는.

엘리베이터를 타는 대신 아래까지 쭉 걸어갔다. 뒷계단을 이용했다. 쓰레기통 대략 천만 개에 걸려 목이 부러질 뻔했지만 무사히 밖으로 나왔다. 엘리베이터 보이는 나를 보지도 못했다. 내가 아마 지금도 딕스타인 집에 있다고 생각할 거다.

24

안톨리니 부부는 서턴 플레이스에 이 아주 호화로운 아파
트를 갖고 있었는데 두 계단 정도 내려가면 우묵하게 자리 잡
은 거실이 나왔고,[40] 집 안에 바 같은 것도 있었다. 나는 거기
에 자주 갔다. 엘크턴 힐스를 나온 뒤 내가 어떻게 지내는지
보려고 미스터 안톨리니가 우리 집에 자주 와 저녁을 먹었기
때문이다. 그때는 결혼하지 않았다. 결혼을 하고 난 뒤에는 안
톨리니 부부와 롱아일랜드 포레스트 힐스에 있는 웨스트사이
드 테니스클럽에서 테니스를 자주 쳤다. 미시즈 안톨리니가
그 클럽 소속이었다. 그녀는 돈이 왕창 있었다. 미스터 안톨리

---

40) 선큰 라운지(Sunken lounge). 지하에 자연광을 유도하기 위해 대지를
파내고 조성한 곳.

니보다는 예순 살쯤 많았는데 그래도 둘이 잘 지내는 것 같았다. 우선 그들 둘 다, 특히 미스터 안톨리니가 아주 지적이었다. 다만 함께 있어 보면 지적이라기보다는 재치가 있었는데 D.B.하고 좀 비슷했다. 미시즈 안톨리니는 대개 진지했다. 천식이 아주 심했다. 둘 다 D.B.가 쓴 이야기를 모두 읽었고 — 미시즈 안톨리니도 — D.B.가 할리우드에 갈 때 미스터 안톨리니는 형한테 전화를 해서 가지 말라고 했다. 하지만 형은 그냥 갔다. 미스터 안톨리니는 D.B.처럼 쓸 수 있는 사람은 누구든 할리우드 따위에 연연해서는 안 된다고 말했다. 그게 바로 내가 한 이야기였다, 사실상.

그들의 집까지 걸어갈 수도 있었을 거다. 꼭 필요하지 않으면 피비의 크리스마스 돈을 쓰고 싶지 않기 때문이다. 하지만 밖으로 나오니 기분이 이상했다. 좀 어지러웠다. 그래서 택시를 탔다. 그러고 싶지 않았지만 그랬다. 하지만 택시를 찾는 데도 시간이 겁나게 많이 걸렸다.

초인종을 누르자 우리의 미스터 안톨리니가 문을 열었다 — 엘리베이터 보이가 마침내 나를 올려 보내준 뒤의 일이었다, 그 나쁜 놈. 미스터 안톨리니는 목욕 가운과 슬리퍼 차림이었고 한 손에는 하이볼을 들고 있었다. 그는 아주 세련된 남자였고 술을 아주 많이 마셨다. "홀든, 내 아이!" 그가 말했다. "이런, 20인치는 더 컸구나. 보니까 좋다."

"안녕하셨어요, 미스터 안톨리니? 미시즈 안톨리니는 어떠세요?"

"우리 둘 다 그냥 멋지지. 그 코트 벗어라." 그는 내 코트를 받아 걸었다. "네 품에 어제 태어난 아기가 있을 거라고 예상했는데. 아무 데도 갈 데가 없고. 눈썹에는 눈송이가 쌓이고." 가끔 그는 아주 재치가 있다. 그는 몸을 돌리더니 부엌에 대고 소리쳤다. "릴리언! 커피는 어떻게 됐어?" 릴리언은 미시즈 안톨리니의 이름이다.

"다 준비됐어." 그녀도 마주 소리쳤다. "거기 홀든이야? 안녕, 홀든!"

"안녕하세요, 미시즈 안톨리니!"

거기 있으면 늘 소리를 질러야 했다. 두 사람이 동시에 같은 공간에 있는 법이 없었기 때문이다. 그것도 좀 재미있었다.

"앉아라, 홀든." 미스터 안톨리니가 말했다. 그가 약간 술이 올랐다는 걸 알 수 있었다. 방은 마치 막 파티를 끝낸 듯했다. 사방에 잔이 있고 땅콩이 담긴 접시들이 있었다. "집안 꼴이 이 모양이라 미안해. 미시즈 안톨리니의 버펄로 친구들 몇 명을 접대했거든…… 사실은 버펄로41) 몇 마리를."

나는 웃음을 터뜨렸고 미시즈 안톨리니는 부엌에서 뭐라고 소리를 질러 끼어들었지만 나는 듣지 못했다. "뭐라고 하신 거예요?" 미스터 안톨리니에게 물었다.

"자기가 여기로 올 때 자기를 보지 말래. 막 잠자리에서 일어났거든. 담배 한 대 피워라. 지금은 담배 피우지?"

"감사합니다." 나는 그가 내민 갑에서 담배를 꺼냈다. "가끔이요. 많이 피우지는 않아요."

---

41) 앞의 버펄로는 지명, 뒤는 동물 이름.

"당연히 그렇겠지." 그는 테이블에 있던 그 큰 라이터를 들어 불을 붙여 주었다. "그래서. 너하고 펜시는 이제 하나가 아니더구나." 그는 늘 그런 식으로 말했다. 가끔은 아주 재미있고 가끔은 그렇지 않았다. 그런 말을 좀 지나치게 많이 하는 편이었다. 그가 재치가 없다거나 그런 말이 아니라 — 재치 있었다 — 누가 언제나 "그래서 너하고 펜시는 이제 하나가 아니더구나." 같은 말을 하면 가끔 신경이 거슬린다는 거다. D.B.도 그런 걸 가끔 너무 심하게 한다.

"문제가 뭐였어?" 미스터 안톨리니가 물었다. "영어는 어땠어? 영어가 낙제라면 바로 문으로 안내해 드리지, 이 조그만 최고의 작문 작가야."

"오, 영어는 문제없이 통과했어요. 하지만 대부분 문학이었어요. 학기 내내 작문은 두 번밖에 안 했어요. 구두 표현에서는 낙제했죠. 거기에는 그 과목이 필수거든요, '구두 표현'. 그건 낙제였어요."

"왜?"

"오, 모르겠어요." 그 이야기는 별로 하고 싶은 기분이 아니었다. 아직도 약간 어지럽고 그랬으며 갑자기 두통이 겁나게 몰려왔다. 정말 그랬다. 하지만 그가 관심이 있다는 걸 알 수 있어서 조금 이야기를 해 주었다. "그건 같은 반 아이들이 각각 일어서서 연설을 하는 그런 과목이에요. 아시겠지만. 자발적이고 그런 거죠. 그리고 말하는 애가 딴 길로 새면 '벗어났어!' 하고 최대한 빨리 그 애한테 소리를 질러야 해요. 그런데 그게 그냥 나를 돌아 버리게 하더라고요. 그 과목에서 F를 맞

왔어요."

"왜?"

"오, 모르겠어요. 딴 길로 새는 그게 신경에 거슬리더라고 요. 모르겠어요. 저의 문제, 저는 누가 딴 길로 새면 그게 좋다 는 거예요. 더 재미있고 그렇거든요."

"누가 너한테 무슨 이야기를 할 때 핵심에서 벗어나지 않게 하고 싶은 마음은 없고?"

"아, 있죠! 저는 누가 핵심에서 벗어나지 않고 그러는 걸 좋 아해요. 하지만 너무 핵심에서 벗어나지 않기만 하는 건 좋아 하지 않아요. 모르겠어요. 누가 계속 핵심에서 벗어나지 않 으면 마음에 안 드나 봐요. 구두 표현에서 최고점을 받은 애 들은 내내 핵심에 매달려 있는 애들이었어요 — 그건 인정해 요. 하지만 이런 아이가 하나 있었어요, 리처드 킨셀라. 그 애 는 핵심에 지나치게 매달리지 않았고, 그래서 애들이 계속 '벗 어났어!' 하고 소리를 쳤죠. 끔찍했어요. 우선 그 애는 신경 이 아주 예민했고 — 그러니까 정말 신경이 예민했다는 거예 요 — 말을 할 때가 되면 언제나 입술이 바들바들 떨렸고, 교 실 뒤쪽에 멀리 떨어져 앉아 있으면 그 애 얘기가 잘 들리지 않았어요. 하지만 입술이 약간 떨리는 게 좀 멈추기만 하면 그 애 연설은 다른 누구의 연설보다 좋았어요. 하지만 그 애 도 그 과목은 낙제하다시피 했어요. D 플러스를 받았죠. 아 이들이 계속 '벗어났어!' 하고 소리치는 바람에요. 예를 들어 그 아이는 자기 아버지가 버몬트에서 산 그 농장 이야기를 했 어요. 그 이야기를 하는 내내 아이들은 그 애한테 계속 '벗어났어!' 하고 소리를 질렀고 이 선생님, 미스터 빈슨은 농장이나 그런 데서 무슨 동물과 식물과 그런 게 자라는지 이야기하지 않았다는 이유로 F를 주었어요. 그 아이가, 리처드 킨셀라가 한 거, 그 아이도 처음에는 그런 모든 거에 관한 이야기를 했어요 — 그러다 갑자기 어머니가 삼촌한테서 받은 이 편지 이야기를 하기 시작했어요. 그의 삼촌이 마흔둘에 어쩌다 소아마비인가 그런 거에 걸리게 되었다는 거, 삼촌이 자기가 보호대를 차고 있는 걸 아무한테도 보여 주고 싶지 않아서 아무도 병원에 오지 못하게 했다는 거. 농장하고는 별 관계가 없었지만 — 그건 인정해요 — 그래도 좋았어요. 누가 자기 삼촌 이야기를 하면 좋아요. 특히 아버지 농장 이야기를 하다 갑자기 삼촌에게 더 관심을 기울이면. 제 말은 그 아이가 아주 잘하고 흥분하고 있는데 계속 '벗어났어!' 하고 소리를 지르는 건 더럽다는 거예요. 모르겠어요. 설명하기 힘들어요." 별로 설명하고 싶지도 않았다. 우선 갑자기 끔찍한 두통에 시달렸기 때문이다. 나는 우리의 미시즈 안톨리니가 커피를 갖고 들어오기를 하느님에게 빌었다. 그게 나를 겁나게 짜증나게 한다 — 그러니까 누가 커피가 다 준비됐다고 말하는데 사실은 준비가 안 된 거.

"홀든…… 한 가지 짧고, 약간 답답하고 교육적인 질문. 모든 일에는 때와 장소가 있다고 생각하지 않니? 만일 누가 자기 아버지의 농장 이야기를 시작하면 일단 그걸 계속 유지하고 그런 다음에 삼촌의 보호대 이야기로 넘어가야 한다고 생각하지 않아? 그게 아니고 만일 삼촌의 보호대가 그렇게 자극

적인 주제라면 애초에 그걸 자기 주제로 골라야 하지 않았을
까 — 농장이 아니라?"

나는 생각을 하고 답을 하고 그러고 싶은 기분이 아니었다.
두통이 있고 기분은 엉망이었다. 심지어 복통도 좀 있었다, 솔
직히 말해서.

"그래요 — 모르겠습니다. 그 애가 그랬어야 할 것 같네요.
그러니까 삼촌에게 가장 관심이 있으면 농장이 아니라 삼촌
을 주제로 골랐어야 할 것 같아요. 하지만 제 말은 많은 경우
에 자기한테 가장 관심이 있지 않은 일에 관해 이야기를 시작
하고 나서야 가장 관심 있는 일이 무엇인지 알게 된다는 거예
요. 그러니까 가끔은 어쩔 수가 없다는 거죠. 제가 생각하는
거, 적어도 어떤 사람이 흥미로운 이야기를 하고 또 뭔가에 흥
분하면 그 사람을 좀 내버려 둬야 한다는 거예요. 저는 어떤
사람이 뭔가에 흥분할 때가 좋아요. 멋있어요. 이 선생님, 미
스터 빈슨을 선생님은 전혀 모르시잖아요. 그 선생님은 가끔
사람을 돌아 버리게 만들 수 있어요, 그 선생님하고 빌어먹을
수업은. 그러니까 그 선생님은 늘 통일하고 단순하게 만들라는
말만 해요. 도저히 그렇게 할 수 없는 걸 가지고도. 제 말은 누
가 단지 그렇게 하기를 원한다는 이유로 뭔가를 단순하게 만들
고 통일할 수는 없다는 거죠. 이 사람, 미스터 빈슨을 선생님
은 모르시죠. 그러니까 그 사람은 아주 똑똑한 것처럼 굴고
그러지만 실제로 그렇게 두뇌가 좋지는 않다는 걸 알 수 있다
는 거예요."

"커피예요, 신사들, 마침내." 미시즈 안톨리니가 말했다. 그녀

는 커피와 케이크 그런 것들이 담긴 그 쟁반을 들고 들어왔다.
"홀든, 나를 훔쳐보지도 마. 나 엉망이야."

"안녕하세요, 미시즈 안톨리니." 나는 일어서고 그러려고 했
지만 미스터 안톨리니가 내 재킷을 잡고 끌어 앉혔다. 우리의
미시즈 안톨리니의 머리에는 그 쇠로 만든 롤러가 한가득이
었고 입술에는 립스틱이나 그런 것도 바르지 않았다. 아주 멋
져 보이지는 않았다. 아주 늙어 보이고 그랬다.

"이거 여기 놔두고 갈게. 어서 먹어, 두 사람 다." 그녀가 말
했다. 그녀는 쟁반을 담배 테이블에 놓고 거기 있던 잔을 모두
치웠다. "어머니는 어떠시니, 홀든?"

"잘 계셔요, 감사합니다. 최근에는 못 봤어요. 하지만 지난
번에……."

"여보, 홀든한테 뭐가 필요하면 다 리넨 장에 있어. 맨 위 선
반에. 나는 잘 거야. 지쳤어." 미시즈 안톨리니가 말했다. 실제
로 그렇게 보였다. "소파 잠자리는 여기 남자들끼리 손볼 수 있
겠지?"

"우리가 다 알아서 할게. 어서 가서 자." 미스터 안톨리니
가 말했다. 그는 미시즈 안톨리니에게 키스를 했고 그녀는 나
에게 작별 인사를 하고 침실로 들어갔다. 그들은 사람들 보는
데서도 서로 늘 키스를 많이 했다.

나는 커피를 조금 마시고 돌처럼 딱딱한 케이크를 반쯤 먹
었다. 하지만 우리의 미스터 안톨리니가 먹은 것은 또 한 잔의
하이볼뿐이었다. 그는 하이볼도 독하게 만든다, 알 수 있다. 조
심하지 않으면 결국 알코올중독자가 될 수도 있다.

"두어 주 전에 네 아빠하고 점심을 먹었어." 그가 갑자기 말했다. "알고 있었니?"

"아니요, 몰랐어요."

"그래도 물론 네 걱정을 엄청나게 하고 계시다는 건 알고 있겠지."

"알아요. 그러신다는 걸 알아요."

"나한테 전화하시기 직전에 네 최근 교장한테서 긴, 좀 괴로운 편지를 받으신 것 같더라. 네가 전혀 노력을 하지 않는다는 내용이었어. 수업을 완전히 내팽개치고. 준비를 전혀 하지 않고 수업에 들어오고. 전체적으로, 모든 면에서……."

"저는 수업을 완전히 내팽개친 적 없어요. 수업을 완전히 내팽개치는 건 허락되지 않거든요. 가끔 한번 참석하지 않은 수업은 두어 개 있었어요, 아까 말씀드린 구두 표현처럼요. 하지만 수업을 완전히 내팽개친 적은 없어요."

그 이야기를 하고 싶은 기분이 전혀 아니었다. 커피 덕분에 배는 좀 나아졌지만 아직도 그 끔찍한 두통이 있었다.

미스터 안톨리니는 다시 담배에 불을 붙였다. 그는 악마처럼 담배를 피웠다. 이윽고 그가 말했다. "솔직히 도대체 너한테 무슨 이야기를 해야 할지 모르겠다, 홀든."

"알아요. 저는 얘기하기가 아주 힘든 사람이에요. 저도 알고 있어요."

"네가 어떤 무서운, 아주 무서운 폭포를 향해 달려가고 있다는 느낌이야. 하지만 솔직히 그게 정확히 어떤…… 내 말 듣고 있니?"

"네."

그가 집중하고 그러려고 노력하고 있다는 것을 알 수 있었다.

"그게 어떤 거냐 하면, 나이 서른이 되어 어떤 바에 앉아 들어오는 사람 가운데 대학 시절 풋볼을 했을 것처럼 보이는 사람을 죄다 싫어하는 그런 걸 수도 있어. 그게 아니면 '그건 그 사람하고 나 사이의 비밀이야.' 하고 말하는 인간들을 딱 싫어할 수준까지만 교육을 받을 수도 있지. 아니면 결국은 어떤 사무실에서 가장 가까이에 있는 속기사에게 종이 클립을 던지고 있을 수도 있어. 정말 모르겠다. 하지만 내가 지금 무슨 이야기를 하려고 하는지는 알지, 어쨌든?"

"네, 그럼요." 나는 말했다. 실제로 알았다. "하지만 그 싫어한다는 이야기는 선생님이 틀렸어요. 그러니까 풋볼 선수나 그런 걸 싫어한다는 거요. 정말 틀렸어요. 저는 그렇게 많은 사람을 싫어하진 않아요. 제가 할 수도 있는 거, 저는 그 사람들을 잠깐 싫어할 수는 있어요. 제가 펜시에서 알았던 이 녀석 스트래들레이터처럼, 그리고 또 한 아이 로버트 애클리처럼. 나는 그 아이들을 가끔 미워했지만 — 그건 인정해요 — 그게 그렇게 오래 가진 않았어요, 그게 제 말이에요. 좀 지나서 그 애들이 안 보이면, 그 애들이 방에 들어오지 않으면, 또는 식당에서 두어 끼 동안 보이지 않으면, 좀 보고 싶어요. 그러니까 그 아이들을 좀 보고 싶어 한다고요."

미스터 안톨리니는 한동안 아무 말도 하지 않았다. 그는 일어서서 얼음을 한 덩이 더 가져오더니 자기 술에 넣고 다시 앉았다. 그가 생각을 하고 있다는 것을 알 수 있었다. 하지만 나는 그가 지금이 아니라 아침에 대화를 이어가기를 계속 바라고 있었다. 그러나 그는 달아올라 있었다. 사람들은 대체로 상대는 아닌데 자기만 토론을 하고 싶어 달아오른다.

"좋아. 이제 내 이야기를 잠깐 들어 봐…… 내가 원하는 만큼 기억에 남을 만하게 이 이야기를 하지 못할지도 모르지만 하루 이틀 뒤에 이 이야기를 편지로 쓰도록 할게. 그럼 다 제대로 이해하게 될 거야. 하지만 어쨌든 지금은 좀 들어 봐라." 그는 다시 집중하기 시작했다. 이윽고 입을 열었다. "내가 보기에 네가 달려가고 있는 이 폭포 — 이건 특별한 종류, 무시무시한 종류의 폭포야. 거기서 떨어지는 사람은 바닥에 부딪히는 것을 느끼거나 듣는 게 허락되지 않아. 계속 떨어지고 또 떨어지기만 해. 그 모든 게 인생의 이런저런 때에 자신의 환경이 줄 수 없는 걸 찾던 사람들을 대상으로 설계되고 마련된 거야. 어쨌든 그들은 자신의 환경이 줄 수 없다고 생각했어. 그래서 찾는 걸 포기했지. 제대로 출발도 하기 전에 포기한 거야. 이해해?"

"네, 선생님."

"정말?"

"네."

그는 일어서서 잔에 술을 조금 더 따랐다. 이윽고 다시 앉았다. 오랫동안 아무 말도 하지 않았다.

"너에게 겁을 주고 싶지 않아." 그가 말했다. "하지만 어떤 대단히 가치 없는 명분 때문에 이런 식이든 저런 식이든 고상하게 죽어 가는 네 모습을 아주 분명하게 볼 수 있어." 그는 나를 보며 재미있는 표정을 지었다. "너한테 뭘 좀 적어 주면 신중하게 읽어 볼 거야? 그리고 간직할 거야?"

"네. 그럼요." 나는 말했다. 그리고 그렇게 했다. 지금도 그가 준 글을 갖고 있다.

그는 방 건너편의 이 책상으로 가더니 앉지도 않고 종이에 뭔가 적었다. 그러더니 돌아와서 손에 종이를 들고 앉았다. "아주 이상하지만 이건 기성 시인이 쓴 게 아니야. 빌헬름 슈테켈이라는 정신 분석가가 쓴 거야. 여기 그 사람이 — 내 말 듣고 있니?"

"네, 그럼요."

"여기 그 사람이 한 말이 있어. '미성숙한 사람의 표시는 대의를 위해 고상하게 죽고 싶어 하는 것인 반면, 성숙한 사람의 표시는 대의를 위해 겸허하게 살고 싶어 한다는 거다.'"

그는 몸을 기울여 그것을 나에게 건넸다. 나는 그가 그것을 주자마자 읽었고 고맙다거나 그런 말을 한 뒤 호주머니에 넣었다. 이렇게까지 수고를 해 주다니 그는 좋은 사람이었다. 정말 그랬다. 하지만 여기서 문제, 나는 별로 집중하고 싶은 마음이 아니었다. 우아, 갑자기 젠장 너무 피곤했다.

하지만 그는 전혀 피곤하지 않다는 걸 알 수 있었다. 우선 그는 심하게 취했다. 그가 말했다. "이제 곧 네가 가고 싶은 곳이 어디인지 찾아야 할 것 같구나. 그런 다음에 거기로 가기 시작해야 해. 하지만 당장. 너는 일 분도 낭비할 여유가 없어. 너는 없어."

나는 고개를 끄덕였다. 그가 나를 똑바로 보고 그러고 있었기 때문이다. 하지만 그가 무슨 말을 하는지 잘 알지는 못했다. 알기는 잘 알았지만 그때는 그렇게 확신하지 못했다. 젠장 너무 피곤했다.

그가 말했다. "이런 말 하기는 싫지만 가고 싶은 곳이 어디인지 좋은 생각이 떠오르는 즉시 너의 첫 행동은 학교에 지원하는 거라고 생각해. 그렇게 해야 해. 너는 학생이야 ── 네가 그 생각이 마음에 들든 아니든. 너는 지식을 사랑해. 그리고 나는 네가 찾을 거라고 생각해, 일단 그 모든 미스터 바인스들이나 그런 자들이 하는 구두 작……"

"미스터 빈슨이에요." 그는 모든 미스터 빈슨들을 그 모든 미스터 바인스들이라고 잘못 말한 거였다. 하지만 거기서 말을 끊지 말았어야 했다.

"좋아 ── 미스터 빈슨들. 네가 일단 그 모든 미스터 빈슨들을 통과하고 나면 점점 더 가까이 다가가게 될 거야 ── 즉 원한다면, 그리고 네가 그것을 찾고 기다린다면 ── 네 마음에 정말 정말 소중한 그런 정보에 다가가게 될 거야. 다른 무엇보다도 인간 행동에 혼란을 느끼고 겁을 먹고 심지어 그걸 역겨워한 사람이 네가 처음은 아니라는 걸 알게 될 거야. 그 점에서 너는 결코 혼자가 아니야. 너는 자극을 받고 흥분해서 알고 싶어질 거야. 많은, 아주 많은 사람이 네가 지금 바로 그러는 것처럼 도덕적으로 또 영적으로 괴로워했어. 다행히도 그들 가운데 일부는 그 괴로움을 기록해 놓았어. 너는 그걸 보고 배울 거야 ── 네가 원한다면. 마찬가지로 언젠가, 네가 줄 것이 있다면, 누군가가 너에게서 뭔가를 배울 거야. 이건 아름다운

상호 작용이야. 그리고 이건 교육이 아니야. 이건 역사야. 시야." 그는 말을 멈추고 하이볼을 벌컥 들이켰다. 이윽고 다시 입을 열었다. 우아, 그는 정말 달아올랐다. 그를 막거나 그러려고 하지 않은 게 다행이었다. "오직 교육받고 학문을 하는 사람만이 세상에 가치 있는 걸 줄 수 있다고 말하려는 건 아니야. 그렇지 않아. 하지만 교육받고 학문을 하는 사람들은, 그들이 무엇보다 똑똑하고 창조적인 사람들이라면 — 안타깝게도 그런 경우는 드물지만 — 그냥 똑똑하고 창조적인 사람들보다 훨씬 귀중한 기록을 남기는 경향이 있어. 그들은 자신을 더 분명하게 표현하는 경향이 있고, 보통 끝까지 자기 생각을 좇을 열정이 있지. 그리고 — 가장 중요한 것으로 — 열에 아홉은 학문을 하지 않는 사상가보다 겸손해. 내 이야기를 이해하고는 있는 거냐?"

"네, 선생님."

그는 또 한참 아무 말도 하지 않았다. 이런 걸 해 본 적이 있는지 모르겠지만, 상대가 생각하고 그러는 동안 입을 열 때까지 기다리며 앉아 있는 건 좀 힘든 일이다. 정말 그렇다. 나는 계속 하품을 참으려 했다. 따분하거나 그런 건 아니었지만 — 진짜 아니었다 — 갑자기 젠장 너무 졸렸다.

"학문적 교육이 너한테 해 줄 수 있는 게 또 있어. 일정한 기간 그것을 따라가다 보면 네 정신의 크기가 어느 정도인지 조금씩 알게 돼. 그것이 뭐에 적당하고, 또 어쩌면 적당하지 않은지. 한참 후에는 너의 특정한 크기의 정신에 어떤 종류의 생각을 입혀야 하는지 알게 될 거야. 우선 그건 너한테 맞지 않는, 너한테 어울리지 않는 생각을 입어 보는 엄청난 시간을 절약해 줄 수 있어. 너는 네 진짜 크기를 점차 알게 되고 그에 따라 네 정신에 옷을 입힐 거야."

그때 갑자기 나는 하품을 했다. 얼마나 무례한 놈인지. 하지만 어쩔 수 없었다!

그래도 미스터 안톨리니는 그냥 웃음을 터뜨리기만 했다. "그래." 그는 일어섰다. "네가 잘 수 있도록 소파를 손보자꾸나."

나는 그를 따라갔고 그는 이 옷장으로 가서 맨 위 선반에 있는 시트나 담요나 그런 걸 꺼내려 했다. 하지만 손에 하이볼 잔을 들고 있어서 그럴 수가 없었다. 그래서 그걸 마시고 바닥에 잔을 내려놓고 그런 다음 물건을 꺼냈다. 나는 그걸 소파로 가져가는 걸 도왔다. 우리는 함께 침대를 만들었다. 그는 그 일에는 그렇게 열을 올리지 않았다. 꽉 쑤셔 넣고 여미는 게 하나도 없었다. 하지만 상관없었다. 너무 피곤해서 서서도 잘 수 있을 것 같았기 때문이다.

"네 여자들은 다 어떠냐?"

"괜찮아요." 나는 형편없는 대화 상대가 되고 있었지만, 대화할 기분이 아니었다.

"샐리는 어때?" 그는 우리의 샐리 헤이스를 알고 있었다. 내가 소개해준 적이 있었다.

"괜찮아요. 오늘 오후에 데이트를 했어요." 우아, 이십 년 전 일처럼 느껴졌다! "이제 우리는 공통점이 별로 없어요."

"엄청나게 예쁜 여자애지. 그 다른 여자애는 어때? 네가 말해준 애, 메인주 아이?"

"오 — 제인 갤러거요. 괜찮아요. 어쩌면 내일 전화 한 통 때릴지 몰라요."

이제 소파를 침대로 만드는 일이 끝났다. "네 마음대로 사용하면 돼." 미스터 안톨리니가 말했다. "도대체 네 그 긴 다리를 어떻게 할 건지 모르겠다만."

"괜찮아요. 작은 침대에 익숙해요. 정말 감사합니다, 선생님. 오늘 밤에 선생님하고 미시즈 안톨리니가 정말로 제 목숨을 구해 주셨습니다."

"욕실은 어디인지 알지. 뭐 필요한 거 있으면 그냥 소리 질러. 나는 부엌에 잠시 있을 거야 — 불 때문에 거슬려?"

"아니요 — 아이쿠, 아닙니다. 정말 감사합니다."

"그래. 잘 자라, 멋쟁이."

"안녕히 주무세요, 선생님. 정말 감사합니다."

그는 부엌으로 나갔고 나는 욕실로 들어가 옷을 벗고 그랬다. 칫솔이 없어서 이는 닦을 수 없었다. 파자마도 없었는데 미스터 안톨리니가 빌려주는 걸 잊었다. 그래서 그냥 거실로 돌아가 소파 옆의 그 작은 램프를 끄고 팬티만 입은 채로 침대에 들어갔다. 나한테는 한참 작았다, 그 소파는. 하지만 정말이지 선 채로 눈썹 하나 까딱하지 않고 잘 수도 있었을 거다. 딱 이 초 동안 미스터 안톨리니가 해준 말을 생각하며 깨어 있었다. 정신의 크기를 알아내고 그러라는 말. 그는 정말이지 아주 똑똑한 사람이다. 하지만 젠장 눈을 뜨고 있을 수가 없어 잠이 들어 버렸다.

그때 무슨 일이 벌어졌다. 그 이야기는 하고 싶지도 않다.

나는 갑자기 잠을 깼다. 몇 시인지 그런 것도 모르겠지만 어쨌든 잠을 깼다. 머리에 뭔가를 느꼈다, 어떤 남자의 손. 우아, 정말이지 겁나게 식겁했다. 그게 무엇, 그것은 미스터 안톨리니의 손이었다. 그가 하고 있었던 일, 그는 소파 바로 옆 바닥에, 어둡고 그런 데 앉아 있었고 나를 좀 만지고 빌어먹을 머리를 쓰다듬고 있었다. 우아, 정말이지 한 천 피트 펄쩍 뛸 뻔했다.

"대체 뭐 하시는 거예요?" 내가 물었다.

"아무것도! 그냥 여기 앉아 있는 거야, 감탄……."

"어쨌든 뭐 하는 거냐고요?" 나는 다시 물었다. 도대체 무슨 말을 해야 할지 몰랐다 — 그러니까 겁나 당황했다는 거다.

"목소리를 좀 낮추는 게 어때? 나는 그냥 여기 앉아……."

"어차피 가야 해요." 나는 말했다 — 우아, 신경이 얼마나 곤두서던지! 나는 어둠 속에서 빌어먹을 바지를 입기 시작했다. 신경이 젠장 너무 곤두서서 바지도 제대로 입을 수가 없었다. 나는 학교나 그런 데서 누구보다 빌어먹을 변태를 많이 알고 있고, 그들은 내가 있으면 늘 변태처럼 군다.

"어디로 가는데?" 미스터 안톨리니가 말했다. 그는 젠장 아주 아무렇지도 않게, 태연하고 그렇게 행동하려 하고 있었지만 실은 전혀 태연하지 않았다. 내 말을 믿어라.

"가방하고 그런 걸 역에 두고 왔어요. 가서 가져오는 게 좋을 것 같아요. 그 안에 제 물건이 다 들어 있거든요."

"아침에도 그대로 있을 거야. 자, 다시 자. 나도 자러 갈게. 뭐가 문제야?"

"아무 문제 없어요. 그냥 제 가방 하나에 돈이나 그런 게 다 들어 있어서 그런 것뿐이에요. 금방 올게요. 택시를 타고 갔다 바로 올게요." 우아, 어둠 속에서 안간힘을 쓰고 있었다. "문제는, 그게 제 게 아니란 거예요, 돈이. 어머니 거예요, 그래서 저는⋯⋯."

"말도 안 되는 소리 하지 마, 홀든. 그 침대로 도로 들어가. 나도 침대로 갈 테니까. 아침에도 그 돈은 거기 안전하게 그대로⋯⋯."

"아니요, 농담 아니에요. 가야 해요. 정말로요." 이제 빌어먹을 옷을 거의 다 입었다, 타이를 찾을 수 없기는 했지만. 타이를 어디에 두었는지 기억이 나지 않았다. 나는 타이 없이 재킷과 그런 걸 입었다. 우리의 미스터 안톨리니는 이제 나한테서 좀 떨어진 커다란 의자에 앉아 나를 지켜보고 있었다. 어둡고 그랬기 때문에 그를 아주 잘 보지는 못했지만 그가 나를 지켜보고 있다는 건 분명히 알 수 있었다. 여전히 술도 마시고 있었다. 그의 손에서, 거기 없으면 이상한 하이볼 잔을 볼 수 있었다.

"너는 아주, 아주 이상한 아이야."

"알아요." 나는 타이를 찾으려고 주위를 둘러보지도 않았다. 그냥 타이 없이 떠났다. "안녕히 계세요, 선생님. 정말 고맙습니다. 농담 아녜요."

내가 앞문으로 갈 때 그는 계속 내 바로 뒤에서 걸어왔고 엘리베이터 벨을 누를 때는 빌어먹을 문간에 그대로 서 있었다. 그가 한 일이라곤 내가 "아주, 아주 이상한 아이."라는 이야기를 다시 한 것뿐이었다. 이상하기는, 웃기고 있네. 그는 빌어먹을 엘리베이터가 올 때까지 문간에서 계속 기다리고 그랬다. 나는 내 빌어먹을 평생 엘리베이터를 그렇게 오래 기다려 본 적이 없었다. 맹세한다.

엘리베이터를 기다리는 동안 도대체 무슨 말을 해야 할지 알 수가 없었고 그는 계속 거기 서 있었다. 그래서 나는 말했다. "좋은 책을 좀 읽기 시작할게요. 정말이에요." 그러니까 무슨 말이든 했어야 했다는 거다. 아주 어색했으니까.

"가방을 찾아서 얼른 다시 이리로 와. 문에 걸쇠를 걸지 않을 테니까."

"정말 감사합니다. 안녕히 계세요!" 엘리베이터가 마침내 왔다. 나는 엘리베이터에 타고 내려갔다. 우아, 나는 미치광이처럼 떨고 있었다. 땀도 흘리고 있었다. 그런 식으로 변태스러운 일이 일어나면 나는 개처럼 땀을 흘리기 시작한다. 그런 종류의 일은 내가 꼬마였던 때부터 한 스무 번은 일어났다. 그건 견딜 수가 없다.

25

밖으로 나오자 막 날이 밝고 있었다. 아주 춥기는 했지만 땀을 많이 흘리고 있었기 때문에 상쾌했다.

도대체 어디로 가야 할지 알 수 없었다. 다른 호텔로 가서 피비의 돈을 다 쓰고 싶지는 않았다. 그래서 마침내 내가 한 일은 렉싱턴으로 넘어가 지하철을 타고 그랜드 센트럴로 내려간 것이었다. 가방은 다 거기 그대로 있었고, 이제 벤치들이 잔뜩 있는 그 미친 대합실에서 자면 된다고 생각했다. 그래서 그게 내가 한 일이었다. 한동안은 그렇게 나쁘지 않았다. 사람들이 별로 없었고 발을 올려놓을 수 있었기 때문이다. 하지만 그 이야기는 별로 하고 싶지 않다. 별로 좋지 않았다. 해 보려고 하지 마라. 진심이다. 우울해질 거다.

9시 정도까지밖에 잘 수가 없었다. 백만 명이 대합실로 들어오기 시작하여 발을 내릴 수밖에 없었기 때문이다. 발을 바닥에 내리고 있어야 하면 제대로 잘 수가 없다. 그래서 일어나 앉았다. 아직도 그 두통이 있었다. 훨씬 심해졌다. 또 평생 이때보다 우울했던 적이 없다고 생각한다.

그러고 싶지 않았지만 우리의 미스터 안톨리니 생각이 나기 시작했고, 내가 거기서 자거나 하지 않은 걸 미시즈 안톨리니가 알았을 때 그가 그녀에게 뭐라고 할지 궁금했다. 하지만 그 부분이 별로 걱정되지는 않았다. 미스터 안톨리니는 아주 똑똑해서 뭔가 할 말을 지어낼 수 있다는 것을 알았기 때문이다. 내가 집에 가거나 그랬다고 말할 수 있을 거다. 그 부분은 별로 걱정되지 않았다. 내가 **진짜로** 걱정한 것은 내가 잠을 깼을 때 그가 내 머리를 쓰다듬고 그러고 있었다는 걸 알게 된 거였다. 그러니까 그가 나에게 호모처럼 접근하고 있다고 생각한 게 혹시 잘못인지 궁금했다는 거다. 혹시 누가 자고 있으면 머리를 쓰다듬는 걸 그냥 좋아하는 건 아닌지 궁금했다. 그러니까 그런 걸 어떻게 확실하게 알 수 있겠는가? 없다. 어쩌면 가방을 챙겨 내가 그러겠다고 한 대로 그의 집으로 돌아갔어야 하는 건가 하는 의문까지 들기 시작했다. 그러니까 그가 호모라 해도 나한테 아주 잘해 준 건 분명하다는 생각이 들기 시작했다는 거다. 내가 그렇게 늦게 전화를 했는데도 그가 상관하지 않은 것, 오고 싶으면 바로 오라고 말했던 것을 생각했다. 그리고 그렇게 애써서 정신의 크기를 찾아내고 그러라고 조언을 해 준 것, 또 아까 말했던 그 아이 제임스 캐슬이 죽었을 때 가까이라도 갔던 유일한 사람이었다는 것. 나는 그 모든 걸 생각했다. 그 생각을 할수록 더 우울해졌다. 그러니까 어쩌면 그의 집으로 돌아갔어야 했다는 생각이 들기 시작했다는 거다. 어쩌면 그냥 내 머리를 쓰다듬기만 한 것일지도 몰랐다, 그냥 겁나게 그러고 싶어서. 하지만 그 생각을 할수록 더 우울해졌고 그 문제에 관한 생각은 더 엉망이 되어 버렸다. 훨씬 심각해졌던 것은 눈이 겁나게 쓰라렸다는 거다. 잠을 별로 못 자서 쓰라리고 따가웠다. 게다가 감기도 좀 걸린 것 같았는데 심지어 빌어먹을 손수건도 없었다. 여행 가방에 몇 장 있었지만 그 금고에서 꺼내 사람들이 다 보는 데서 열고 그러고 싶지는 않았다.

내 옆의 벤치에 누가 두고 간 이 잡지가 있어서 그걸 읽기 시작했다. 미스터 안톨리니와 백만 가지 다른 생각을 잠시라도 멈추게 해 줄 거란 생각이 들었기 때문이다. 하지만 내가 읽기 시작한 그 빌어먹을 기사 때문에 기분은 더 나빠졌다. 호르몬에 대한 거였다. 호르몬이 좋은 상태라면 사람이 어떻게 보이는지, 얼굴이나 눈이나 그런 게 어떻게 보이는지 묘사하고 있었는데 나는 전혀 그렇게 보이지 않았다. 그 기사에 나오는 형편없는 호르몬을 가진 사람과 똑같아 보였다. 그래서 내 호르몬 걱정이 되기 시작했다. 그러다가 암이 있는지 없는지 아는 방법에 관한 다른 기사를 읽었다. 입안에 어떤 염증이 생겼는데 빨리 낫지 않으면 암이 있을지도 모른다는 신호라고 했다. 내 입술 안쪽에 이 염증이 생긴 지 두 주쯤 되었다. 그래서 암에 걸리고 있다는 생각이 들었다. 정말이지 기운을 북돋아주는 잡지였다. 마침내 그걸 읽는 걸 그만두고 밖으로 산책을 나갔다. 암이 있으니 두어 달 후면 죽겠다는 생각이 들었다. 정말 그랬다. 심지어 그럴 거라는 확신이 들었다. 당연히 기분이 썩 좋지는 않았다. 비가 좀 올 것 같았지만 그냥 산책을 나갔다. 우선 아침을 좀 먹어야 한다고 생각했다. 전혀 배가 고프지 않았지만 뭔가 먹기는 해야 한다고 판단했다. 그러니까 비타민이 좀 든 걸 먹어야 한다고. 그래서 아주 싼 식당들이 있는 동쪽으로 걷기 시작했다. 돈을 많이 쓰고 싶지 않았기 때문이다.

걸어가다 트럭에서 이 커다란 크리스마스트리를 내리는 남자 둘을 지나쳤다. 한 남자가 다른 남자한테 계속 말했다. "그 개자식을 잘 들어 올려! 잘 들어 올리라고, 젠장!" 정말이지 크리스마스트리를 부르는 멋진 방법이었다. 하지만 좀 재미있었다, 끔찍한 방식으로. 그래서 웃음을 좀 터뜨리기 시작했다. 그게 내가 할 수 있는 아마 최악의 일이었을 것이다. 내가 웃음을 터뜨리는 순간 토할 것 같다는 생각이 들었기 때문이다. 정말 그런 생각이 들었다. 심지어 진짜로 올라올 것 같았지만 이내 사라졌다. 이유는 모르겠다. 그러니까 비위생적인 거나 그런 걸 전혀 먹지도 않았고 대개 나는 배가 아주 튼튼했기 때문이다. 어쨌든 그것은 이겨냈고 뭘 좀 먹으면 더 나아질 거라는 생각이 들었다. 그래서 이 아주 싸 보이는 식당으로 들어가 도넛과 커피를 주문했다. 다만 도넛은 먹지 않았다. 잘 삼킬 수가 없었다. 나의 문제, 어떤 거 때문에 아주 우울해지면 삼키는 게 겁나게 힘들어진다. 하지만 점원은 아주 친절했다. 도넛을 도로 가져가고 돈은 받지 않았다. 나는 커피만 마셨다. 그런 다음 그곳을 나와 피프스 애비뉴를 향해 걷기 시작했다.

월요일이고 그랬다. 크리스마스가 코앞이었다. 모든 가게가 문을 열고 있었다. 그래서 피프스 애비뉴를 따라 걷는 게 별로 나쁘지 않았다. 꽤나 크리스마스 같았다. 그 모든 앙상하게 말라 보이는 산타클로스가 모퉁이에 서서 종을 흔들고 립스틱이나 그런 것도 전혀 바르지 않은 구세군 아가씨들도 종을 딸랑거리고 있었다. 전날 아침 먹을 때 만났던 그 수녀 둘을 찾아 계속 좀 두리번거렸지만 보이지 않았다. 보이지 않을 걸 알고 있었다. 그들은 교사 일을 하려고 뉴욕에 온 거라고 말했기 때문이다. 그래도 계속 그들을 찾았다. 어쨌든, 갑자기 크리스마스 같아졌다. 어린 꼬마 백만 명이 어머니와 함께 시내에 나와 버스를 타거나 내리고 가게를 들락거렸다. 우리의 피비가 옆에 있었으면. 그 애는 이제 장난감 가게에서 완전히 미친 듯이 눈이 동그래질 만큼 어리지는 않지만 장난치고 돌아다니면서 사람 구경하는 건 좋아한다. 지지난 크리스마스에는 아이를 데리고 시내에 나와 쇼핑을 했다. 겁나게 즐거운 시간을 보냈다. 블루밍데일[42]에 갔던 것 같다. 우리는 신발 파는 데 가서 아이가 — 우리의 피비가 — 그 아주 기다란 폭풍용 장화 끈을 묶는 구멍이 백만 개쯤 있는 그런 거를 사고 싶어 하는 척했다. 우리는 가엾은 영업 사원을 돌아 버리게 만들었다. 우리의 피비는 한 스무 켤레쯤 신어봤고 그때마다 가엾은

---

42) 뉴욕 맨해튼에 있는 백화점.

남자는 끈을 맨 위까지 다 묶어야 했다. 지저분한 장난이었지만 우리 피비에겐 거의 죽음이었다. 결국 우리는 모카신 한 켤레를 사고 돈을 냈다. 영업 사원은 아주 친절했다. 내 생각에 그는 우리가 장난치는 걸 알고 있었을 거다. 우리의 피비가 늘 깔깔거리기부터 했기 때문이다.

어쨌든 나는 타이 그런 것도 매지 않고 피프스 애비뉴를 걷고 또 걸었다. 그러다 갑자기 아주 무시무시한 일이 벌어지기 시작했다. 한 블록 끝에 이르러 젠장 갓돌에서 내려설 때마다 절대 거리 건너편에 다다를 수 없을 거라는 그런 느낌이 들었다. 그냥 아래로, 아래로, 아래로 내려가 아무도 다시는 나를 보지 못할 거란 생각이 들었다. 우아, 얼마나 겁나던지. 상상도 못할 거다. 나는 개처럼 땀을 흘리기 시작했다 — 셔츠와 속옷과 그런 게 다 젖었다. 이윽고 나는 다른 걸 하기 시작했다. 블록 끝에 다다를 때마다 동생 알리와 이야기를 하고 있는 척했다. 나는 아이에게 말했다. "알리, 나 사라지게 놔두지 마. 알리, 나 사라지게 놔두지 마. 알리, 나 사라지게 놔두지 마. 제발, 알리." 그래서 거리 건너편에 도착하면 아이에게 감사했다. 그러다 다음 모퉁이에 도착하면 바로 처음부터 다시 시작했다. 하지만 계속 갔다. 멈추는 게 좀 두려웠다, 그랬던 것 같다 — 기억나지 않는다, 솔직히 말해서. 동물원 같은 것도 다 지나 60번가 너머에 올라갈 때까지 멈추지 않았다는 건 알고 있다. 그쯤에서 이 벤치에 앉았다. 숨을 제대로 쉴 수가 없었고 여전히 개처럼 땀을 흘리고 있었다. 거기에, 짐작건대, 한 시간쯤 앉아 있었다. 마침내 내가 하기로 한 거, 나는 뜨기로 했다. 다시는 집에 가지 않고 다시는 또 다른 학교로 떠나지 않기로 했다. 그냥 우리의 피비를 만나 작별 인사 그런 걸 좀 하고 크리스마스 돈을 돌려주고 히치하이킹으로 서부로 뜨기로 했다. 내가 할 거, 홀랜드 터널로 내려가 차를 얻어 탄다, 그다음에 차를 또 얻어 탄다, 그리고 또 얻어 탄다, 그리고 또 얻어 탄다, 그러면 며칠 뒤 아주 예쁘고 화창하고 아무도 나를 모르는 서부 어딘가에 있게 될 거고 일자리를 얻을 거다. 어딘가 주유소에서 일을 얻어 사람들 차에 휘발유도 넣고 기름도 넣어 주게 될 거라고 계산했다. 하지만 무슨 일을 하느냐는 상관없었다. 그냥 사람들이 나를 모르고 나도 아무도 모르면 그만이었다. 내가 하려고 생각한 거, 나는 이 귀머거리이자 벙어리인 척할 생각이었다. 그렇게 하면 누구하고도 빌어먹을 멍청하고 쓸데없는 대화를 할 필요가 없을 테니까. 누가 나한테 무슨 이야기를 하고 싶으면 종이에 써서 나한테 들이밀면 된다. 사람들은 좀 그러다가 곧 겁나게 따분해질 거고 그럼 나는 남은 평생 대화 없이 살 수 있다. 모두 내가 가엾은 귀머거리이자 벙어리 놈이라고 생각하고 가만 내버려 둘 거다. 자기 멍청한 차에 휘발유나 기름을 넣으라고 하고 보수나 그런 걸 줄 거고 나는 그렇게 번 돈으로 어딘가에 작은 오두막을 짓고 남은 평생 거기 산다. 바로 숲 근처에 짓겠지만 숲 안에 짓지는 않는다. 나는 늘 겁나게 해가 나는 걸 원하기 때문이다. 나 먹을 건 내가 해 먹고, 나중에 결혼이나 그런 걸 하고 싶으면 역시 귀머거리이자 벙어리인 이 아름다운 아가씨를 만나서 결혼한다. 아가씨는 내 오두막으로 와서 함께 사는

데 나한테 무슨 말을 하고 싶으면 다른 모든 사람처럼 빌어먹을 종이에 적어야 한다. 자식을 낳으면 어디 숨겨 둘 거다. 책을 많이 사줄 거고 읽고 쓰는 건 우리가 가르쳐 줄 수 있다.

그런 생각을 하자 겁나게 흥분됐다. 정말 그랬다. 귀머거리에 벙어리인 척하는 부분은 미친 거란 걸 알았지만 그래도 그 생각을 하니 좋았다. 나는 정말로 서부로 가거나 그러겠다고 결정했다. 내가 먼저 하고 싶은 일은 우리의 피비에게 작별 인사를 하는 거였다. 그래서 갑자기 나는 미치광이처럼 달려 거리를 건넜고 — 그러다 젠장 죽을 뻔했다, 솔직히 말해서 — 문방구로 가서 편지지와 연필을 샀다. 아이에게 작별 인사를 하고 크리스마스 용돈을 돌려주려면 어디에서 만나자는 말을 전할 편지를 써 그걸 아이 학교로 가져가 교장실의 누군가에게 주면서 전해 달라고 하면 되겠다는 계산이었다. 하지만 그냥 편지지와 연필을 호주머니에 넣고 겁나 빠르게 아이 학교를 향해 걷기 시작했다 — 너무 흥분해서 문방구에서 편지를 쓸 수가 없었다. 빨리 걸었던 것은 아이가 점심 먹으러 집에 가기 전에 편지를 주고 싶었는데 그러려면 시간이 별로 없었기 때문이다.

아이 학교가 어딘지는 당연히 알았다. 나 자신이 어릴 때 다니던 학교였기 때문이다. 거기에 가니 기분이 묘했다. 안이 어떤지 기억이 날지 자신이 없었지만 가 보니 기억이 났다. 내가 다닐 때와 똑같았다. 안에 전과 다름없이 큰 운동장이 있었는데 그곳은 늘 좀 컴컴했고 아이들이 전구와 부딪혀도 깨지지 않도록 전구 주위에 새장 같은 걸 씌워 놓았다. 바닥에는 전체에 똑같은 하얀 원을 그려 놓았다. 게임이나 그런 거 때문이었다. 그리고 그 예전과 똑같이 그물도 없는 낡은 농구 골대의 링 — 백보드와 링만.

아무도 없었다. 쉬는 시간이 아니고, 아직 점심시간도 아니었기 때문이다. 눈에 보이는 건 어린 꼬마, 유색인 꼬마 한 명 뿐이었는데 화장실에 가고 있었다. 그 나무 통행증이 엉덩이 호주머니에서 삐죽 튀어나와 있었다. 우리가 사용하던 것과 똑같았는데 화장실 가도 좋다는 허락이나 그런 걸 받았다는 걸 보여 주는 패였다.

나는 여전히 땀을 흘리고 있었지만 아까처럼 심하지는 않았다. 나는 층계로 가서 첫 계단에 앉아 아까 산 편지지와 연필을 꺼냈다. 층계에서는 내가 다닐 때 나던 냄새가 났다. 누가 막 오줌을 눈 것 같은 냄새. 학교 층계에서는 늘 그런 냄새가 난다. 어쨌든 나는 거기 앉아 이런 편지를 썼다.

피비에게,

수요일까지 기다리는 건 더 못할 것 같아. 아마 오늘 오후에 히치하이킹으로 서부로 갈 것 같아. 나올 수 있으면 박물관 정문 근처에서 12시 15분에 만나. 네 크리스마스 용돈 돌려줄게. 별로 안 썼어.

사랑으로,
홀든

아이 학교는 박물관 바로 옆이나 다름없었고 아이는 어차피 점심 먹으러 집에 갈 때 그곳을 지나갔기 때문에 거기서 나를 만나는 데 아무 문제 없다는 걸 알고 있었다.

나는 층계를 올라가 교장실로 갔다. 아이 반으로 가 아이에게 편지를 전해줄 사람에게 부탁하려는 것이었다. 아무도 펼쳐보지 못하게 열 번쯤 접었다. 빌어먹을 학교에서는 아무도 믿을 수 없다. 하지만 내가 알기에 내가 아이 오빠나 그런 사람이라면 아이한테 편지를 전달해 줄 거였다.

그러나 층계를 올라가는데 갑자기 다시 토할 것만 같았다. 다만 토하지는 않았다. 나는 잠시 앉아 있었고 그러니까 좀 나아졌다. 하지만 거기 앉아 있는 동안 환장하게 만드는 걸 봤다. 누가 벽에 'FUCK YOU'라고 적어 놓은 것이다. 그것 때문에 젠장 거의 돌아 버리는 줄 알았다. 피비나 다른 어린 꼬마들이 그걸 보고, 도대체 그게 무슨 뜻인지 궁금해하고, 그러다 마침내 어떤 지저분한 꼬마가 그게 무슨 뜻인지 말해 주고 — 당연히 아주 거만하게 — 꼬마들은 모두 이틀 동안 그 생각을 하고, 어쩌면 심지어 걱정까지 할 거라는 생각이 들었다. 누가 썼는지 몰라도 죽여 버리고 싶은 마음이 사라지지 않았다. 어떤 변태 부랑자가 늦은 밤에 오줌을 누거나 그러려고 학교에 몰래 들어왔다가 벽에 그걸 썼을 거라는 생각이 들었다. 내가 그 부랑자를 현장에서 잡는 장면이 계속 떠올랐다. 그놈 머리를 돌계단에 박고 마침내 그놈이 빌어먹을 피를 잔뜩 흘리며 완전히 죽는 장면. 하지만 나는 또 내가 그럴 배짱이 없다는 걸 알았다. 나는 그걸 알았다. 그러자 훨씬 더 우울해졌다. 손으로 벽에서 그걸 지울 배짱조차 없었다, 솔직히 말해서. 어떤 선생이 내가 그걸 지우는 걸 보고 내가 쓴 거라고 생각할 것 같아 걱정이 됐다. 하지만 그걸 지웠다, 결국은. 그런 다음 교장실로 올라갔다.

교장은 없는 것 같았지만 백 살쯤 된 늙은 여자가 타자기 앞에 앉아 있었다. 나는 여자에게 4B-1의 피비 콜필드의 오빠라고 말하면서 피비에게 편지를 전해 달라고 부탁했다. 아주 중요한 거라고, 어머니가 아파서 피비 점심을 준비하지 못해 피비가 나를 만나 드러그스토어에서 점심을 먹어야 하기 때문이라고 말했다. 그녀는 아주 친절했다, 그 늙은 여자는. 여자는 나에게서 편지를 받더니 옆 사무실의 다른 여자를 불렀고, 다른 여자가 피비에게 편지를 전해 주러 갔다. 백 살쯤 된 늙은 여자와 나는 잠시 수다를 떨었다. 여자는 아주 친절했고 나는 나도 이 학교에 다녔고 내 형제들도 다녔다고 말했다. 여자는 지금은 어느 학교에 다니느냐고 물었고 내가 펜시라고 답하자 여자는 펜시가 아주 좋은 학교라고 말했다. 여자의 생각을 바로잡아 주고 싶었다 해도 내게 그럴 힘이 없었을 것이다. 게다가 펜시가 아주 좋은 학교라고 생각한다면 그렇게 생각하라지. 백 살쯤 된 사람에게는 새로운 걸 말해 주는 게 싫다. 듣고 싶어 하지 않으니까. 잠시 후 나는 그곳을 나왔다. 재미있었다. 내가 펜시를 떠날 때 우리의 스펜서가 그랬던 것처럼 여자도 나한테 "행운을 빌어요!" 하고 소리쳤다. 맙소사, 내가 어딘가를 떠날 때 누가 나한테 "행운을 빌어!" 하고 소리치면 얼마나 싫은지. 그러면 우울해진다.

나는 다른 층계로 내려갔고, 벽에서 또 'FUCK YOU'를 보았다. 다시 손으로 지우려 했지만 이번 것은 칼이나 그런 걸로 긁어 놓은 것이었다. 지워지지가 않았다. 어쨌든 가망 없는 일이었다. 백만 년 동안 지우고 다녀도 세상의 'FUCK YOU'를 반도 지우지 못할 거다. 불가능한 일이다.

쉬는 시간에 작은 운동장의 시계를 보았더니 겨우 12시 이십 분 전이라 우리의 피비를 만나기 전에 죽일 시간이 아주 많았다. 하지만 그냥 박물관으로 걸어갔다. 달리 갈 곳이 없었다. 차를 얻어타고 서부로 가는 일을 시작하기 전에 전화 부스에 들어가 우리의 제인 갤러거에게 전화 한 통 때릴까 생각했지만 그럴 기분이 아니었다. 우선 그 애가 방학을 해서 집에 와 있는지조차 확실치 않았기 때문이다. 그래서 그냥 박물관으로 가서 그곳에서 죽 때렸다.

박물관에서, 바로 문 안이나 그런 데서 피비를 기다리는 동안 두 꼬마가 다가와 미라가 어디 있는지 아느냐고 물었다. 한 꼬마, 나한테 물어본 꼬마의 바지 앞이 열려 있었다. 나는 꼬마에게 그 이야기를 해 주었다. 그러자 서서 나와 이야기를 하던 바로 그 자리에서 단추를 채웠다 — 구태여 어디 기둥 같은 데 뒤로 가려고 하지 않았다. 이 꼬마가 나는 너무 좋다. 웃음을 터뜨릴 만한 일이었지만 다시 욕지기가 치밀까 걱정이 되어 웃지 않았다. "야, 미라가 어디 있어?" 꼬마가 다시 물었다. "혹시 알아?"

나는 두 꼬마와 잠시 장난을 쳤다. "미라? 그게 뭔데?" 한 꼬마에게 물었다.

"있잖아. 미라—그 죽은 사람. 그 마담 그런 데 들어가 묻히는."

마담. 그 말이 죽여주었다. 무덤이라고 말하려던 거겠지.

"너네 왜 학교 안 갔어?" 내가 물었다.

"오늘은 수업 없어." 말을 도맡아 하는 꼬마가 말했다. 거짓 말을 하고 있다는 건 내가 살아 있는 것만큼이나 분명한 일이 었다, 이 꼬마 놈. 하지만 우리의 피비가 나타날 때까지는 할 일이 없었기 때문에 꼬마들이 미라가 있는 곳을 찾도록 도와 주었다. 우아, 전에는 그게 어디 있는지 정확하게 알고 있었지 만 이 박물관에 와 본 지가 정말 오래되었다.

"너네들 미라에 그렇게 관심이 있어?" 내가 말했다.

"그럼."

"네 친구도 말할 줄 알아?"

"내 친구 아냐. 동생야."

"말할 줄 알아?" 나는 전혀 말을 하지 않는 아이를 보았다. "너 전혀 말 못 해?" 그 꼬마에게 물었다.

"하지." 아이가 말했다. "하지만 하고 싶지 않아."

마침내 우리는 미라가 있는 곳을 찾았고 안으로 들어갔다.

"이집트인이 죽은 사람을 어떻게 묻었는지 알아?" 한 꼬마 에게 물었다.

"모르지."

"음, 알아야 해. 아주 재미있어. 어떤 비밀 화학 약품으로 처 리한 이 천으로 얼굴을 쌌어. 그럼 무덤 속에 수천 년 동안 묻 혀 있어도 얼굴이 썩거나 그러지 않아. 이집트인 말고는 그 방 법을 아무도 몰라. 현대 과학도."

미라가 있는 곳에 가려면 이 아주 좁은 복도를 따라 내려가야 했는데, 복도 벽의 돌은 파라오의 무덤이나 그런 데서 가져온 거였다. 아주 으스스하여 나와 함께 가는 이 두 거물이 그걸 별로 즐기지 않는다는 걸 알 수 있었다. 그들은 나한테 겁나게 바짝 붙었고, 아무 말 하지 않던 꼬마는 내 소매를 잡았다. "이제 가자." 아이는 형한테 말했다. "이제 다 봤어. 응, 형." 꼬마는 몸을 돌리더니 달아났다.

"쟤는 완전 쫄보야." 다른 꼬마가 말했다. "안녕!" 형도 달아났다.

그러자 무덤 안에는 나 혼자만 남았다. 그게 좀 마음에 들었다, 어떤 면에서는. 아주 멋지고 평화로웠다. 그때 갑자기 내가 벽에서 뭘 봤는지 짐작도 못할 거다. 또 한 번의 'FUCK YOU'였다. 빨간 크레용이나 그런 걸로 돌들 아래, 벽에 유리를 집어넣은 부분 바로 아래 적혀 있었다.

이게 진짜 문제다. 멋지고 평화로운 곳은 찾을 수가 없다, 그런 곳은 없기 때문에. 있다고 생각할지 모르지만 일단 거기가 보면, 사람이 보고 있지 않을 때 누가 몰래 가서 바로 코앞에서 'FUCK YOU'라고 적어 놓는다. 언제 한번 시험해 봐라. 심지어 내가 죽어서 나를 묘지에 묻고 묘석이나 그런 걸 세웠을 때, 거기에 '홀든 콜필드'라고 적혀 있고 그다음에 몇 년에 태어나고 몇 년에 죽었는지 나오는데 바로 그 밑에 'FUCK YOU'라고 적혀 있을 거라는 생각이 든다. 확실하다, 사실.

미라가 있는 곳에서 나온 뒤 화장실에 갈 수밖에 없었다. 설사가 좀 터졌다, 솔직히 말해서. 설사 자체는 별로 성가실

것 없었는데 다른 일이 벌어졌다. 화장실에서 나오다 문에 다다르기 직전 뭐랄까 기절을 해 버렸다. 하지만 운이 좋았다. 내 말은 바닥에 잘못 부딪히면 죽을 수도 있었지만 좀 옆구리 쪽으로 쓰러졌다는 거다. 하지만 재미있는 일이었다. 기절하고 난 뒤에는 좀 나아졌다. 정말 그랬다. 떨어지면서 부딪힌 팔이 좀 아팠지만 빌어먹을 어지러움은 이제 느끼지 않았다.

그때가 12시 10분쯤이라서 돌아가 문간에 서서 우리의 피비를 기다렸다. 내가 그 아이를 보는 마지막이 될 수도 있는 시간은 과연 어떤 식으로 흘러갈지 궁금했다. 그러니까 누구든 내 친족이라고 할 수 있는 사람을 마지막으로 보는 시간. 내 판단으로는 아마 다시 보기는 하겠지만 아주 오래 뒤의 일이 될 것 같았다. 서른다섯쯤 되면 집에 올지도 몰랐다. 내 생각으로는, 누군가 병이 들어 죽기 전에 나를 보고 싶다고 할 경우에. 하지만 그게 내가 내 오두막을 떠나 여기 돌아오는 유일한 이유일 거다. 나는 심지어 돌아올 때 어떨지 그려 보기 시작했다. 어머니는 신경이 겁나 곤두서서 울음을 터뜨리면서 집에 그냥 있으라고, 오두막으로 돌아가지 말라고 간청할 게 뻔했지만 그래도 나는 갈 거다. 나는 겁나 아무렇지도 않게 행동할 거다. 어머니를 진정시키고 그런 다음 거실 반대편으로 가 이 담뱃갑을 꺼내고 담배에 불을 붙인다, 겁나 차분하게. 가족 모두에게 언젠가 원하면 찾아오라고 말하지만 꼭 오라거나 그런 말은 하지 않는다. 내가 할 일, 우리의 피비가 집을 나와 여름과 크리스마스 휴가와 부활절 휴가에 나를 찾아오는 것은 허락한다. 그리고 D.B.도 글을 쓸 멋지고 조용한 곳이 필요하면 집에서 나와 나를 한동안 방문하는 것을 허락하지만 내 오두막에서 영화는 쓰지 못한다. 오직 단편 소설과 책만. 나를 찾아왔을 때는 누구도 가식적인 짓을 하지 못한다는 이 규칙을 세운다. 뭐든 가식적인 짓을 하려고 하면 내 오두막에 머물지 못한다.

문득 물품 보관소의 시계를 보니 1시 25분이었다. 학교의 그 늙은 부인이 다른 부인에게 우리의 피비에게 보내는 메시지를 전하지 못하게 했을지도 모른다는 생각이 들면서 겁이 나기 시작했다. 그걸 태우거나 그러라고 말했을지도 몰라 겁이 나기 시작했다. 정말이지 환장하게 식겁했다. 정말이지 길을 떠나기 전에 우리의 피비가 보고 싶었다. 내 말은 아이의 크리스마스 용돈이나 그런 게 다 나한테 있으니까.

마침내 아이가 눈에 띄었다. 문에 유리를 끼운 부분 너머로 내 아이가 눈에 띈 이유, 아이는 내 미친 사냥 모자를 쓰고 있었다— 그 모자는 10마일쯤 떨어진 곳에서도 알아볼 수 있었다.

나는 문밖으로 나가 아이를 만나러 돌층계를 내려가기 시작했다. 내가 이해하지 못한 것, 아이는 이 커다란 여행 가방을 들고 있었다. 아이는 막 피프스 애비뉴를 건너고 있었는데 이 빌어먹을 커다란 여행 가방을 질질 끌고 있었다. 제대로 끌지도 못했다. 가까이 다가가 보니 나의 예전 여행 가방, 우튼에 다닐 때 쓰던 것임을 알 수 있었다. 아이가 그걸 가지고 도대체 뭘 하고 있는 건지 알 수가 없었다. "안녕." 가까워지자 아이가 말했다. 그 미친 여행 가방 때문에 숨을 헐떡이고 있었다.

"안 올지도 모른다고 생각했어." 내가 말했다 "대체 그 가방에는 뭐가 있어? 나는 아무것도 필요 없는데. 그냥 이대로 뜰 거야. 역에 있는 가방도 안 가져가. 거기에는 도대체 뭐가 든 거야?"

아이는 여행 가방을 내려놓았다. "내 옷." 아이가 말했다. "오빠하고 같이 갈 거야. 갈 수 있지? 그치?"

"뭐?" 아이가 그 말을 했을 때 뒤로 자빠질 뻔했다. 하느님에게 맹세하는데, 정말 그랬다. 나는 좀 어지러워 다시 기절하거나 그럴 것 같았다.

"샬린이 보지 못하게 뒤쪽 엘리베이터로 갖고 내려왔어. 무겁지 않아. 안에 든 건 드레스 두 벌하고 모카신하고 속옷하고 양말하고 다른 거 몇 가지뿐이야. 들어 봐. 무겁지 않아. 한번 들어 봐…… 나 오빠하고 같이 못 가? 홀든? 못 가? 제발."

"안 돼. 입 닥쳐."

나는 기절해 뻗어 버릴 것 같았다. 그러니까 아이한테 입 닥치라거나 그런 말을 할 생각은 아니었지만, 어쨌든 다시 기절하는 줄 알았다.

"왜 못 가? 제발, 홀든! 아무것도 안 할 거야 — 그냥 같이 가기만 할 거야, 그게 다야! 오빠가 원치 않으면 옷도 안 가져갈게 — 그냥 내……."

"아무것도 못 가져가. 너는 가지 않을 거니까. 나 혼자 갈 거니까. 그러니 입 닥쳐."

"제발, 홀든. 제발 가게 해 줘. 나는 아주 아주 아주 — 심지어 오빠는 걱정할 필요……."

"너는 안 가. 자, 입 닥쳐! 그 가방 줘." 나는 아이에게서 가방을 받아들었다. 아이를 거의 때릴 지경이었다. 잠시 진짜로 때릴 것만 같았다. 정말 그랬다.

아이는 울기 시작했다.

"나는 네가 학교 연극에 나갈 줄 알았고, 내가 생각한 건 오로지 네가 그 연극이나 그런 거에서 베네딕트 아널드를 해야 한다는 것뿐이었어." 나는 아주 못되게 그 말을 했다. "너 연극에 나가고 싶지 않은 거야, 참 나?" 그 말에 아이는 더 심하게 울었다. 나는 기뻤다. 갑자기 아이가 거의 눈이 빠질 때까지 울기를 바랐다. 아이가 거의 미웠다. 무엇보다도 아이가 나하고 함께 가면 그 연극에는 이제 나가지 못할 것이기 때문에 미웠던 것 같다.

"어서." 나는 다시 박물관 층계를 오르기 시작했다. 내가 해야겠다고 궁리한 것, 아이가 가져온 미친 여행 가방을 물품 보관소에 맡긴다. 그러면 아이는 방과 후 3시에 그걸 다시 찾을 수 있다. 아이가 그걸 들고 학교로 돌아갈 수는 없다는 걸 알고 있었다. "어서 오라니까."

하지만 아이는 나와 함께 층계를 오르지 않았다. 나와 함께 가려 하지 않았다. 하지만 나는 그냥 올라갔고 가방을 물품 보관소로 가져가 맡긴 다음 다시 내려갔다. 아이는 여전히 보도에 서 있었지만 내가 다가가자 나에게 등을 돌렸다. 그 아이는 그런 짓을 할 줄 안다. 그러고 싶으면 상대에게 등을 돌릴 줄 안다. "나 아무 데도 안 갈 거야. 생각이 바뀌었어. 그러니까 그만 울어. 그리고 입 닥쳐." 내가 말했다. 여기에서 웃기는 것, 내가 그 말을 할 때 아이는 울고 있지도 않았다. 그래도 그렇게 말했다. "자, 가자. 학교로 도로 데려다줄게. 자, 어서. 늦겠다."

아이는 대답을 하거나 그러지 않으려 했다. 나는 그놈의 손을 좀 잡으려 했지만 아이는 못 잡게 했다. 계속 나에게 등을 돌렸다.

"점심 먹었어? 아직 안 먹었지?" 내가 물었다.

아이는 대답하려 하지 않았다. 아이가 한 일, 아이는 내 빨간 사냥 모자 — 내가 준 거 — 를 벗고 그걸 내 얼굴에 던지다시피 했다. 그러더니 다시 내게 등을 돌렸다. 그거에 나는 숨이 넘어갈 뻔했지만 아무 말도 하지 않았다. 그냥 모자를 주워 코트 호주머니에 쑤셔 넣었다.

"야, 어서. 학교까지 데려다줄게."

"학교로 돌아가지 않을 거야."

아이가 그렇게 말하자 나는 무슨 말을 해야 좋을지 알 수가 없었다. 한 이 분 동안 거기 그냥 서 있었다.

"학교로 돌아가야 해. 너 그 연극에 나가고 싶지, 그치? 베네딕트 아널드 하고 싶지, 그치?"

"아니."

"아니긴 뭐가 아냐. 당연히 하고 싶지. 자, 어서, 가자. 우선 나는 아무 데도 안 가, 말했잖아. 집에 갈 거야. 네가 학교로 돌아가는 즉시 집에 갈 거야. 먼저 역으로 내려가 가방을 챙겨서 곧장⋯⋯."

"학교로 돌아가지 않겠다고 했잖아. 오빠는 오빠 원하는 대로 해. 하지만 나는 학교로 돌아가지 않을 거야. 그러니까 입 닥쳐." 아이가 나한테 입 닥치라는 말을 한 것은 처음이었다. 맙소사, 무시무시하게 들렸다. 욕보다 더 나쁘게 들렸다. 아이는 여전히 나를 보려 하지 않고 내가 어깨에 손을 좀 얹거나 그러려고 하면 허락하지 않았다.

"들어 봐, 산책하고 싶어?" 나는 아이에게 물었다. "동물원까지 산책하고 싶어? 오늘 오후에 학교로 돌아가지 않고 산책하게 해 주면 이 미친 짓 그만둘 거야?"

아이가 대답하려고 하지 않아서 나는 되풀이했다. "오늘 오후에 학교 빼먹고 산책 좀 하게 해 주면 이 미친 짓 그만둘 거야? 내일은 착한 아이처럼 학교에 돌아갈 거야?"

"그럴 수도 있고 아닐 수도 있어." 그러더니 아이는 곧바로 겁나게 달려 거리를 건넜다, 심지어 차가 오는지 보지도 않고. 이 아이는 가끔 미치광이가 된다.

하지만 나는 따라가지 않았다. 나는 아이가 나를 따라올 걸 알았기 때문에 동물원을 향해 시내 쪽으로 걸었다. 공원 쪽 보도로 걸었다. 아이도 빌어먹을 거리 건너편에서 시내 쪽으로 걷기 시작했다. 내 쪽은 한 번도 건너다보려 하지 않았지만 내가 어디 가는지 그런 걸 확인하려고 미친 눈의 꼬리 쪽으로 나를 지켜보고 있으리란 걸 알 수 있었다. 어쨌든 우리는 그런 식으로 동물원까지 쭉 걸었다. 유일하게 마음 쓰인 것은 이층 버스가 왔을 때였다. 그때는 거리 건너를 볼 수가 없어 도대체 아이가 어디 있는지 볼 수가 없었기 때문이다. 하지만 동물원에 이르렀을 때 나는 아이 쪽에 대고 소리쳤다. "피비! 나는 동물원으로 들어갈 거야! 이리 와, 어서!" 아이는 나를 보려 하지 않았지만 아이가 내 말을 들었다는 건 알 수 있었다. 동물원을 향해 층계를 내려가며 돌아보자 아이가 거리를 건너 나를 따라오고 그러는 게 보였다.

날이 좀 엉망이었기 때문에 동물원에는 사람이 별로 없었지만 바다사자 수영장이나 그런 데 주위에는 몇 명 있었다. 나는 그냥 지나치려 했지만 우리의 피비가 발을 멈추고 바다사자에게 먹이를 주는 걸 지켜보는 척해서 — 어떤 남자가 그들에게 물고기를 던져 주고 있었다 — 다시 돌아갔다. 나는 지금이 아이하고 다시 붙어 다니기에 좋은 기회라고 판단했다. 나는 다가가서 아이 뒤쪽에 대충 서서 어깨에 두 손을 좀 얹었지만 아이는 무릎을 굽히더니 나에게서 빠져나갔다 — 이 아이는 정말이지 원하기만 하면 아주 오만하게 굴 수 있다. 아이는 바다사자에게 먹이를 주는 동안 계속 거기 서 있었고 나는 아이 바로 뒤에 서 있었다. 아이 어깨에 다시 손을 얹거나 하지는 않았다. 그러면 아이가 정말로 나에게서 달아날 거였기 때문이다. 꼬마들은 재미있다. 아이들 앞에서는 행동을 조심해야 한다.

바다사자를 떠났을 때 아이는 내 바로 옆에서 걸으려 하지 않았지만 그래도 멀리 떨어져 걷지는 않았다. 아이는 보도의 대충 한쪽에서 걷고 나는 다른 쪽에서 걸었다. 별로 멋지지는 않았지만 아이가 아까처럼 나한테서 1마일쯤 떨어져 걷는 거보다는 나았다. 우리는 그 작은 언덕을 올라가 잠시 곰을 구경했지만 별로 볼 게 없었다. 곰 한 마리만 나와 있었다, 북극곰.

다른 곰, 갈색곰은 빌어먹을 동굴에 들어가 나오려 하지 않았다. 보이는 거라고는 녀석의 엉덩이뿐이었다. 내 옆에는 카우보이 모자를 거의 귀까지 덮어쓴 어린 꼬마가 서 있었는데 계속 자기 아버지한테 말했다. "쟤 나오게 해, 아빠. 쟤 좀 나오게 해." 우리의 피비를 보았지만 웃음을 터뜨리거나 하지 않았다. 애들이 열을 받았을 때는 어떤지 알지 않나. 웃음을 터뜨리고 그러지를 않는다.

곰을 떠난 뒤 우리는 동물원을 나와 공원의 이 작은 거리를 건너 늘 누가 오줌을 눈 냄새가 나는 그 작은 터널 하나를 통과했다. 회전목마로 가는 방향이었다. 우리의 피비는 아직도 나한테 말을 하거나 그러려고 하지 않았지만 그래도 이제는 대충 내 옆에서 걷고 있었다. 나는 그냥 그러고 싶어서 아이 코트 뒤쪽의 허리띠를 잡았지만 아이는 허락하지 않았다. 아이가 말했다. "괜찮으면 그 손 좀 가만 놔둘래." 아이는 여전히 나에게 열이 받은 상태였다. 하지만 아까만큼 열을 내지는 않았다. 어쨌든 우리는 회전목마에 점점 가까워오고 이제 거기서 늘 들리는 그 약간 미친 음악이 들리기 시작했다. 나오는 곡은 「오, 마리!」였다. 거기서는 내가 어린 꼬마였던 한 오십 년 전에도 같은 노래를 틀었다. 그게 회전목마의 멋진 점이다, 늘 똑같은 노래를 튼다는 거.

"겨울에는 회전목마를 닫는 줄 알았는데." 우리의 피비가 말했다. 아이가 무슨 말을 먼저 한 건 사실상 처음이었다. 아마도 나한테 열을 내고 있어야 한다는 걸 잊은 듯했다.

"크리스마스가 다 돼서 그런지도 모르지." 내가 말했다.

내가 그 말을 하자 아이는 아무 말 하지 않았다. 아마도 나한테 열을 내고 있어야 한다는 게 기억난 듯했다.

"한번 타고 싶어?" 내가 말했다. 아마도 그러고 싶을 거라는 걸 알고 있었다. 아이가 아주 어린 꼬마였을 때 알리와 D.B.와 나는 아이를 데리고 공원에 오곤 했는데, 그때 아이는 회전목마에 환장했다. 그 빌어먹을 거에서 떼어놓을 수가 없었다.

"나는 너무 커." 아이가 말했다. 대답을 하지 않을 줄 알았는데 했다.

"아니, 그렇지 않아. 가 봐. 기다리고 있을게. 어서 가." 우리는 딱 때맞추어 왔다. 꼬마 몇 명이 타고 있었다, 대부분 아주 어린 꼬마들. 부모 몇 명이 바깥에서 기다리며 벤치 같은 데 앉아 있었다. 내가 한 일, 나는 표를 파는 창구로 가서 우리 피비의 표를 샀다. 그걸 아이에게 주었다. 아이는 바로 내 옆에 있었다. "자." 내가 말했다. "잠깐 — 네 돈 나머지도 가져가." 나는 아이에게 아이가 빌려주었던 돈 나머지를 주기 시작했다.

"갖고 있어. 나 대신 갖고 있어." 아이는 바로 뒤에 덧붙였다 —"제발."

그건 우울했다, 누군가 "제발." 하고 말하는 거. 그러니까 그게 피비나 누구라면. 그건 겁나게 우울했다. 하지만 돈을 도로 호주머니에 넣었다.

"오빠도 타는 거 아냐?" 아이가 물었다. 아이는 좀 웃기는 표정으로 나를 보고 있었다. 이제 아이가 나한테 별로 열을 내지 않는다는 걸 알 수 있었다.

"어쩌면 다음번에. 지켜보고 있을게. 표 가졌지?"

"응."

"그럼 어서 가 — 바로 여기 벤치에 있을게. 보고 있을게."
나는 가서 벤치에 앉았고 아이는 가서 회전목마에 올라갔다.
아이는 한 바퀴 뺑 돌았다. 그러니까 걸어서 한 바퀴를 돌았
다는 거다. 그러더니 그 큰 갈색의 낡아 보이는 말에 앉았다.
그러자 회전목마가 움직이기 시작했고 나는 아이가 빙빙 도
는 것을 지켜보았다. 목마를 탄 다른 아이는 대여섯 명밖에
안 되었고 회전목마에서 나오는 노래는 「당신 눈에 연기가」였
다. 완전 재즈풍으로 웃기게 연주하고 있었다. 꼬마들 모두 계
속 황금 고리를 잡으려 했고 우리의 피비도 마찬가지였다. 나
는 그러다 아이가 빌어먹을 말에서 떨어질까 봐 좀 걱정되었
지만 어떤 말도 어떤 행동도 하지 않았다. 꼬마들에게 중요한
거, 꼬마들이 황금 고리를 잡고 싶어 하면 그렇게 하게 놔두고
아무 말 하지 말아야 한다. 떨어지면 떨어지는 거다. 꼬마들에
게 무슨 말을 하는 건 나쁘다.

회전목마가 끝나자 아이는 말에서 내려 나에게 왔다. "오빠
도 한 번 타, 이번에는."

"아냐, 그냥 너 보고 있을게. 그냥 보고 있는 게 좋을 거 같
아." 나는 아이에게 아이의 돈을 조금 더 주었다. "자. 표를 좀
더 사."

아이는 나에게서 돈을 받아 들었다. "나 이제 오빠한테 화
안 났어." 아이가 말했다.

"알아. 서둘러 — 저거 다시 출발하겠다."

그때 갑자기 아이가 나에게 키스했다. 그러더니 손을 내밀

며 말했다. "비가 오네. 비가 오기 시작했어."

"알아."

그러더니 아이가 한 일 — 그거에 젠장 나는 숨이 넘어갈 뻔했다 — 아이는 내 코트 호주머니에서 빨간 사냥 모자를 꺼내 내 머리에 씌웠다.

"너 필요 없어?" 내가 말했다.

"오빠가 잠깐 쓰고 있어도 돼."

"알았어. 하지만 어서 서둘러. 잘못하다 못 타겠다. 네가 타려고 하는 말이나 그런 거 못 탈 거야."

하지만 아이는 계속 얼쩡거렸다.

"오빠가 한 말 진심이야? 정말로 아무 데도 가지 않는 거야? 정말로 이따 집에 갈 거야?" 아이가 나에게 물었다.

"그럼." 그 말도 진심이었다. 나는 아이에게 거짓말을 하는 게 아니었다. 정말로 나중에 집에 갔으니까. "이제 서둘러. 출발하고 있네."

아이는 달려가서 표를 사고 빌어먹을 회전목마로 딱 맞게 돌아갔다. 그러더니 자기 말에 닿을 때까지 쭉 걸어갔다. 그리고 거기에 탔다. 아이는 나에게 손을 흔들었고 나도 마주 흔들었다.

우아, 비가 개처럼 오기 시작했다. 양동이로 쏟아부었다. 하느님한테 맹세한다. 모든 부모나 어머니나 모두가 살까지 흠뻑 젖거나 그러고 싶지 않아 회전목마 지붕 바로 밑으로 가서 서 있었지만 나는 한참을 벤치에 그대로 있었다. 나는 완전히 푹 젖었다, 특히 목과 바지가. 사냥 모자는 정말이지 꽤나 나를

314

보호해 줬다, 어떤 면에서는. 그래도 어차피 흠뻑 젖기는 했지만. 하지만 상관없었다. 갑자기 젠장 아주 행복한 기분이었다. 우리의 피비가 계속 빙글빙글 돌아가는 모습. 나는 빌어먹을 고함을 지를 뻔했다, 나는 그럴 만큼 젠장 행복한 기분이었다, 솔직히 말해서. 이유는 모르겠다. 그냥 아이가 아주 젠장 멋져 보였다, 아이가 파란 코트나 그런 걸 입고 계속 빙글빙글 돌아가는 모습이. 맙소사, 거기서 그걸 봤어야 하는데.

26

이게 내가 해 줄 말 전부다. 어쩌면 집에 간 뒤에 한 일, 그리고 아프고 그랬던 거, 그리고 내가 여기에서 나간 뒤 다음 가을에 어떤 학교에 가야 하는지 이야기할 수도 있겠지만 그러고 싶지 않다. 정말 그건 싫다. 그런 건 지금 당장은 별로 관심도 없다.

많은 사람, 특히 여기에 한 사람 있는 그 정신 분석가가 계속 다음 가을에 학교에 돌아가면 노력을 할 거냐고 묻는다. 정말 멍청한 질문이다, 내 의견으로는. 내 말은 해 보기도 전에 어떻게 할 건지 어떻게 아느냐는 거다. 답, 모른다. 내 생각에는 노력할 것 같지만 내가 어떻게 알겠는가? 맹세하는데 그건 멍청한 질문이다.

D.B.는 나머지 사람들만큼 나쁘지는 않지만 그래도 계속

질문을 많이 한다. 지난 토요일에 자기가 쓰는 이 새 영화에 나올 이 영국 아가씨하고 함께 차를 몰고 왔다. 아가씨는 꾸민 행동이 아주 많았지만 아주 잘생겼다. 어쨌든 아가씨가 겁나 멀리 다른 건물에 있는 화장실에 갔을 때 D.B.는 지금까지 내가 말한 이 모든 걸 나 스스로 어떻게 생각하느냐고 물었다. 도대체 뭐라고 말해야 할지 알 수가 없었다. 솔직히 말해서 내가 어떻게 생각하는지 모르겠다. 아주 많은 사람에게 이 이야기를 해서 미안하다. 내가 아는 유일한 거, 나는 이 이야기에서 들먹인 모든 사람이 좀 보고 싶다. 예를 들어 심지어 우리의 스트래들레이터와 애클리까지도. 그 빌어먹을 모리스도 보고 싶은 것 같다. 웃긴다. 아무한테도 아무 이야기도 절대 하지 마라. 하게 되면 모두 보고 싶어진다.

옮긴이 정영목

번역가로 활동하며 이화여자대학교 통번역대학원 교수로 재직 중이다. 2009년 유영 번역상을 수상했다. 옮긴 책으로 『카탈로니아 찬가』, 『오스카 와일드 작품선』, 『서재 결혼시키기』, 『눈먼 자들의 도시』, 『프로이트』, 『킬리만자로의 눈』, 『축의 시대』, 『에브리맨』, 『일의 기쁨과 슬픔』 등이 있다.

세계문학전집 **47**

호밀밭의 파수꾼

1판 1쇄 펴냄   2001년 5월 30일
1판 108쇄 펴냄   2022년 5월 17일
2판 1쇄 펴냄   2019년 6월 21일
3판 1쇄 펴냄   2023년 1월 17일
3판 7쇄 펴냄   2024년 10월 25일

지은이   J. D. 샐린저
옮긴이   정영목
발행인   박근섭, 박상준
펴낸곳   (주)민음사

출판등록   1966. 5. 19. (제 16-490호)
서울특별시 강남구 도산대로1길 62(신사동) 강남출판문화센터 5층 (우편번호 06027)
대표전화 02-515-2000   팩시밀리 02-515-2007
www.minumsa.com

한국어 판 ⓒ (주)민음사, 2001, 2019, 2023. Printed in Seoul, Korea

ISBN 978-89-374-6047-0 04800
ISBN 978-89-374-6000-5 (세트)